U0024463

馭禽長征
1 異世天禽
龍人 策劃 雨魔◎著

故事簡介

紳士大盜楚天，歷盡艱苦，終於找到了雅瑪人價值萬億的藏寶地，卻因一時好奇，而意外喚醒了封印千年的逆世天禽，被移魂奪魄，莫名其妙來到一個被鳥類統治的異世星球，故事從此展開。

禽鳥世界美麗而富足，但由於神權與王權的激烈衝突，再加上虎視眈眈的百萬戰獸，誓雪前恥的四方海族，天鵬盛世並不如表面那樣和諧、平靜，一切只是風雨驟來前的假象。

鳥身人腦的楚天，努力學飛，抗拒吃蟲，卻因一時嘴饞，吃下鳥蛋而引起眾怒。即將被處以極刑的楚天，卻因神權與王權的制衡而僥倖生還，且因禍得福晉升爲啄衛。

機緣巧合之下，楚天收了一隊天牛軍團爲部下，意外成爲孔雀崽崽的「媽媽」，並獲孔雀忠心家臣鴕鳥的相助，繼而結交鴨嘴獸王和不死之神始祖鳥，屠戮擁有傲世真言的黑天鵝和火鳳凰，得到神級羽器幽靈碧羽梭，戰敗了不可一世的大雷鵬王和海族幻龍大帝，威名震懾天下。

一座座天空之城在他腳下顫抖，鳥、蟲、獸、海四族的屍體和鮮血鑄就了他逆天禽皇的威名！

人物介紹

禽皇：萬年前率四王作亂，被神王兩權陰謀鎮壓，流放到外界，萬年來懷著復仇的念頭存活，大盜楚天巧合之下觸碰禁忌，思想留在楚天腦海裏，把自己的一切都給了楚天。

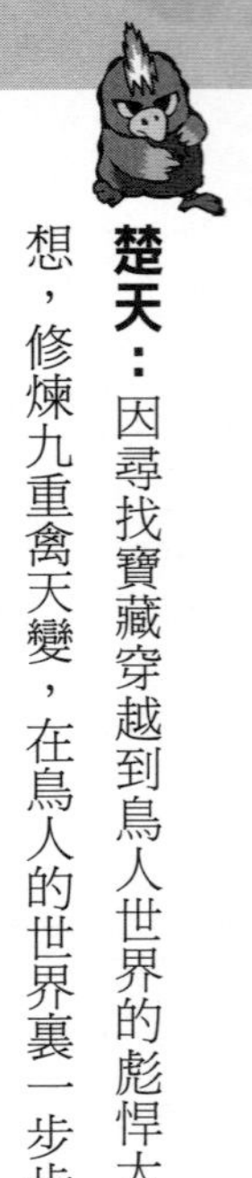

楚天：因尋找寶藏穿越到鳥人世界的彪悍大盜，其腦海裏有著禽皇的思想，修煉九重禽天變，在鳥人的世界裏一步步建立屬於自己的勢力，得到禽皇寶藏之後開始爭雄，破神權鳳凰，滅王權鯤鵬。擁有神級羽器幽靈碧羽梭、烈火黑煞絲，頂級羽器大日金烏、修羅鳥語針。

吉娜：機緣巧合之下跟在楚天身邊，漸漸看清了神王兩權的本來面目，對楚天暗生情愫，對楚天裨益極大。

獨眼：楚天在血虻沼澤收服的恐怖天牛隊首領，通過自己不斷修煉，領悟蟲族力量，最終隨著楚天一起在鳥人世界橫行。

崽崽：孔雀王系一族嫡系後人，本來是楚天在血虻沼澤拾取的一個蛋，活潑可愛，跟在楚天身邊漸漸成長，在楚天的幫助下奪取綠絲屏城政權，擁有孔雀一族王系神級羽器孔雀翎和孔雀明王印。種族異能「孔雀屏」。

特洛嵐、伯蘭絲：孔雀家臣鴕鳥一族的兩位族長，結爲夫妻，爲尋找主上的後裔在陸地上待了百年，找到崽崽之後一直待在楚天身邊，對楚天在鳥人世界成長稱霸幫助極大，成爲其左膀右臂，兩人分別擁有頂級羽器虯鼉翼和碧波粼羽刀。種族異能「坐地裂」。

馭禽齋傳說

卷一 天禽降臨

CONTENTS

目　錄

第一章 身臨異世

「啪！」一隻強有力的手緊緊抓著懸崖上的石頭，那佈滿汗滴的肌肉充盈著爆炸性的力量。

「媽的，想我楚天橫行盜賊界這麼多年，居然也有孤注一擲的時候，那該死的女人，捲走了老子所有的錢財，害老子成窮光蛋也就算了，最重要的是把老子的面子都丟盡了，唉，以後還怎麼在這行混啊！」楚天小心翼翼地攀爬在懸崖峭壁之上，他抬起頭看了看頭頂那毒辣的太陽，忍不住咒罵道。

楚天留著一頭短髮，劍眉下是一雙靈動的眼睛，那寬厚的嘴唇在他臉上勾勒出清晰的輪廓，顯出男人的剛毅。

他身材魁梧，有著接近一百八十公分的身高，他穿著一襲緊身的迷彩服，身後背著一個褐色的背包，一根指頭粗的繩索繞在他的腰間，繩索的另一頭鉤在凸露的石塊上。

「真是個鳥不拉屎的地方啊！老天保佑，讓我找到這個傳說中的寶藏吧，讓老子撈個鹹魚翻身吧！我楚天發誓，幹完這一票，老子從此就金盆洗手！」楚天歎了口氣，從以前的揮金如土，到現在的一貧如洗，被逼得鋌而走險，爬這該死的兇險峭壁，這命運也轉變得太快了！

好在自己多年以前就得到了這個關於寶藏的傳說位置，雖然有些虛無縹緲，但是到了現在這個境地，也只有當救命稻草試試了。

「想不到老子也有今日。」他苦笑著搖頭道，楚天從背後的皮包裏拿出一個小水壺，喝了一口水，開始繼續往上攀爬。

烈日照在楚天古銅色的肌膚上，閃爍出金屬般的光芒，身在高處，大風猛烈，不時吹動懸崖罅隙中的石頭碎片，發出刺耳的嘯聲。

突然，一塊平滑的石塊挾著風的威力向楚天疾墜下來。楚天並不驚慌，他迅速騰出一隻手，抽出腰間的匕首隨手一劃，「嘶……」的一聲，石塊分成兩片朝空中飛去。

「好險，好在老子隨身的這匕首夠鋒利。」楚天下意識地低頭望了眼身下的筆直懸崖，懸崖下是一條奔騰的河流，河水沿山而下，撞擊在兩旁突起的岩石上，飛濺出一片白茫茫的水霧，在河谷中四散瀰漫，楚天看得直冒冷汗，這要是掉下去，絕對是屍骨無存。

借著繩索的拉力，楚天繼續向上攀爬，按照他的估計，那傳說中的寶藏應該就在這個位置，身體橫過一道溝壑，楚天一腳踩在了一塊凸起的岩石上。

「咔嚓」一聲，岩石與山體的結合部位瞬間碎裂開來。

「壞了！」楚天驚叫一聲，沒想到這石頭居然早已經風化，他的整個人猛地下墜。

雖然有繩索扣著身體，楚天還是急速下墜了好幾米，到達繩索長度的極限後，身體猛然一顫，隨即重重地撞在了石壁上。

一聲悶響，那片石壁竟被楚天撞破，露出了一個黑漆漆的洞穴，然而楚天則被反彈了出來，腦袋一陣生疼發昏。

擦破的頭皮上，鮮血已經流了下來。繩索再次朝著洞穴盪去，楚天心如電轉，當機立斷，猛地抽出腰間匕首劃斷繩索，人迅速向前滾進洞穴的深處。

「他媽的，這是什麼鬼地方？」楚天貼壁站穩，仔細打量著山洞。

陰風冷嗖地吹出，發出嗚嗚的怪叫聲，倒是嚇了楚天一大跳。

緊跟著他就高興了起來，「既然通風！那就說明洞中有足夠的空氣流通，另一端很可能就是出口啊！」

從背包中拿出手電筒，楚天開始探索起了這個山洞。這是一個寬闊的山洞，彷彿有一個足球場的大小，頂端垂下的鐘乳石說明了這個山洞年代久遠。

洞頂不時有水滴落下，腳下是一塊塊怪狀岩石，佈滿翠綠的苔蘚。

楚天將匕首握在手中，謹慎地走到一個拐彎處，「噗哧噗哧」，山洞裏除了他沉悶的腳步聲外，似乎還有著另一種古怪的聲音。

那聲音越來越近，楚天眉頭微皺，突然，一道黑影向他直衝過來，楚天右手本能地揮起，鋒利的匕首在虛空中劃出一道弧線。

「嗤」的一聲，似乎有東西掉到了地面，緊跟著，一股帶著腥臭的味道，撲鼻而來。手電筒跟著照去，地面上，是一隻小巧的黑色動物，正在蠕動著。

「蝙蝠?!」楚天感到頭皮發麻，隨即在他身後的響聲越來越大，那種嘶叫聲讓楚天頭皮發麻。

「不是吧！」眼見電筒所照之處，黑壓壓的一片，楚天二話不說，撒腿就跑，「媽的，老子寶藏沒撈到也就罷了，可別葬身在蝙蝠嘴裏，如果被吸成人乾，那可太慘了！」

楚天驚駭之下，悶著頭跑向洞穴的深處，這一路上，身上也不知道被尖石劃了多少道傷口，他又不敢回頭，只能順著越來越寬的甬道逃去。

跑動了一會兒，楚天就發現洞內似乎溢散出一股奇異香味，越向前跑越濃，更讓他驚訝的是，前方似乎出現了光亮，忽明忽暗，楚天大喜，暗道：「難道那裏是出口？」

從一塊石頭上跳下，轉了個彎，楚天終於到達了香氣和有光亮的來源處。

眼前的景象讓他十分驚訝，前方出現了一面巨大的石壁，石壁正中開了一扇足有五米多高的朱紅色木門，兩旁掛著兩盞古怪的燈，那燈只有巴掌大小，呈半圓形，淡黑色，上面似乎有著一隻奇怪的鳥形圖案。由於年代久遠，楚天只能大概看出一個朦朧的輪廓，兩盞燈散發出紅紅的光芒，覆蓋了眼前一片空間。

楚天用手推門，卻發現大門如千斤，紋絲不動。這時身後又傳來了蝙蝠飛行時所發出的恐怖怪聲，他本能地轉身靠在大門上。

面對著飛速接近的蝙蝠群，楚天忍不住破口大罵道：「該死的畜生，老子這次可真的要屍骨無存了。」這些蝙蝠個頭粗壯，數量又多，楚天擔心自己真不夠牠們塞牙縫的。

就在楚天閉目等死的時候，奇怪的事情發生了，那些追蹤而來的蝙蝠成群地在光亮外部徘徊，低低地嘶叫著，似乎有所顧忌。

終於有一隻蝙蝠不怕死的衝了進來，只見那燈盞上的鳥形圖案瞬間放亮，伴隨著一聲鳴叫，那蝙蝠居然化爲黑煙消散了。

而其餘的蝙蝠似乎受到了驚嚇，一眨眼間，就稀哩嘩啦全部飛得無影無蹤。

「真邪門，這是怎麼回事？」當楚天還在驚異的時候，「噔噔噔……」一陣低重的悶響，靠在他身後的門突然自己打開了，楚天一個踉蹌，進了大門之內。

眼前是一條不知名石頭鋪就的路，足有兩米寬，筆直地向前延伸出去，路的兩邊是一排排披著不同的金屬鎧甲，長著雙翼的雕塑戰士，這些戰士臉上都戴著形狀各異的臉譜，喜怒哀樂各不相同，更有幾個臉譜脫落下來，彷彿雷公一般，露出毛茸茸的猙獰嘴臉。

楚天走了幾步，忽然發現一個披著黃金鎧甲的戰士，他停下來，伸出手敲了敲戰士身上鑲嵌的黃金，楚天頓時露出興奮之色，驚叫道：「他媽的，老子發財了，等等！」

楚天似乎想到了什麼，連忙從背包裏拿出了一個半圓形的黑色轉盤，上面有著幾個控制燈和一根搖擺的指標。

這是元素探測儀，楚天橫行盜賊界多年，這個東西可沒少幫他大忙。才打開開關，元素探測儀已經嗞嗞叫了起來，指標已經偏到了表的另一端。

「我的天，不是吧！」楚天張大了嘴巴，他當然知道，表上的每個刻度都代表了什麼意思。「時間居然超過了四千年，媽的，這裏的東西都是史前古董啊！難道這個地方就是傳說中的寶藏！呵呵，老子終於可以翻身了……」楚天腦中靈光閃過，激動得喃喃自語。

剛壓下內心的興奮，正準備再仔細研究一下，楚天就被一聲怪響嚇了一跳。只見一隻長著墨黑色三角形頭顱的怪蛇猛地從一具雕塑戰士的身後飛了出來，露出鋒利的獠牙，朝著楚天噬去。

楚天畢竟是個專業大盜，反應十分快，手中的匕首奮力一劃，頓時將那條怪蛇斬成兩段，一時間蛇血紛飛，濺得楚天滿身都是。

蛇血的腥味擴散出去，頓時，無數的蛇紛紛從周圍雕塑的身後鑽了出來，很快佔據了眼前的空間。

「一群小傢伙，對不住了。」楚天並沒有露出懼怕的神色，他來尋找寶藏之前就已經做好了充分的準備。只見他身子向後疾退，同時從腰間的兜囊內掏出一把藥粉，對著那些小蛇撒去。

這些藥粉中含有高濃度的雄黃和一些針對蛇蟲的毒藥，十分霸道，凡是被那藥粉沾到的蛇，紛紛扭曲起來，沒扭動幾下就已經死去。

沒有沾黏到藥粉的蛇群雖然仍然在口吐蛇信，嘶叫不停，卻沒有一條敢再向前蠕動。

楚天臉上露出笑容，踢開腳邊小蛇的屍體，繼續向前走去，一路走一路向前不斷地撒著藥粉，很快就將路面上的蛇殺得乾乾淨淨，不一會兒就走到了這條石道的盡頭。

「我沒看花眼吧！」看著面前的景像，楚天被徹底震撼住了。

呈現在他前方的是一個數十級的白玉臺階，往上則是一個巨大的梯形平臺，平臺上有一隻大型的鳥形雕像安靜地矗立在平臺的中央，雕像足有三丈高，額頭上鑲嵌著一塊暗淡的菱形晶體，牠雙爪凝立，兩翼展開，有一種威嚴的氣勢。

在平臺的周圍，則矗立著十幾個拿著權杖，鳥頭人身的青銅雕像。這裏的情況明顯與楚天收集到的寶藏資料不符合，沒有成堆的金銀財寶，沒有價值連城的古董，只是楚天更驚訝於那幅在平臺之後的巨大壁畫。

畫面上的天空紅彤彤一片，巨大的火山煙塵遍佈虛空，一隻金羽銀邊的大鳥翱翔空中，牠身下波濤洶湧的大海硬生生裂開了一條巨大的縫隙。那大鳥的眼睛中閃著詭異的光芒，楚天莫名地感到熱血沸騰，似乎身處於亙古洪荒中。

就在他心潮澎湃的時候，整個洞中突然亮起了一道淡淡的氤氳光華，楚天下意識抬頭望去，卻是那巨鳥額頭上的菱形晶體突然亮了起來，光芒閃爍不定，濃郁得彷彿凝成了實體，有如夕陽下的晚霞。

「哈，好運氣，差點看走眼了，這可是上品的棱茄水晶啊，即便是在黑市上應該也能賣個好價錢！」楚天的眼睛頓時亮了，有了這一顆水晶，這一趟可就不白來了，楚天心中盤算著，人已經走了上去。

當他踩著鳥翅，用手按在那菱形晶體上的時候，楚天異常喜悅，只要有了水晶換成的這筆錢，他的生活將重新回到原先的軌道。

正當楚天滿臉陶醉，揭下菱形晶體的時候，異變突生，「噗」的一聲，一道璀璨的光華從他站立的巨鳥身上散發出去。接著就是一陣劇烈的搖晃，他看見了那巨鳥雕塑表面，正寸寸裂開，從裏面透出耀眼的五彩光芒，雕像的雙眼顏色不定，時而血紅，時而金黃，時而烏黑……

眨眼之間，雕像突然如同宇宙黑洞一般，將四射的五彩光芒緊吸入雕像中去，整個雕像完全變成一隻活鳥，雙翅大展，仰天長嘯，震得山洞如發地震一般，碎石紛紛下落。

恐慌中的楚天掉落下來，重重摔在了地面之上。

「怎麼回事？」

望著頭頂盤旋的巨鳥，楚天還沒來得及反應過來，就見之前圍繞在平臺周圍的十幾個雕像，它們手中的權杖同時放出了無數的光華，虛空中頓時出現了一張詭異的紅網，一舉將巨鳥網住，並不住地往下拉。

巨鳥發出巨大的嘶叫聲，彷彿在劇烈地掙扎和頑抗，整個山洞似乎都在顫抖。

而楚天的意識也在音波中不斷地模糊，七竅控制不住地流出了鮮血，朦朧中，他看見巨鳥在網的壓制下，從空中掉落，無巧不巧，狠狠地撞擊在了他的身上。

「啊！」楚天忍不住大叫了一聲，整個身體猶如被分割成了無數塊，猛然間，他感到身體一沉，似乎墜入了一個無底的深洞，意識徹底消失。

幾乎在同時，「轟」一聲，整個山洞終於達到了所能承受的臨界點，徹底的崩潰倒塌……

「哈哈，你這蠢貨，老娘就是騙你了，你又能怎樣？」一個女人，指著楚天大罵，臉上露出不屑的神色。

「楚天，我現在正式逮捕你，你有權保護沉默，但你所說的一切都會成爲呈堂證供……哼哼，這輩子，你就準備在牢房裏面過吧……」幾個模糊的身影在不斷地變幻。

「楚天，嘖嘖，好一個紳士大盜，你大概不會想到自己居然也有這樣的一天吧……你放心，我們不會輕易讓你死的，你既然偷了我們的東西，那就用你身上的肉和鮮血償還吧！哈哈……」無數把明晃晃的尖刀隨著笑聲蜂擁而至，突然，刀鋒一轉，隨即幻化出了一隻巨大的鳥頭，朝他啄來。

「啊！」一聲大叫，楚天滿頭大汗地甦醒過來，他睜開了眼睛，視線所及都是那林立著的樹木——青藤纏繞著盤根錯節的參天大樹，天空的陽光透過樹木間的縫隙，懶洋洋地射在樹下的草地上，散發著點點環彩。

地面的怪石上苔蘚叢生，微風不時吹起落葉，旋轉著掉落在小溪流中，轉眼遠去。

野花在叢林間搖擺，五彩斑斕，整個大地煥發出勃勃生機。

他發現自己的眼睛似乎變了，不但視野寬廣了，最重要的是，眼中的景物都如同有了放大鏡一般，十倍百倍地放大在了他的面前，千米之外樹葉上的毛毛蟲，以及野花上的晶瑩水珠，無不看得清清楚楚。

「這是怎麼回事？」楚天感到十分奇怪，下意識地舉起左手想揉一下眼睛。

當他的手舉到半空卻突然停頓了下來，他瞪大眼睛，怔怔地望著手上的幾根粗短的黑色羽毛，不斷地擺著腦袋，嘴裏喃喃道：「羽毛……羽毛……」

眼睛猛地定格，沿著羽毛的分佈軌跡，向手臂上方一掃，一隻長滿羽毛的翅膀出現在楚天的視野中。

「啊！」楚天發出一聲恐懼的尖叫，整個人滾落下了山坡。

「翅膀……這是翅膀……我的手呢，手呢？」楚天放棄站起的念頭，躺在地上，心裏恐懼地想著。

他打量著自己，只見自己胸前長著稀少的黑色羽毛，兩隻爪子在自己的腿部亂蹬著，一雙翅膀在地面上拍打著。

「鳥……我變成了一隻鳥？」楚天驚恐地想著。

「噩夢，這一定是個噩夢，肯定是我太累了，等醒來就好。」楚天內心從來沒有如此驚懼過，本能地用翅膀按住胸膛想讓自己平靜下來。

隨即再一次的異樣感覺讓他徹底崩潰，他掙扎著站起來，身體搖搖晃晃，雙眼無神地看著自己的翅膀。突然他叫喊著，用頭猛地撞向身旁的大樹，翅膀撲撲地搧著。

「頭暈了，暈了，好昏。」楚天再一次倒下，心中卻是十分高興，真的頭暈了哦，一定是做夢，醒來一切就正常了。

過了一段時間……

「啊！」楚天再一次發出了尖叫聲，「鳥……？怎麼還是鳥……？老子真的變成鳥人了？」額頭的劇痛反而讓他冷靜下來，他努力回憶道：「是那個詭異的山洞和那隻大鳥？這到底怎麼回事？」

楚天覺得腦袋都要炸了，可想來想去，卻還是一無所獲，他唯一可以確定的是，自己已經徹底地變成了一個鳥形的怪胎。

他歪歪斜斜地爬了起來，心道老子得先找個地方躲起來，萬一被人發現的話，恐怕就要把老子抓去做科學研究了。

可是他的腳已經變成了兩隻鐵鉤般的爪子，還沒走兩步就摔倒在地。楚天憤怒地用翅膀拍著地面，欲哭無淚。

楚天又狠狠地咒罵了幾聲，但以往磨練出來的堅強性格讓他逐漸地冷靜了下來。坐起來，長呼了一口氣，喃喃道：「反正做人要活，做鳥也是活，不就是換個活法嗎？也沒什麼大不了的！」

他開始偏著腦袋，觀察四周的情形，這種鳥的視覺，讓他很不習慣，更不習慣的是走路，到底鳥的腳並不是相連的，受力面積很小，而楚天也免不了跌個狗吃屎。

楚天努力用翅膀支撐起身體，吐出嘴裏的雜草，撫摸著自己的爪子，心中苦笑，沒想到老子都這麼大了，還要跟嬰兒一般學走路！

「就不信學不會走路了！」他骨子裏那股大盜血性頓時發作起來。

「撲……」「砰……」「轟……」

叢林中不斷響起重物的落地聲，和著楚天的喘氣聲，空中到處都飄盪著鳥毛，他身上全都是灰塵。

「哈哈！老子能走路了，做人的時候老子是個人才，就算變成鳥，老子也要是鳥才。」楚天不斷用翅膀拍打著胸膛，仰天長笑。

「咕嚕……」就在此時，肚子裏奇怪的聲音驀然響起。

「好餓啊，咦……頭好暈。」楚天用一隻碩大的鳥翅膀按在腦門上，「看來要趕緊找吃的了，否則非要餓死不可。」

楚天集中了注意力，頓時，前方不遠處灌木叢中發出的一陣細碎聲響吸引了他，楚天收起翅膀、躡手躡腳地悄悄向灌木叢移動過去：「要是能抓一隻野豬什麼的就好了，當然，野兔也是不錯的，嘿嘿！」

不斷靠近的過程中，那灌木叢中細碎的聲音更響，一隻遍體黑毛的動物突然躥了出來，撞到楚天身上，楚天猝不及防之下被撞得暈頭轉向，翅膀拍打著倒地，灰塵四起。

楚天忿忿地掙扎站起，一雙鳥眼四下張望。卻發現那隻動物正在前面的草叢中，瞪著一雙大眼睛好奇地盯著他看，似乎一點也不畏懼他這隻大鳥。

楚天訝然，這傢伙的個頭比野兔稍微大了一點，遍體黑毛，耳朵又長又細，露出兩顆尖銳的獠牙。無論怎麼看，眼前的傢伙都是一隻兔子。

「基因變異的新物種？還是未被發現的兔類品種？這是什麼動物啊？媽的，不管了，老子鳥落叢林已經夠淒慘的了，居然還被你欺負，今天定要拿你填填肚子了。」楚天可顧不了那麼多了，他恨恨地拍著翅膀搖擺著身子，然後裝作漫不經心地向前走了兩步。見那隻奇怪的兔子一動不動，他耐不住性子猛地撲了過去。

「砰……」幾片樹葉飄落，樹枝搖晃著，一隻鳥筆直地撞在樹幹上，隨即便摔落在地上，幾根鳥毛四下飄散。

楚天撲了個空，他吐出嘴裏的青草，含糊不清地說：「媽的，用力太大了，這小畜生，今天不抓住你先殺後燉，老子就不叫楚天。」

楚天扭著屁股站起來，拍了拍胸前的灰塵，那怪兔正眨巴著眼睛看著他。意思好像是：「來啊，誰怕誰啊！」

這次楚天學聰明了，翅膀支在樹幹上，翹起爪子閃著身子，雙眼仔細觀察了周圍的環境——那怪兔後面是地勢崎嶇的小山坡，場地頗爲廣闊，確定不會再撞到樹上後，楚天雙眼凶光一亮，爪子一頓，張開翅膀伸長著脖子飛奔向那隻怪兔。

那動物飛快轉身，一頭鑽進了後方山坡下的一處小山洞。「完了，人算不如天算啊！」楚天心中這個念頭剛想起，他滑行的身體已經收勢不住向前栽去，一個鳥頭栽進小山洞，只剩下翅膀在外撲搧，兩爪猛刨著地。

雖然是在洞裏，但在昏暗的光線裏，楚天看見那怪兔就像狗一樣，張開了腿。

「混蛋，不要啊！」楚天忍不住大叫一聲，隨即一股尿騷味降臨在他的頭頂，楚天猛地拉出鳥頭，身體卻四腳朝天向後倒去。

楚天惱怒地甩甩鳥頭，水滴四濺，他一陣噁心，「哇」地一聲嘔吐起來。

「以後還怎麼混哪！小雜毛，老不把你煮、烤、煎、炸……難解我心頭之恨。」他一骨碌爬起，惡狠狠地說道。

楚天保持著一隻翅膀支著地的姿勢，另一隻翅膀擦著頭上的水，正準備掘地三尺，也要報這「尿水」深仇。

「吼……！」

就在此時，一陣震天的吼聲在楚天右方響起，楚天聞聲望去，腳下一個踉蹌，差點趴在地上。

只見右方山坡後露出一隻猶如猛虎一般的黃毛怪物，那怪物身體頎長，是普通老虎的兩倍，頭上長著一隻黃色彎角，那怪物突然張開大嘴，露出鋒利的牙齒，朝著楚天咆哮。

「我的媽呀！」楚天倒吸了一口涼氣，慢慢地伸出爪子向後著地，猛地一轉身，翅膀亂舞，兩爪飛快支地，用一種前所未有的速度躥了出去。

也不知跑出去多遠，楚天確定那怪物並沒有追上，這才停下來靠在樹上大口喘氣。

「累死了。」要是換了以前還是人的他，收拾這樣一隻怪物還不是小菜一碟，畢竟前世身爲盜賊的他，一身的肌肉和搏擊之術可不是白練的。

可惜這種自信到了現在可是點滴不存了，現在他還只是一隻剛學會走路的笨鳥，哪裏敢隨便動手啊！

「還以爲能找到吃的，差點連小命都沒了。老天不開眼啊！」楚天朝著老天哀怨道：「老子吃不著肉，那改吃素總行了吧，這森林這麼大，我就不信找不到能吃的東西了。」楚天拍拍身上的塵土，挺起胸膛，大搖大擺地向林深處走。

沒走多遠，他就嚇得張開翅膀，緊緊抱住了一棵大樹，渾身瑟瑟發抖。「我的媽呀！這麼大的蟲子啊！」只見他前面一棵樹上緩緩蠕動著幾隻遍體通黑的蟲子，頭部兩根長長的觸鬚，身長足有好幾米。

「不行啊，餓啊！」楚天此時已餓得兩眼發昏，站立不穩的看著那些蟲子，也許是出於鳥的天性，他感覺到自己心裏彷彿有種想吃蟲子的欲望。

隨即心中又忍不住翻湧起強烈的噁心感，連滾帶爬地向後退了幾步，連連搖頭道：

「天啊！老子什麼時候淪落到要吃噁心蟲子的地步？」

他的鳥爪再次退後，楚天感覺爪上黏滋滋的，他下意識地轉頭觀看，這一看，楚天又是一屁股坐在地上，原來不知道什麼時候，他的身後也出現了一隻爬行的黑色蟲子，他這一爪下去，硬生生地把蟲子分成了兩截。

鮮血橫飛中，更夾雜著刺鼻的臭味，楚天不禁一陣反胃，他幾乎是滾著衝向附近的一條小河，正準備躍入河水中，卻被水裏的倒影給嚇傻了。

水中出現了一隻巨大的黑色醜鳥倒影，鳥的胸前是那稀稀疏疏的茸毛，露出盤根錯節的肌肉，一顆鳥頭上坑坑窪窪，居然一毛不拔，牠的兩眼交替閃爍著黑紅兩種光芒，凶光時隱時現，而鳥嘴卻烏黑而堅長。

「妖怪啊！」楚天下意識大喊一聲，整個身體掉進了水中，水花四濺。

「不對啊，好像那個鳥人就是我自己啊！」

楚天慢慢反應了過來，從水中站起，然後揚起右翅，貼在自己的鳥下巴下，左翅放在身後，可是卻怎麼也找不回過去那英俊瀟灑的影子。

最後楚天只得無奈地輕歎了一口氣，自言自語道：「身材還算挺拔，體格也還算健碩，看這臉形，絕對是個做超級強盜的料！」

到底是做過最強橫的強盜的，楚天的自我調節能力還不是一般的強。放下已經無法改變的相貌，楚天小心翼翼地洗著爪子和翅膀上殘留著的蟲子腥血。

「這裏到底是什麼鬼地方，不但動物千奇百怪，而且半天了居然不見一個人影？」楚天抬頭望著藍天，心中的疑惑也越來越多了。

這時，空中飛過一隻大鳥，楚天頓時驚訝道：「咦，怎麼好像聽到那隻鳥在笑？」

滿世界尋找果子的楚天，終於在森林的盡頭看到一片誘人的果樹林，成片的果樹林並不能讓楚天激動，讓他激動的是樹上掛著的一個個足有半人大小的淡黃色果子。

「好大的果子！」摸著前胸貼後背的肚子，楚天爆發出了驚人的速度。

那一刻，森林裏所有生物看到的是這樣的景像：一隻巨大的鳥人，鳥嘴流著黃色的口水，一雙翅膀撫摸著自己乾癟的肚子，顛著那巨大的鳥屁股，朝著那果樹林奔去……

「嗯嗯嗯，好好吃，老子以前怎麼就沒發現水果竟然這麼好吃呢！」楚天一屁股坐在地上，左爪一個，右爪一個，正狠命地用鳥嘴啄著水果，嘴裏含糊不清地說著。

驀地，超級大盜停止了吃食，瞪大了一雙鳥眼，嘴裏嚼著的水果也掉落下來。

在他下方不遠處的一棵樹下，站立著一隻美麗的鳥。

這隻鳥像極了一隻燕子，頭部居然還插著一朵不知名的小紅花，順滑的羽毛上裹著一件粉色披肩，她的一雙翅膀輕輕收攏著，剪尾在陽光的照射下，反射出烏黑亮麗的色澤，那水汪汪的眼睛，櫻紅的鳥嘴……讓楚天瞬間就判斷出了，這是一隻雌性的小燕子，讓他意外的是，這隻雌鳥站立的身高居然接近了一百七十公分。

人家是個雌性，楚天這個雄性頓時發現了自己的姿勢不雅，他心裏正想著是不是應該和對方打個招呼什麼的？

「怪物啊……」那隻燕子突然口吐人言地尖叫起來，不斷地拍打著翅膀向後退，顯然是受到了驚嚇。

楚天一愣，從樹上掉下來。「有沒有搞錯，一隻燕子居然也會開口說人話，牠還喊我怪物？天啊！這到底是個什麼世界啊？」

摸著自己的屁股，楚天終於站了起來，不管怎樣，總算能夠遇見一個能夠與自己對話的人，儘管對方與自己一樣，也是一個鳥人。

於是，楚天搖著鳥屁股，怪模怪樣地向燕子走了過去。

「啊！怪物！別過來！」那美麗的燕子往後退，顯得十分緊張。

「你別怕，我沒有惡意啊！」楚天又連忙擺手道：「請問，這裏是什麼地方？」

燕子害怕地盯著他看了半天，眼見他沒有過來，這才斷斷續續地回答道：「這裏是……我家的果園，你是誰？為什麼跑到我家果園來偷吃果子？而且你還沒穿衣服……」

「你家的果園？」楚天有些傻眼，一隻燕子居然也有自家的果園，「等等！她說我沒穿衣服，我的天啊！這還是鳥嗎？這世界上，有這麼人性化的鳥嗎？」

若不是事實就擺在他的眼前，他真懷疑自己該去精神病院了。

不過這隻鳥似乎很善良啊！心中一動，楚天決定發揮自己超級大盜的另一項本領了。

楚天看著瑟瑟發抖的小燕子，先是露出一臉的歉意，然後低下頭，開始醞釀著自己的情緒。想起自己父母雙亡，在冷風中顫抖的日子，想起自己被女人拋棄，受到行內人士唾罵鄙視的場景，想起如今人不人、鳥不鳥的淒慘生活……

等到楚天再次抬頭的時候，他的眼中已經充滿了淚水。

撫胸彎腰做了一個紳士禮，只聽楚天淡而哀傷地說道：「美麗的燕子小姐，你看我長得雖然是兇神惡煞的『形象』，但其實我擁有一顆脆弱而善良的心靈。我是個孤獨的流浪者，根本就不知道家在哪裏，我已經好幾天都沒有吃東西了，餓極了才冒昧地闖進了你家的果園，還請小姐務必原諒我的冒失。」

那隻燕子露出恍然大悟的神色，雙翅輕輕抱在胸前，十分同情地道：「好可憐呀，不過我家果園裏的果子都是要上交給鎮長的，要是缺少了，恐怕不好交差，不如這樣好了，我帶你去我家，我家裏還有些吃的東西。」

楚天驚訝道：「你這個果園都沒人守護，萬一遇見幾個像我這樣強壯的人來掠奪果子，那你豈不是束手無策？」

「嘻嘻！就你也能算人啊！等你蛻化了再說吧。你不是不知道吧，那些真正的貴族，

他們的力量可是能縱橫天地的，更不用說那些翻江倒海、開天闢地的遠古始祖了。……呵呵，你放心，我的果園當然有人守護，你就不用擔心了。」燕子的話中透出強大的豪氣。

楚天可是聽得一愣一愣的，蛻化？翻江倒海？鳥人有這麼強大嗎？但為了偉大的肚子著想，楚天連忙露出感動的樣子，他慢慢地走到燕子的面前，一隻翅膀撐在樹上，兩爪交叉，深情地抬起頭望著她道：「美麗而善良的燕子小姐啊，你那柔情似水的大眼睛，都遠比不上你那顆善良純潔的心所帶給我的無限震撼……我深信，你的好心會得到好報的！」

面不改色地拍出一通馬屁，美麗的小燕子偏過腦袋，似乎害羞地低下了頭。

楚天一見，心裏大悅：毫無疑問，雖然我變成了一隻鳥，但是泡妞技術似乎並沒有消失啊！正當楚天自我陶醉之時，燕子忽然開口說道：「你嘴巴怎麼那麼臭啊，幾天沒刷牙了，我都快被熏暈了。」

楚天摔倒在地，自尊心受到嚴重摧殘。

「我叫伊莎，你叫什麼名字？」燕子小姐接著問道。

「楚天！」楚天沮喪地從地上爬起來，有氣無力道。

「你跟我來，我帶你去我家吃東西。」

楚天跟在伊莎身後，沿著一條蜿蜒崎嶇的小路而行，小路兩旁栽滿了各種各樣的果樹，五顏六色，大小不一，最爲奇特的要算一種在陽光下不斷變著顏色的盤狀果實。

似乎注意到了楚天的驚訝目光，伊莎微笑解釋道：「那是羅盤果，最大可以長到一個小山大小，吃的是裏邊的瓤，十分滋補，它的外皮是十分堅硬的，一般的武器都難以戳穿，我們鎮上就有居民拿它們做房子。」

楚天張大了嘴巴，指著不遠處兩隻正在拉車的黑色蟲子，奇怪地問道：「這……這些是……」

那些黑色蟲子足有兩米長，約有水桶粗，在牠們的額前長著兩對如同手臂一般的觸鬚，腰腹下則是四條長腿，形態十分威猛。

伊莎不以爲然道：「牠們叫嘰咕，都是我家的奴隸，你可別看牠們傻，做起事情可是很勤奮的，我家種的幾百棵樹施肥澆水都是牠們兩個完成的。」

說完伊莎對著蟲子喊了聲：「嘰咕！」

只見其中一隻蟲子回過頭，對著伊莎和楚天溫柔地一笑，那蠕動的腦袋上，露出一排白森森的牙齒。

楚天胃裏又是一陣抽搐，暗自搖頭道：都說美女溫柔一笑傾倒眾生，這蟲人的溫柔一笑怕是要噁心死一大片啊！

第二章 鳥人部落

儘管見到稀奇古怪的東西越來越多，但楚天心中對這個未知世界卻更增加了幾分好奇！根據他的判斷，這絕對是與他前世完全不同的一個世界，或許，老子在這裏得到的是一次轉世重生吧！

心中各種念頭一閃而過，楚天嘴上卻讚揚道：「好勤奮的嘰咕，不過伊莎，這麼大的果園，兩隻嘰咕恐怕不夠用吧？」

伊莎點頭道：「是啊！前幾天阿爸說現在果園又大了許多，正打算多買幾隻呢。」

「買？這裏不會是個奴隸社會吧！」楚天忍不住好奇地問道：「伊莎，爲什麼要買呢？難道不可以去抓嗎？」

伊莎搖著美麗的鳥頭，一本正經地道：「一般蟲人的智慧極其低下，只有高級蟲人才有一定的智慧，而嘰咕他們就屬於高級蟲人，森林裏存活到今天的高級蟲人，都是極其狡猾，很難抓的。就算你抓住了牠們，如果沒有經過專業馴蟲師的訓練，牠們也很難勝任這些工作。」

高級蟲人還有自己的思想？還有專門訓練牠們的馴蟲師？楚天張大鳥嘴，顯然吃驚不小，用翅膀摸了摸自己的下巴，楚天疑惑道：「伊莎，不好意思，我沒見過什麼世面，你跟我講一下這個世界是什麼樣的吧！」

伊莎以看怪物一樣的眼光看著他，今天竟然遇見了一個鄉巴佬。不過伊莎很善良，依然耐心解釋道：「這是一個由我們鳥類爲主宰的世界，我們控制著一些高級蟲類和一些低等的奴隸動物。不同種類的鳥族分成各個小鎮居住，像我所處的白林鎮主要居住的就是燕子，其餘種類的鳥數量相對較少，他們以種植果樹和養蠶爲生。」

「伊莎，之前聽你說，你們種植的果子和養的蠶都是要交給鎮長的？」楚天繼續道。

「沒有啊，果子是交給鎮長的，但是養的蠶卻是要交給祭司的！」

「祭司？你們這裏還有祭司？」楚天再次驚訝起來。

「是啊，我們鎮子裏權力最大的是祭司夏瑞大人，其次是鎮長，接下來就是各村的村長。」伊莎理所當然地說道。此時伊莎對楚天，已經從最初的警戒，發展到了現在以白癡來看待楚天了，她甚至有些同情他了，這樣的白癡該怎麼在這個世界活下去啊！

楚天伸出舌頭舔了舔乾澀的鳥喙，那尖利的鳥喙差點割傷了他脆弱的舌頭，他喃喃地道：「那你們的祭……祭司是幹什麼的？」

「鎮裏規定，在每隻鳥到十五歲的時候，都要到祭司那裏接受各種考驗，通過考驗的鳥們，可以在每年三月重疊之夜，在祭司的帶領下向廟裏萬能的鳥神祈禱，以獲得祝福，從而擁有更高的智慧，我過幾天就要接受祝福了呢。」伊莎的語言中透著期待和興奮。

我汗，看來這個地方還是個封建社會啊！

一路上，楚天終於從伊莎的話中，確定了自己已經到達了另一個陌生的世界，換句話說，之前的家鄉地球，從此之後只能存在他記憶裏了。

走了沒多遠，伊莎突然高興地指著前面說道：「你看，這就是我們鎮子。」楚天順著伊莎的翅膀望去，只見前方出現了一大片由參天大樹圍成的翠綠色圍牆，遠看猶如一個巨大堡壘。在堡壘上方的天空則有無數道若隱若現的綠色流光縱橫交錯著，顯得十分絢麗。

「那些是什麼東西？」楚天好奇地指著天空道。

「這些是神廟的祭司們建造的天空防禦，使敵人無法直接從空中離開或者進入鎮子裏，主要是用來防範那些無恥的罪犯！」

伊莎領著他繞過綠色的城牆，來到一座大門前，門的橫匾上歪歪扭扭地寫著什麼東西，猶如無數扭曲的蝌蚪，更像鬼畫符，但楚天彷彿本來就認識這種文字一般。

「白林鎮！」楚天忍不住喃喃道。

門口的守衛穿著一身灰色的連體鎧甲，翅膀上捲著一柄長矛，筆直地站著，好像一尊雕塑，他的雙眼盯著正不斷靠近的兩個人，單從他的外形上看，似乎與伊莎極為相似，只是他頭顱上的毛髮顯得十分稀少，頭頂更多出了一個肉瘤，比起伊莎要孔武有力得多。

與那守衛森寒兇狠的眼睛一對，楚天莫名地覺得心頭一顫，嚇得躲到伊莎背後，聲音都有些顫抖地指著守衛道：「伊莎，那不是妖……妖怪吧！」

伊莎哭笑不得，她轉過頭看了一眼楚天，嗔怒道：「胡說什麼呀？什麼妖怪，那是我們鎮上最帥氣的薩那大哥。你雖然長得醜，可長相是天生的，就不要嫉妒薩那大哥了。」

楚天心中暗暗滴血：「就他那鳥樣，我還嫉妒他？想我……不對，現在他這鳥樣，好像真的比我好看一點點……哎，老天爺，你為什麼要這樣對我啊，嗚嗚！」

門衛薩那不怒而威道：「伊莎，這傢伙是誰？怎麼不穿衣服到處亂逛？」

伊莎連忙對薩那道：「薩那大哥，這可憐的流浪漢迷路了，是我把他撿回來的！」

「原來是這樣，那你們進去吧！」薩那點點頭，這才放他們進去。

楚天心中聽得更鬱悶了，「老子又不是故意不穿衣服，而是實在找不到衣服穿啊！」

走進鎮子，中間是一筆直的街道，兩邊是一排排三四個人才能環抱的粗壯大樹，粗壯的樹枝上赫然築著一棟棟像鳥巢一般的巨大屋子，形態各異。

樹幹上熱鬧非凡，各種各樣的叫賣聲、吆喝聲此起彼伏，各種鳥在路邊上討價還價，爭得面紅耳赤，鳥毛亂飛的場面隨處可見。

一隻形似八哥的鳥人盤旋著飛在空中，他的胸前掛著個布招牌——上面畫著扭曲的圖案，好像道士的道袍一般，但不同的是那件衣服上畫著一個三角腦袋的怪鳥圖案。

「伊莎，你今天好漂亮啊，鳥神保佑，你一定會找到一個如意郎君的。」那八哥繞著伊莎頭頂飛舞，朗聲說道。

伊莎顯得有些羞澀，她局促道：「扎爾大哥最討厭了，每次都取笑人家！」

「討厭！討厭！哇，伊莎害羞的樣子更漂亮了！」那八哥似乎相當興奮，振翅飛遠了，空中留下一串笑聲。

「他媽的，死八哥，果然是多嘴流氓，居然光天化日之下調戲良家少女！真想扁他。」楚天將翅膀捏成拳頭，氣憤地道。

「什麼啊？」伊莎看似有些不大高興，她瞪了楚天一眼道：「扎爾大哥是我們這裏最出色的占卜師，他的讚美和祝福是我們十分期待的，爲什麼同樣是鳥族，你和我們的人品差距就這麼大呢？」

「我……」楚天想張嘴來著，卻頓時無語。

有沒有搞錯，什麼占卜師，說穿了，還不是算命騙錢的，好心保護你，怎麼跟老子的人品扯上關係了？

一路行來，楚天再不敢隨便地說話。

白林鎮的居民住所楚天看得多了，也漸漸看出了一點門道，這裏的房子有的只有矮矮的一層，木料顯得十分簡陋，有的築起兩三層，外觀上顯得十分華麗漂亮。楚天心中感慨，看來鳥人世界的貧富差距也是避免不了的。

「哈哈，那隻醜陋的麻雀走起路來居然一跳一跳的，不知道的還以爲是殭屍呢，嘖嘖，還有這隻烏鴉，臉上竟然還化了妝……乖乖，這個鵪鶉好肥的屁股啊……天啊，居然還有鴛鴦拿著手帕招攬客人，難道是隻妓鳥？呵呵，這也太搞笑了吧！」

這個世界的某些方面似乎與他前世的地球有些相像。最大的區別就是一個是以人爲主的世界，另一個則是以鳥爲主的世界。

楚天的心中暗想：「若是把這些奇異的、會說話打扮的鳥抓幾隻回到地球去，光是開珍稀鳥類展覽的錢，就夠自己花一輩子了！」

不過很快他又黯然，自己這輩子估計是別想回地球了……

在小鎮的路上拐了個彎，伊莎指著前方的一棵樹道：「我家到了。」

楚天抬頭望去，這是一棵很奇怪的樹，樹上總共只有稀稀疏疏的十幾片葉子，不過每片樹葉子都足有半人寬，樹的週邊被一層薄薄的泥土包圍著。

伊莎輕叫一聲，拍著翅膀飛上房子，回頭望了眼楚天說道：「上來呀。」

楚天努力地拍打著翅膀，向上伸著脖子，可卻怎麼也飛不起來。無奈之下，他只好可憐兮兮地對伊莎歎了口氣道：「不行啊，我飛不起來。」

伊莎驚訝地看著他，竟然還有不會飛的鳥？但事實卻擺在眼前。無奈的伊莎只好從裏屋拿出一根繩子垂下去道：「你抓緊繩子，我拉你上來。」

楚天瞅了自己的翅膀一眼，還是不太確信這翅膀能抓緊繩子，萬一半途掉下來那可就慘了，想了想，但他最後還是把繩子綁在身上，用爪子抓著樹幹，翅膀拍打著，扭動著屁股向上爬。

這樣的爬行很是吃力，楚天早前吃的果子積攢的一點力氣早已經在路上消耗殆盡，等到他爬上樹屋的時候，已經累得兩眼翻白，大口喘氣了。

伊莎又是好氣又是好笑，用爪子拉著楚天的翅膀，將他拖進裏屋。

楚天喘著氣說道：「有東西吃嗎？我快餓死了。」

伊莎聽到後，趕緊去廚房裏準備吃的東西，楚天則激動地坐在房內，興奮地等待著食物的到來。

伊莎的家分爲一大一小兩間，大間的陳設十分簡潔，正中是一張四方形桌子，周圍的牆壁上則是放著一些奇怪的用具，可惜楚天一件也不認識。

伊莎已經從小房間的廚房裏端出了滿滿三個盤子，放到楚天的面前。楚天盯著桌子上的菜，臉刷一下就綠了——盤子裏物體橫陳，黃白相間的堆雜著無數的蟲子。

楚天又感到胃部一陣抽搐，他挪動著屁股連連後退，一副唯恐避之不及的樣子。

伊莎見他雙眼無神，很失望的樣子，不禁奇怪地拍打著翅膀，走近幾步靠近楚天道：「楚天，你怎麼了，你不是說餓了麼？這些蟲子的味道可好吃了，尤其是咬進嘴裏，蟲子的油脂迸發出來的時候，那可真是天上地下少有的美味啊！本來我是準備留到過節的時候再吃的，現在讓給你了，來，你嘗嘗。」伊莎將盤子推到楚天面前。

伊莎一邊說著，一邊比劃，似乎陷入一種陶醉的情緒。她沒看見一旁的楚天早已是面無鳥色，直翻白眼，他忍不住叫道：「蟲子，天哪，又是蟲子，太恐怖了，太噁心了！」

說著楚天控制不住連滾帶爬地爬出屋外，冷不防屋外一腳踩空，整個身體斜著栽了下去。「啊！救命啊！」楚天的聲音在半空響起，緊跟著「砰」一聲，他屁股朝天，一頭栽進了泥土中。

伊莎跑出屋外，看著樹下的楚天，又看了看盤子裏的蟲子，奇怪地說道：「楚天怎麼了，怎麼看到蟲子變成那個樣子啊。這蟲子好吃啊，又沒變質。」她拿起一隻就往嘴裏塞，「嗯，很香啊，毛毛蟲就是好吃，難道楚天是看到這麼好吃的毛毛蟲太興奮了？」

當陷入極度悲涼狀態的楚天被伊莎再次拖回樹頂的時候，很快周圍村民就得知了伊莎從鎮子外面撿到一個怪物，而且還把他帶回來了，於是不時有鳥人鄰居飛到伊莎家裏來「觀察研究」。

一群人模狗樣的怪鳥穿著各式的奇裝異服，圍在楚天身旁，一會摸摸楚天的頭，一會拉拉楚天的尾巴，他們的嘴裏還念念有詞。

「羽毛這麼短，好硬哦，根本就不像是我們鳥類的嘛。」一隻鸕鵜鳥人鄙夷地摸了楚天一下。

「就是啊，你看他那個禿頭，上面坑坑窪窪的，換了是我，早跳河自殺了！」一隻燕子接口道。

「不是啊，我覺得他的爪子好尖利呢，而且翅膀也很有力，看起來好強壯哦。」一隻野雞斜靠在楚天身旁，花癡般地嚷道。

楚天一陣悲憤，自己居然成了這些鳥人的展覽品！更讓他氣憤的是，來參觀他的居然還是一群土裏土氣的怪鳥，隨即他忍不住氣餒，誰讓自己大驚小怪，連鳥類吃蟲子這樣的常識都忘了呢？

「看他的樣子一定是沒收到祭司大人的祝福，不然怎麼會看起來這麼傻？」

「是啊，看來他應該是沒等級的，很有可能屬於一個天生卑賤的種族呢！」眾鳥七嘴八舌地道。

這時，一隻白毛蒼蒼的老燕子拄著根拐杖，一步三搖地走到楚天面前。

「是洛斯爺爺來了！大家讓開些！」老鳥的身分似乎有點特殊，眾鳥紛紛出聲，並主動讓開了一條道。

只見他走到楚天跟前，細聲問道：「小夥子啊，你從哪兒來？」

楚天心裏暗自嘀咕：「就算老子告訴你是從地球來，你知道地球在哪裏嗎？即便說了你也是不知道。」

但是他表面上還是裝出一副絕望的樣子，悲傷地道：「洛斯老爺爺，我的頭部受過撞擊，只記得自己叫楚天，其他什麼都不記得了，也不知道流浪了多久……還好我遇見了伊莎，要不是她帶我來這裏，我恐怕早餓死在森林裏了！我好餓啊！」最後一句話是大實話，楚天這回體會更深刻了，不一會乾脆就淚流滿面，失聲痛哭起來。

「可憐的孩子！」洛斯忍不住歎了口氣。

周圍的鳥人們個個面面相覷，聽著楚天的哭聲，頓時受到悲傷情緒的感染，一個個忍不住同情地抹起眼淚來。

演戲就要演全套，讓我哭得更震撼一點吧！楚天爲了取得更大的同情，頓時哭得更加賣力了。

其中一隻燕子用翅膀拍著楚天的身子，同情地說道：「兄弟啊，你別哭了，剛才外面有幾隻鳥在飛過這裏的時候已經被你哭聲震下來了，現在還躺著呢！」

楚天：「……」

通過洛斯的安排，楚天暫時在伊莎家住了下來。原來洛斯是燕族中輩分最高的長者，年齡接近兩百歲，可謂德高望重，有他開口，眾鳥便也漸漸地接受了楚天的存在。

楚天也漸漸習慣了自已變成一隻鳥，唯一不習慣的恐怕就是吃東西了，他下定決心就算餓死，也絕不吃那些噁心的蟲子。

伊莎家只有她跟她老爸兩個人，屬於中產的生活水準，主要還是以養蠶爲生。

楚天第一次看到蠶的時候差點沒被嚇死過去，這哪叫蠶啊，每一條直徑一丈多的圓簸箕裏才能養兩隻，害得楚天差點以爲那是兩隻基因變異的豬。

楚天突然想看清楚這蠶的身體構造，結果才一走近，那蠶就猛地抬起頭來，噴出一口白氣，楚天頓時覺得天昏地暗，被熏倒在地。

等他醒來後才知道，那些蠶只有雌性的鳥人才能接近，若是有雄性鳥人不慎靠近，必定會被蠶噴出的白霧噴倒，輕則昏迷兩三天，重則變成白癡。

楚天哭笑不得，居然還有這樣的蟲子，不過這樣一來，他是見到這些蠶就嚇得渾身顫抖了。

伊莎的老爸對楚天很是不解，這個楚天這個笨鳥居然不喜歡吃味道鮮美的蟲子？不過考慮到楚天畢竟是個強壯的免費勞動力，所以還是照他所說，每天給他提供一些水果爲食。

楚天在伊莎家住下後，就自告奮勇擔起看守果園一職，除此之外還會幫伊莎摘些蠶吃的葉子，由於他身強體壯且能幹，以至於伊莎她老爸把家裏的幾個高級蟲人都給賣了，所有的體力活全部交給了楚天。

楚天除了暗罵伊莎老爸黑心之外，也是無可奈何，畢竟寄人籬下，還要靠他們吃飯，楚天只好忍了，不過伊莎家的房子太小了，實在沒地方給他睡，他又死都不肯睡蠶房，所以到了晚上的時候，楚天只好躺在樹頂的枝椏上。

這一天夜晚，楚天仰頭望天，這個世界的夜空呈淡淡的藍色，彷彿布了層朦朧的輕紗，這個世界的天空與地球很不一樣，空中懸掛著一大兩小的三個月亮，顯得十分奇異。

「想不到我楚天居然會成爲鳥人，當苦力的地步，悲哀啊！什麼時候我才能恢復當年睥睨天下，擁有無數美女的瀟灑呢？」楚天又是一個翻身。

「撲扇撲扇」，一陣翅膀揮動的聲音劃破夜空的寧靜，一隻慈眉善目，渾身白毛的老燕子飛到楚天身邊站著，呵呵笑著說道：「小夥子睡不著啊？」

楚天打了個冷顫，連忙爬起，恭敬道：「原來是洛斯爺爺啊！是啊，我睡不著！」對於這個敦厚的長者，楚天心中很有好感。

洛斯微笑道：「失憶未嘗不是一件好事，你可以更好地審視自己的未來，年輕人，不要沮喪啊。」

楚天心中暗想，厲害，這個老頭居然能看出自己的心事，眼見對方那慈祥的目光，楚天心中一動道：「我也不是沮喪，只是感到有些漫無目標，因爲我不知道這個世界是什麼樣子，洛斯爺爺，跟我說說這個世界的事吧，或許我能從中找到自己的目標和動力！」

「果然是有志氣的年輕人，既然如此，我就跟你講講這個世界。」

洛斯輕聲咳嗽幾下，潤了潤嗓子，娓娓道來：「這是一個由鳥系貴族管理的天下，神權至上的世界。皇權集中於世界中央的一座城，皇權中的領導者將不同區域劃分給幾個最高貴的翅爵掌管，再由翅爵劃分自己的領土給下屬的羽爵，其下依次再按照習性的不同而劃分出小鎮，由一族的爪爵來管理。一般來說爵位沒有世襲，只有憑著自己的實力去爭取，但由於血統先天上的優勢，因此獲得爵位的大多數還是貴族。」

「鳥！鳥還有爵位？這世界中央居然還有城市？」楚天想了想好奇地問道：「那城市叫什麼名字，在什麼地方？」

洛斯微微一笑道：「每個爵位都代表了龐大的力量和勢力，至於城市的名字，這個……小夥子，那些虛無縹緲的事情你就不要管了，也許這一輩子我們都到不了皇城的所在！」

楚天心中有些鄙視：「呸，你這老鳥時間不多了，這輩子當然去不了，不過我楚天還年輕力壯，有的是時間和機會！」

洛斯接著道：「其實，這個鎮裏大部分的人連羽爵大人都沒聽說過，更不要說翅爵大人了！我們雖然能飛，但是很少有鳥離開過這鎮子！」

「哦？這又是爲什麼？」楚天顯得更奇怪了。

洛斯歎了口氣道：「因爲外面太危險了！」

「危險？」楚天很不解，既然這個世界是個鳥類的世界，那麼身爲世界主人的鳥又怎麼會有危險呢？

「是的，我也是聽老前輩們說的，在離開鎮子很遠的森林裏有很多未知的怪獸，牠們會躲在水裏、泥土裏、樹上……甚至有可能從任何一個地方襲擊我們！因此，大家輕易不會離開鎮子太遠！」洛斯似乎聽出了楚天話中的好奇，因此帶上了一絲規勸。

楚天總算是有點明白了，不過仍然很好奇地問：「洛斯老爺爺，剛剛你說，一般的爵位沒有世襲，只有憑著自己的實力去爭取，那像我們這樣普通血統的平民，成爲貴族的機率大不大，或者說有沒有？」

楚天這麼問也是有講究的，能夠獲得爵位就將獲得權勢和地位，這個誘惑對於楚天來說，可謂相當誘人，畢竟前世的他在盜賊界橫行，也是爲了往高位爬。

出乎意外的，洛斯一聽到這個問題，兩眼就放光，顯得似乎比楚天還興奮，只見他抬起自己乾癟的爪子，對楚天說道：「小夥子，你覺得我的爪子跟一般的鳥有什麼不同？」

楚天認真地看了看老鳥的爪子，再低下頭又看了看自己的爪子，發現老鳥的爪子竟是呈棕色的，他不禁驚奇地道：「呵呵，想不到啊，老爺爺，你都那麼老了還追求時尚啊，怎麼把自己的爪子染成棕色的呢？」

洛斯爲之氣結，猛地拍打了一下楚天的頭：「染什麼染，你再看看老夫的嘴，又有什麼不同？」

楚天摸著頭盯著老鳥的嘴看了半天，嘴裏不停地嘖嘖著。

洛斯洋洋得意地說：「看出來了吧。」

楚天撓撓頭說道：「老爺爺，我看了一下你的鳥嘴，它準確地告訴我，你的年紀已經很大很大了！」

洛斯氣得翅膀都顫動了起來，他指著楚天怒聲罵道：「你……你……你個臭小鳥，居然這樣戲弄我老人家！」

楚天用翅膀捂著頭，心裏冤枉道：「我說的沒錯啊，你的鳥嘴都已經是灰白色的了，難道還不是很老了嗎？」

心裏雖然這麼想，嘴上卻不敢說出來，他還真怕把洛斯這老頭子給氣死了，畢竟自己還有很多事情沒問清楚呢！於是楚天趕緊上前用翅膀撫著老鳥的背幫他順氣。

洛斯長長地歎了口氣，然後才道：「算了算了，老夫懶得跟你這個可憐的小鳥計較。其實在我們這個貴族專制的社會，等級的劃分是極其嚴格的，一般的平民都黑爪、黑嘴，就像你一樣，再上一級的就是棕爪、灰白啄的啄衛，然後就是綠爪、白啄的爪爵。

「想當年老夫跟隨格古羽爵出征打仗，歷盡生死才獲得啄衛之位。當年那一場戰爭啊，真是天昏地暗、血流成河，老夫跟隨爪爵左右奮勇殺敵，你看，這一塊沒毛的就是被沁熊利爪抓掉的，當時老夫雖然身受重傷，但還是英勇無比、奮力一爪就將那沁熊的半邊臉給抓沒了，老夫發起威來那可真叫一個地動山搖啊……」

楚天見洛斯唾沫橫飛，不停吹噓自己如何了得，趕緊打斷他的話道：「老爺爺，對於你當年的神勇，小鳥我崇拜得五體投地，只是……你能給我講講你是怎樣升級的嗎？」

洛斯似乎也意識到自己說得有些過火了，不禁有點老臉發燙，他乾咳了幾下，緊接著說：「要是想由平民升爲啄衛，必需經歷無數的艱辛。首先要向祭司提出晉級申請，而在得到他的肯定之後，他便會爲你挑選三個強大的啄衛，作爲你晉級的考核。

「你只有擊敗他們中的其中一個，才能接受祭司爲你祈禱，讓萬能的鳥神降下恩賜的神光，幫助你完成進化……小夥子，我看你身強體壯，頗有老夫當年的風範哪，想老夫當年去應徵時，就那麼一爪一拍輕鬆過關，看得徵兵的爪爵目瞪口呆，二話不說就把我留在身邊擔當近衛……」

楚天心裏又是好笑又是驚奇，好笑的是怎麼這個世界的老鳥跟地球上的老翁一樣愛胡吹，驚奇的是這個世界果然是弱肉強食，既然有爵位這麼一說，如果有機會，自己就一定要爭取。

前世的自己是盜賊中的翹楚，那麼在這裏，自己也要爭取成爲鳥人世界的皇者，只不過這段時間被蟲子搞得有點神經了。或許只有成爲至高的皇者，才能想吃什麼吃什麼！楚天腦中給自己找了個最強大的動力。

「呵呵，老爺爺，你的雄姿早已深深映在我的腦海裏，我決定要向老爺爺你學習，做一個勇猛的鳥人。呵呵，天色晚了，我也要睡覺了，老爺爺你也早點回去休息吧。」楚天面對老頭子滔滔不絕的口水，都快崩潰了，再這麼下去，自己非被口水淹死不可。

連推帶拉，好不容易將洛斯給弄走，楚天卻怎麼也睡不著，心裏波瀾起伏，在伊莎家裏的這段時間對他的影響無疑是巨大的，尤其是和洛斯老鳥的一番談話，更是讓他大致把握了一點自己以後發展的方向。

「這個世界吸引人啊，不過也是弱肉強食啊！……不管了，老子先在伊莎這裏住下，然後再做打算吧。唉，美女啊，山珍海味呀……什麼時候才有啊！」頹喪的楚天就這樣躺在樹枝上迷迷糊糊睡著了。

豪華的大廳裏閃爍著金色的燈光，柔和的音樂吹動著心房，曼妙的身材翩翩起舞。楚天坐在椅子上樂呵呵地看著這一切，品嘗著紅酒，無數的山珍海味就擺在他面前，他舉手正要拿起一隻鳥腿吃時……

「楚天，起來啦。」一聲清脆的叫聲，「你幹什麼，啊……」接著一聲悶響。

楚天睡眼朦朦，嘴裏含糊不清地說著：「鳥腿，我喜歡。」

嘩啦一聲，一盆冷水潑下，楚天打了個冷戰，睜大眼睛就嚷道：「天啊，下大雨了！」隨即他發現眼前的美酒、山珍都不見了，不過面前卻出現了兩隻細長苗條的鳥腿，他大喜道：「鳥腿在就好，鳥腿在就好！」說完，他猛地撲上去，準備抱住鳥腿就啃。

「色鳥，流氓！」一聲嬌脆的嗔怒聲響起，只見那鳥腿突然抬起來，爪子一把按住他的頭，楚天驚異之下順著鳥腿向上看去，一隻面色不善的鳥正拍著翅膀瞪著他。

楚天頓時苦起臉來，連忙諂笑道：「原來是伊莎啊！那個！這個，啊，你的腿真好看！」伊莎偏過頭，臉上絨毛豎起，怒道：「你好討厭，竟然抱我的腿，壞了名聲，我怎麼嫁出去啊！」

「我汗，伊莎這話和動作也太曖昧了吧，再說了，我又不是有意的！」

楚天心中暗想著，動作可不慢，他訕訕地用翅膀挪開伊莎的鳥爪，連忙陪笑道：「不好意思，剛剛做噩夢了。」

「你該幹活了！」伊莎丟下一句話，頭也不回地飛走了。楚天苦笑，自己稀裏糊塗的幾句話，看來是把伊莎得罪了。

「每天都吃水果，嘴裏都淡出鳥糞來了。」楚天無精打采地走在伊莎家的果園裏，「算了，我還是去森林逛逛吧，碰碰運氣也好，說不定能抓個兔子什麼的。」

明媚的陽光，輕盈地灑在林間的小路上，遠處流水潺潺，奏起歡快的樂章。

楚天慢慢走著，突然聽到草叢深處的灌木叢傳來低低的爭吵聲，他心中暗想：不會是有什麼不長眼的笨鳥來偷水果吧？

於是他小心翼翼地走到灌木叢後探出腦袋，只見幾隻穿得破破亂亂的斑鳩，正伸著鳥頭圍成一圍，在爭吵著什麼。

楚天偷聽了一會兒，知道他們大概是分贓不均才引起的爭吵。這個時候，他以往喜歡黑吃黑的心思馬上浮現了出來。

楚天一看那幾隻斑鳩都是又瘦又小，爪不利、翅不強的，他本能地抬起自己的爪子看了一眼：「嗯，跟他們這些『小雞仔』比起來，我絕對是強壯的『老鷹』嘛。」然後他又搧了下翅膀，自得道：「嗯，強壯的翅膀！」

體格上很明顯的差距讓楚天膽氣大增，他挺了挺胸，昂起頭，一爪踏開灌木叢走到那幾隻鳥身後。

「你們這幾個小偷，把東西放下，通通給老子滾蛋。」楚天傲慢地說道。

幾個斑鳩還沒反應過來，楚天那雄壯巨大的翅膀抓起一隻離他最近的，大力地往外一扔，那隻斑鳩頓時七葷八素地撞到樹上。

「哪裏來的醜傢伙，居然敢對我們動手，兄弟們，給我上！」一隻領頭的斑鳩發號施令道。

其他斑鳩見狀紛紛大怒，一擁而上，傾刻之間，只見塵土四起，看不清誰是誰。

接著只聽到幾聲悶響，那幾隻斑鳩一隻接著一隻被楚天飛摔出很遠。

灰塵中，楚天終於找回自信，看著幾隻狼狽的斑鳩，他長笑道：「老子有這麼強壯的體魄和鋒利的爪子，還搞不定你們這幾個小雜毛？不想死就快滾……」

這時候，楚天一眼瞥見斑鳩們放在地上的黑色袋子，他拿起一看，頓時口水如瀑布一般飛流直下。

「蛋……蛋……鳥蛋……」楚天含糊不清地說著，他連續幾天都沒見腥葷了，而此刻見到鳥蛋，頓時激動得眼淚直流。

「老子終於能吃點葷的了……這蛋清和蛋黃可是大補啊！」

袋子裏兩個鳥蛋是乳白色的，散發著誘人的光芒，由於前世的知識，加上最近受的苦，楚天自然知道這些鳥蛋的珍貴。

被他打發的幾隻斑鳩並未就此離開，還在附近不斷窺視，眼睛一直盯著他手裏的蛋。

楚天趕緊將袋子合攏，藏在懷裏，兩眼凶芒一閃，大喝道：「滾！」

那幾隻斑鳩嚇得屁滾尿流，連滾帶爬地跑得遠遠的，但仍然遠遠地看著。

楚天拿起鳥蛋，吧唧幾下，擦掉口水，說道：「有兩個，我先在這裏吃一個，剩下一個帶回去跟伊莎分著吃。」

楚天砸開其中一個鳥蛋，正準備吃。那幾隻遠遠圍觀的斑鳩頓時面面相覷，露出驚恐之色，大喊一聲：「吃鳥蛋了！吃鳥蛋了！」

斑鳩們喊叫著、爪子亂踢、翅膀亂拍，踉踉蹌蹌地四下飛散；有的撞在樹上，而翅膀猛拍著向裏鑽；有的掛在樹枝之間，乾脆暈了過去。

楚天將裝鳥蛋的袋子往後一背，不屑道：「不就是吃個鳥蛋嘛，用得著這麼大呼小叫的嗎？真是一群沒見過世面的鄉巴佬！」

舔乾淨蛋殼裏殘餘的蛋清後，楚天又將翅膀前端沾滿蛋清的位置逐一舔了個遍，這才長噓口氣，仰天喊聲：「好爽啊！」

又在原地美美地睡了一覺之後，楚天才大搖大擺地走出灌木叢，他心裏正美美地幻想著，當伊莎看見他帶回的鳥蛋時，會露出怎樣的一副驚訝表情。

想著想著，剛走出沒幾步，楚天就聽見天空傳來了幾聲尖銳的哨子聲，緊跟著，頭頂出現了幾團陰影，在撲扇聲中，楚天只覺得眼前一晃，幾隻身穿淡青色鎧甲的灰鴉武士已經強橫地排成一排，攔在他前面。

「哎呀！哥幾個也出來找東西吃啊？」心情大好的楚天搖著翅膀，打著招呼道。

幾隻灰鴉武士都不說話，只是冷冷地看著楚天。

楚天心中莫名地打了個寒顫，他忽然想起昨天晚上與老燕子的一番交談，好像提到過這些灰鴉武士是鎮長大人的私兵。

「可是鎮長大人的私家部隊怎麼會出現這裏？難道是爲了自己？」可自己光棍一身，剛進入這個世界沒多久，要說自己這麼快就成名受到了關注，楚天是打死也不相信的。

楚天可知道這支私家部隊的不簡單，每一隻灰鴉都具有啄衛的水準，只不過因爲這些

啄衛是鎮長的私家兵，他不敢讓上頭知道，所以沒有讓灰鴉士兵去挑戰啄衛們來升級，但是他們的實力絕對不可小覷。

楚天見他們面色不善，心想老子惹不起總躲得起吧，他一邊點頭哈腰一邊向後退去，嘴裏陪笑道：「對不起，對不起，不好意思，剛才撞到幾位了。」

正想著，一個熟悉的身影出現在灰鴉武士後面，楚天一愣：「這不是剛才被我狠扁了一頓的那隻斑鳩嘛，怎麼又回來了？完了，這些灰鴉武士不會是他拉來的靠山吧？」

卻見那隻斑鳩的鳥頭長著大包，正用一隻翅膀捂著，「雪雪」地叫痛，但他一見到楚天，馬上指著他尖叫起來：「啄衛大人，就是他，我親眼看見是他吃了鎮長大人的蛋，這個惡魔……」

「我汗，我什麼時候吃了鎮長大人的蛋了？有沒搞錯，這死斑鳩真可惡，栽贓不說，居然還帶來這麼一大幫子鳥人武士？」楚天大怒，正要上去教訓這隻多嘴的小鳥，卻見一隻頭帶黃色頭盔的灰鴉武士上前一翅拍向楚天的腦袋。

楚天剛吼出一聲，就覺得腦門上挨了一記重擊，他眼前一黑，頓時暈了過去……

第三章 九重禽天變

也不知過了多久，楚天感覺猶如騰雲駕霧一般，忽上忽下，又彷彿在海浪中不停地隨波逐流，突然腦子一沉，醒了過來。

眼前一片通紅，一股熾熱的氣息迎面而來，楚天這才意識到自己已經身處絕境之中。

只見他身上繞著一根粗大的黑色鐵鏈，整個身體被凌空綁在一根合抱粗的銅柱之上，銅柱之前則是一堆燃燒的熊熊烈焰。

「媽的，這是怎麼回事，老子怎麼就莫名其妙地到這個地方了？」楚天到現在也搞不清楚狀況，正慢慢地回憶著昏迷前發生的事情。

「殺了他，殺了他。」一陣震天的喊聲，將楚天的注意力再次轉移，他轉了一下鳥頭，這才注意到火堆之外的另一番景象。

圍繞著綁他的這根銅柱，是一個很寬廣的白色沙石場地，在場地的東北方有一座巨大的六角形平臺，高出地面一大截。

平臺上坐著兩隻鳥人，左邊是一隻個子蠻高的麻雀，羽毛灰白，腆著個大肚子，白啄綠爪，陰沉的鳥臉上一雙細小的眼睛，頭上戴著一頂帽子，穿著滿身彩光的華麗衣服。

楚天一看白啄綠爪，想著昨晚老鳥說的等級，馬上明白對方是個爪爵！「可沒聽說過這附近有爪爵啊？哦，對了，好像聽說過鎮長是名譽爪爵，難道這隻麻雀就是鎮長？」

在麻雀右邊則坐著另一隻身穿華麗大氅的鳥人，他頭頂的毛髮一片殷紅，微風一吹起，就會有另一種異樣的藍色在陽光下熠熠閃動，而他的手中正拄著一柄烏黑的權杖。

在平臺的周圍，是一排齊穿鎧甲的灰鴿武士，而在那平臺之下的週邊，則是無數鎮上的鳥人居民，他們此時正一個個義憤填膺地罵著楚天。

「鎮長大人，燒死他，燒死這個罪犯。」周圍的鳥人群情激憤，紛紛指著楚天叫罵。天空還不時有些鳥人盤旋著落地圍觀，周圍越聚越多的鳥人唧唧喳喳地說著。楚天發現情況不對了，很明顯，這裏所有的鳥人，都將矛頭對準了自己，彷彿自己犯了十惡不赦的大罪。

可問題是，自己什麼都沒幹啊！殺人、搶劫，在原來的世界倒是沒什麼，可來到這個鳥地方後，我老楚可是什麼也沒做過啊，再說，也沒那個膽子啊！

憋著滿肚子委屈，楚天大聲嚷嚷著：「你們幹嗎把我綁起來，我犯了什麼罪？」

一隻極其醜陋的雄性鳥人走近楚天，悲憤地叫喊著：「邪惡的魔鬼，竟然做出如此鳥神共憤的事情，我真恨不得把你的鳥毛一根根都拔下來，再把你一爪一爪地抓死，讓你後悔自己這輩子為什麼要投胎變成鳥族。」

楚天暗罵：「你以為老子想做鳥人啊？」等等，我做什麼鳥神共憤的事情了！這簡直就是血口噴人，我呸，原以為鳥族很高尚，沒想到這麼卑鄙無恥，老子當初可比他們光明正大多了。

「你們看他那禿頭，那兇神惡煞般的眼神，一看就知道他是個最沒鳥性的土匪，否則怎麼會把鎮長小女兒孵化了幾個月的蛋給吃了！」

「就是，就是，我們雌性鳥人生蛋、孵孩子是件多麼不容易的事啊？這可惡的邪魔，居然狠心的將這些還未出生的小生命活生生給殺了。萬能的鳥神啊，請懲罰他吧！」

「我……」楚天張大了嘴巴，卻發現自己一句話也說不出來，搞了半天，是自己吃的那鳥蛋出問題了，唉，真是流年不利，早知道吃鳥蛋要犯死罪，老子……哼哼，就該多吃幾個才是！

後悔啊！楚天的眼淚鼻涕一起流了出來，旁邊觀看的眾鳥人還以為他臨死悔悟，頓時叫得更大聲了。

那身為爪爵的麻雀鎮長抬頭看了看天色，隨即轉過頭對著旁邊那隻衣著華麗的鳥說：

「時間快到了，一切就拜託夏瑞大人了，相信您的公正審判，會洗清他的罪孽的。」

夏瑞祭司望都不望鎮長一眼，他翅膀一揮，身體已經飄向了楚天，那根烏黑的權杖竟憑空飛起跟在他後面。他飄到楚天的面前，大袍無風而起。

楚天身體緊貼銅柱，手腳也無法動彈，就連呼吸都要停止，那種強與弱的對比，讓楚天感到死亡離自己是如此接近。

夏瑞朝著楚天詭異地一笑，雙翅展開，朗聲道：「萬能的鳥神啊，請無所不能的您告訴我，應如何處置這個吃鳥蛋的惡魔吧。」緊跟著，後面又是一連串楚天聽不懂的鳥語。

楚天愣了愣，這才明白自己恐怕要接受火刑處置了，這時再不反抗，可就沒機會了。

楚天大爲不忿，一邊掙扎著想把繩子弄斷，一邊嘴裏喊道：「殺人了，殺人了，沒天理啊，我沒犯罪，你們這些劊子手……」

夏瑞懸浮在虛空，緩緩閉上雙眼，雙翅展開，頓時在他周身亮起一道璀璨的七彩光芒，周圍的風沙無故刮起，形成了一道沙卷，將他完全包裹，全場的居民紛紛下跪，嘴裏念叨著不知名的咒語，顯得十分虔誠。

全場一片寂靜，就連楚天的雙眼也露出震駭的神色，敢情這個鳥人祭司不只是裝神弄鬼，難道，這就是屬於鳥族的特殊力量？

也就是幾秒鐘的時間，那漫天的沙卷和七彩光芒無端消散，重新現出了夏瑞的身影，他望了周圍一眼，點點頭，似乎十分滿意眾人的跪拜。

他掃視了一下全場，低沉地說道：「萬能的鳥神告訴我，這個吃鳥蛋的惡魔要在三天之後的萬昇節上遭受天雷轟擊，只有神之雷才能徹底救贖他那墮落的心靈。」

「鳥神萬歲，萬歲。」眾鳥人再次朝天膜拜，他們望向楚天的眼神則充滿了憐憫，彷彿此刻的他已經是隻死鳥了。

只有鎮長望向夏瑞的眼神中，閃出一絲詭異的光芒，但隨即隕滅。

此時的楚天頓時舒了口氣，什麼萬昇節，什麼天雷轟擊，他統統不清楚，他只知道眼下自己這條命，總算是暫時保住了。

很快，在楚天不甘地叫嚷聲中，幾隻灰鴿武士解開他身上的鐵鏈，將他拉下去，關進了一間陰暗潮濕的牢房裏。

牢房位於鎮子最南端的一個石壁之下，那是一個幽深的地下洞穴，洞穴中的牢房是以無數堅硬的黑色木頭堆砌而成，頂上是一個個用細木組成的圓形天窗，縷縷陽光投進來，照射在坑窪不平的地面上，顯得異樣清冷獨寂。

門外站著兩隻提著棍子的灰鴿武士，一陣陣霉味飄盪在空氣之中，看來無論在哪個世界，牢房都不會是什麼好地方。

「砰」的一聲，楚天被身後強壯的灰鴿武士一把推進了牢房，跌了個狗吃屎。「唉呀！」，楚天叫了一聲，用翅膀摸了摸自己幾乎碰歪的鳥嘴，好不容易翻了個身，卻見這是一間低矮牢房，透過牢房的柵欄，他可以看見周圍牢房裏無數身穿白色囚服的鳥人，正瞪大鳥眼盯著自己。

楚天好一會兒才哆嗦著爬起來，望著周圍嚴密的守衛和粗陋的牢房，他忍不住苦笑，「他媽的，老子不就是吃了個鳥蛋嗎？唉！看來只有在這裏等死了！」一想起這些，楚天就鬱悶地拿頭撞欄杆。

「楚天！」一個單手持戈的武士走進來叫道。

「幹嗎？老子撞自己的頭也犯法啊？」楚天頭也不抬，沒好氣道。

「哎呀，你小子脾氣還挺大的啊！有人見你，你見是不見！」守衛沒有生氣，畢竟對於一個將死的人，他更多的是擺出一種觀看戲耍的心態。

「啊！」楚天心頭一震，他連忙抬頭，卻見伊莎站在門外，正一臉擔心地看著他，一雙水汪汪的大眼睛裏流露出傷感的神色。

楚天搖著門喊道：「伊莎，怎麼是你……」

伊莎小聲地跟守衛說著什麼，然後守衛打開門，押著楚天出來。

楚天大喜：「伊莎，還是你好，你是來救我的吧？」

伊莎無奈地搖頭道：「楚天，我幫不了你了，你犯的是謀殺罪啊，那幾隻斑鳩說，其實他們只是想用鳥蛋來威脅鎮長，然後敲詐些錢財，卻在謀劃時被你搶走了鳥蛋，還當場吃掉了，鎮長非常震怒，要將你活活燒死，給他的小女兒報仇。」

楚天急道：「伊莎，你難道不相信我嗎？雖然我在你家待了不久，可你應該知道我的性格啊，我平時連蟲子都不敢吃，像我這麼正直善良的人，怎麼可能吃鳥蛋呢？這件事肯定是那幾隻斑鳩先偷吃了鳥蛋，卻因爲我發現了他們，他們才誣陷我，反咬了我一口。」

伊莎盯著楚天的眼睛，堅定地說道：「一定是這樣的，你這個人雖然有時候行爲不端，不過總的來說，心地還是相當不錯的。我要回去告訴阿爸，去夏瑞那裏申訴。」

伊莎說完，轉身就走了出去。

楚天苦笑，真的沒有想到，到了關鍵時刻，還是伊莎對自己最好啊！楚天心中暗自思忖著，「自己日後如果飛黃騰達了，一定不能忘記這個小丫頭。」

「可是自己還有日後嗎？」楚天啞然，從自己稀裏糊塗變成鳥人開始，在這裏過的每一天都感覺有些稀裏糊塗，前方的路似乎已經走到頭了啊！

楚天正想得出神的時候，忽然感覺一個龐大的黑影壓了過來，抬頭一看，卻是那群身穿囚服的鳥人，來意不善地包圍向了自己。

楚天下意識地縮了縮身子，輕聲問道：「你們是哪裏來的？想幹嘛？」

其中一隻頗為強壯的鳥奸笑著說：「你說我們要幹嘛呢，呵呵拿人錢財，替人消災唄，小子，算你倒楣！兄弟們，給我扁。」

楚天一看周圍的守衛突然間一個都消失不見，他就知道不妙了。片刻間，只見無數隻鳥爪朝著楚天抓去。

楚天被壓在下面，恨恨地想：「向來都是老子扁人，最近居然總是讓鳥扁，為什麼好人都遭殃啊！什麼世道啊！」

楚天動作也不慢，他可不想就這樣束手待斃，只見他發力猛一掙扎，借著騰出的一絲空隙，屈起鳥腿，直接就把一隻扁毛黃雀蹬得飛了出去，同時他翻動身體，一無所懼地衝進了鳥群中。

「不就是打架嗎？誰怕誰啊！」楚天也開始發狠起來。只見牢房中，漫天的爪影和羽毛飛舞，更不時的伴隨著幾聲淒厲的慘叫。

經過了一場苦鬥，雙方都無力再戰了，只能對持著乾瞪眼。此時已經消失的守衛又突然出現，面對牢房的亂，也是十分意外。

被帶回屬於自己的牢房，楚天躺在地上，一動不動，心中確實舒了口氣。

自己來到這個城鎮，一向很老實，並沒有與人結仇，唯一的恐怕就是這次吃鳥蛋的事情，鎮長公報私仇，眼見自己多活了幾天，心有不甘，這就指使一幫囚徒對自己群毆，楚天可以保證，自己如果被打死，那是活該，媽的，當真是無所不用其極啊！

楚天心中湧起一股怒氣，透過牢房的天窗，他的位置剛好可以看到夜空中月亮的位置，皎潔的月光將牢房也鋪成一片銀白色。

突然，天窗之外烏雲密佈，三個月亮的光芒漸漸暗淡起來，逐漸形成等邊三角形，瞬間狂風大作，烏雲再次被吹散。

此時，三個月亮居然對成了一條直線，一道極爲細微的光芒一閃，已經劃破了虛空，似乎認準了方位一般，透過天窗，直接照射在了楚天的身上。

楚天直感到渾身一陣灼熱，緊跟著他的身體散發出一股強烈的黑芒，黑芒從上至下旋轉著，每旋轉一次，都帶來一些變化。

只見楚天的頭部搖擺著，開始顯現出清晰的人頭輪廓，烏啄也開始收縮變成厚厚的黑色嘴唇，翅膀漸漸收攏，羽毛慢慢脫落，胸膛裸露，顯出糾結分明的強壯肌肉。

緊跟著，他的兩條粗黑手臂和雙腿也全都現了出來，他握緊拳頭，猛地仰起頭，身子慢慢浮起，天窗射進的月光彷彿全被他的雙眼全部吸收，眼睛內黑紅兩色不斷變幻，散發出妖異的光芒，宛如破空的利劍，一瞬間，雙眼的光芒隱去，楚天也落在地面。

楚天冷眼掃視，卻見周圍無數的囚徒和灰鴿守衛紛紛張大嘴巴，不斷地後退，都以驚訝和畏懼的目光看著他。

突然，所有的鳥人都集體匍匐在地，一個個顫抖著翅膀，嘴裏喊道：「爵爺饒命，爵爺饒命，小的們有眼不識泰山！該死，該死！」

楚天啞然不語，他低下頭看著自己的身子，除了大小腿和腳掌部份還保留著鳥爪的樣子之外，身體的其他部位都與人無異。

楚天一愣，隨即猛然跳起，在空中尖叫道：「哈哈……老子又變成人了。」聲音震撼如雷，直嚇得牢房裏的鳥人拚命地往牆上靠，瞪著鳥眼畏懼地看著楚天。

楚天驚喜過後，暗自思忖，這些鳥人在看到我變成人之後並沒有把我當成異類，反而是稱我做爵爺，還顯得十分恭敬！難道鳥中也有人存在？而且似乎他們的地位很高啊！可自己怎麼會突然變成人了呢？之前可活生生的是一隻醜鳥啊！這其中一定有什麼玄妙之處！楚天想到這裏，隨口問道：「你們剛剛看見我怎麼變成人了嗎？」

眾鳥面面相覷，不明白楚天口裏所說的人是什麼東西。一隻黑色的八哥向旁邊的一隻麻雀問道：「人？什麼是人？」

一隻杜鵑諂媚地說道：「爵爺高貴的身分，豈是我等賤鳥所能相比的！您的神通又豈是我等賤鳥所能揣摩的啊！」

「是，是，大人可千萬不要跟我們這群賤鳥一般見識啊！之前我們也是受人指使，大人您可別放在心上啊！」那黑色八哥連忙請罪。

楚天心中一動，故作憤怒道：「你們還真是一群賤鳥，爲了區區一個鎭長竟敢得罪本大人，我看你們是活得不耐煩了。」

「啊！」幾隻小鳥大概是精神高度緊張了，楚天這一喝，頓時紛紛倒下，居然暈厥了過去，剩下的鳥人也是膽戰心驚。

「大人饒命，大人饒命啊！」一個領頭的灰鴿武士趴在地上，帶著哭腔道：「早知道大人如此英明神武，我們這群賤鳥就算是豁出性命不要，也要保護大人您的周全啊！還請大人明鑒。」

楚天哈哈大笑，沒想到灰鴿武士拍馬屁還真有一手。

楚天對於自己成人後的威懾作用，感到大爲滿意，他神氣地拍拍那灰鴿武士的腦袋道：「這話說的不錯，我就饒了你們，老子現在要休息了，你們都給老子滾得遠遠的，記住，剛剛的事情你們就當都沒看見！知道嗎？」越是神秘越是能讓人畏服，這個道理楚天非常明白，更何況楚天還沒搞清楚自身的狀況，因此自然不願意讓這幫笨鳥到處宣揚。

「明白，明白！」群鳥知道面前的貴人不會跟他們計較了，頓時欣喜若狂，又是一通馬屁狂拍，差點沒把楚天給噎死。

知道了楚天的來歷，灰鴿武士再也不敢把他的牢房上鎖了，就這樣任由牢門敞開著。

「唉！」楚天舒服地躺在地上，雙手墊在腦後，正消化著自己身體帶來的變化，他心中久久不能平靜：「現在好了，除了腳還沒有變回去之外，上半身都是人了，哈哈……老子成人了。」正想著，突然感覺渾身不自在，不由睜開眼睛四處望了望。

「啊！」楚天一聲驚叫，原來不知道什麼時候，他旁邊多了隻穿得破破爛爛、長得又矮又胖的貓頭鷹，正笑瞇瞇地看著他。

楚天被盯得毛骨悚然，馬上向後退出了半米，才厲聲地喊道：「死肥鳥，瞪著我看什麼，快給老子滾開！」

那貓頭鷹對著他笑笑，支起一邊翅膀對他做了個噤聲的手勢，神秘兮兮地說道：「我是貓頭鷹加納，對您沒有惡意，您身爲鳥爵，擁有十分尊貴的大貴族血統，怎麼會流落到這個地方？按理說以您的出身，該會一直保持著這種形體啊，怎麼平時的外相居然是禿鷹的外貌呢？」

楚天心裏一驚，看這貓頭鷹加納的樣子，分明也是個囚犯，不過他說的什麼鳥爵，什麼貴族血統，似乎他知道不少啊！或許自己的變化，他能給出一番解答也說不定啊！想到這裏，楚天頓時激動起來。

他一骨碌爬起來，眼珠一轉，馬上編出一套臺詞道：「您老人家怎麼會知道，實不相瞞，我本是翅爵拉古在外面私養情婦而生的，在我很小的時候媽媽就死了，媽媽死後，我去找翅爵，卻被翅爵夫人在我身上下了個古怪的禁制，讓我失去了原來的樣貌，變成現在這副禿鷹的醜陋樣子。後來那個惡毒的婦人還把我趕出了翅爵府。這些年我一直在外面流浪，吃了上頓沒下頓的，唉……老人家，看你眼光這麼厲害，肯定是位高人吧。」

加納一副當之無愧的樣子，滿臉的笑意，好半天才道：「原來是這樣子，這就難怪了，看來經過這些年的歷練，你對這個世界的等級觀念已經有了很深刻的體會了？」

「老子初來乍到，知道個屁，要不然，老子怎麼可能落到今天這步田地？」楚天心中暗罵，嘴上卻道：「我叫楚天，一直都在森林裏流浪，很多記憶都遺忘了，我看您高大慈祥，威武不凡，不如提點我一下，以後我飛黃騰達了，一定不會忘記您老人家的好處。」

所謂千穿萬穿，馬屁不穿，加納得意地笑笑：「你小子還真會說話，您問我可算是問對人了，怎麼說我老加納也是高貴的鷹族旁支之一呢，想當年我飛南遊北的時候，什麼世面沒見過？反正現在也閑著沒事，不如就讓我和你講講這個世界的事情。」

楚天趕緊說道：「好的，晚輩洗耳恭聽！」

加納大為受用地笑道：「我們鳥族佔據著天空和地面，擁有著最龐大且強悍的軍隊，所以也就擁有這個世界的絕對掌控權。只不過很可惜，如今卻變成了世俗的貴族王權與萬能鳥神之神權分庭抗禮的局面。我們奴役著一些高等生命，像擁有智慧高級的蟲人，有著最初自我意識的獸類。可以說我們鳥就是天地間的主宰。」說到這裏，加納漸漸興奮起來，翅舞爪動。

「王權和神權的爭奪！看來很激烈啊！」楚天暗自點頭，這種事情在地球並不少見，而這兩種權勢發展到極端，則必然會進行激烈的衝突，這是不可避免的悲劇。

加納說到這裏，對著楚天道：「我聽他們說，你是得罪了鎮長才獲罪的，原本你早該被燒死在銅柱上了，不過夏瑞祭司卻延長了你三天壽命，現在你知道其中的原因了吧？」

楚天一愣，想起夏瑞祭司朝自己露出的古怪眼神，他腦中靈光一閃道：「您的意思是，因爲王權和神權的衝突，他才給我延緩了三天的壽命！媽的，老子這是從鬼門關上走了一遭啊！」

「鳥族龐大，統治著整個世界，這就必然會產生相互間的權力交織和衝突，各個地方的戰爭更是此起彼伏，無論如何，這世間弱肉強食的定律是絕對不會發生變化的。」加納淡淡道。

楚天想到地球上的一些戰爭，贊同地點點頭，好奇問道：「既然那些蟲人和獸類也有智慧，難道不會反抗嗎？」

加納笑道：「他們只是擁有一些低等智慧，哪能跟我們萬物之靈的鳥人相比。隨便一個羽爵就能毀滅一座森林，將裏面的生物全部消滅，你說他們怎麼敢反抗？」

楚天有些駭然，這力量也太神奇了一點吧！楚天接著問道：「羽爵？他和翅爵有什麼不同？哪些等級劃分呢？」

加納微笑起來，挪著自己笨拙的腳步，邊走邊道：「等級主要是按照血統和力量來劃分的，由低到高分爲六等，分別是啄衛、爪爵、羽爵、翅爵、銳爵和最高的翎爵，據說往上還有更高的等級，只是那些並不是我所能清楚的了。一般來說，爵位都是世襲的，但也不排除個別得天獨厚的鳥通過艱苦的修行獲得爵位，而等級的不同，相應的外貌也會有不一樣的特徵。」

「敢情講究還挺多的，這可比洛斯講的要詳細得多了！」楚天又好奇地問道。

「這個其實很簡單的，你應該看到過啄衛和鎮長了吧，啄衛的啄是灰色，而爪是棕色的，而鎮長是位榮譽爪爵，他的爪子呈綠色，啄呈白色，是不是？」

楚天回想起那天晚上洛斯的話，以及看到的啄衛和鎮長的樣子，連連點頭稱是。隨即他更疑惑道：「怎麼突然又拋出什麼榮譽爪爵？這和別的爪爵有什麼不一樣嗎？」

加納笑著說道：「榮譽爪爵是沒有爪爵的實際力量的，當然這個力量主要是指在戰鬥上！由於他有其他方面的貢獻和能力，因此就被任命爲一鎮之長。鳥族規定，身爲鎮長的都將自動獲得爪爵的爵位，除了力量和軍權以外，他與別的爪爵是擁有同等的地位。」

楚天點點頭，示意加納接著說。

「啄衛是灰啄棕爪的，爪爵是白啄綠爪，到了羽爵就開始出現羽毛顏色上的轉變了，當爪爵的羽毛漸漸出現紅色，說明他的力量超出了最初的爪爵，最終完全變成藍色，就表明他已經達到了羽爵的力量了……」

「等等……」楚天打斷加納的講述，「你的意思是說：只要有足夠的力量，身體的外貌就會自動發生變化？」

加納點點頭說道：「對，當你的力量達到相應的級別後，身體就會發生相應的變化，當然不僅只是羽毛，就像你現在的體形也是變化的一種，等級越高，外形就越像我們尊崇的鳥神，由頭部開始逐漸向下面進化，鳥爵您的外形就已經達到了翅爵的力量等級。」

楚天驚訝地說道：「越像鳥神？難道鳥神是人？」

加納連忙用翅膀掩住他的嘴巴，噓聲道：「小聲點，偉大的鳥神哪裏是我們這些小人物可以隨便評論的，會遭雷劈的！」

楚天翻了翻白眼，媽的，沒事裝蒜才遭雷劈，這老貓頭鷹估計以前裝過蒜，所以才怕成這樣，算了，還是別說太多，言多必失，我說多了反而會引起這加納對我的懷疑，搞不好真的被拉去燒了那就慘了。

楚天含糊地說道：「我隨便說的，您還是跟我講一下不同爵位的外形特徵吧。」

加納看了看楚天兩眼，吞了口唾液說道：「羽爵之後就是翅爵了，翅爵是紫色的羽毛，銳爵則是銀白色的羽毛。不過到了翅爵這一等級，他們除了下半身之外，就基本上與鳥神無異了，只有在戰鬥狀態下時他們才可能顯現出本體，所以等級也可以從外形的進化上看出來。」

楚天拍了拍加納的身體，問道：「照你這麼說，鳥神的外形就跟我是差不多的？」

加納點點頭，說道：「也不全是，鳥神的腿和爪子不是你這個樣子的，其他的好像都差不多。」

接著不等楚天說話，加納對他露出好奇的神色問道：「奇怪，作爲一名翅爵大人，您怎麼反而在戰鬥形態出現進化體，而在平時卻是禿鷹的外形呢，更不可思議的是你的羽毛也是最低等的黑色，爪子和啄也都顯示您是最低等的平民，我實在不明白您身上的這些變化是怎麼回事？難道是翅爵夫人的禁制在作怪？可是區區翅爵夫人又怎麼會擁有使您失去本來樣貌的能力呢？真是奇怪！」

楚天含糊其詞地支開話題道：「我也不清楚，可能是跟我母親的遺傳有關吧，不過我自己都快忘記我母親長什麼樣了！」緊接著他又問道：「對了，除了世俗的爵位之外，還有神權呢，那又是怎麼一回事？」

加納眼睛亮起道：「神權主要是以祭司爲代表，他們擁有與鳥神溝通的能力，主持著整個世界的祭祀，掌握著審判的權力。鳥族祭祀按照能力的不同由高到低分爲四級，依次是鳳巢祭司、金冠祭司、銀羽祭司和碧尾祭司。最低級碧尾祭司的羽毛是四色流轉，銀羽祭司則是五彩斑斕，金冠祭司是六顏奪目，鳳巢祭司則是七光驚豔。」

楚天從沒聽過這麼不可思議的事，加納所講的可比洛斯詳細許多，也深入了許多，楚天吃驚地問道：「你老人家見過？」

加納不好意思地道：「我也只是聽人說過，不過我真的見過一個碧尾祭司，那氣勢，嘖嘖……怎麼說當初我也算是遊遍四方、見識頗深的貴族旁支，可是見到那碧尾祭司的時候，差點沒頂禮膜拜。」說到這裏，他抬起頭透過天窗望向昏暗的天際，似乎陷入了遙遠的回憶，臉上出現一種奇特的光彩。

看來自己是小看這隻貓頭鷹了，不知道他又是怎麼被關在這個牢房裏的！楚天忽然想起自己昨天見到的那個祭司，好像全身只有一種紅色的啊，於是他問道：「不是每個鎮上都有祭司的嗎？」

加納搖搖頭笑道：「王權貴族和神權派將陸地分爲十幾個流域，每個流域歸屬一個翅爵主管，翅爵再將流域劃分成不同的鎮交給自己屬下的羽爵管理，這樣一層層下來，你算算看得有多少個小鎮！而神權的祭司是不可能有這麼多，所以就有了見習祭司，他們擁有的能力僅限於主持典禮、祈禱、祝福，還有就是與萬能的鳥神溝通來審判犯罪的鳥。我們鎮上的就是一個見習祭司。」

「不是吧，只是一個見習祭司，那他的力量也太強大了吧！」楚天回憶起之前那種被壓迫的感覺，依然感到心有餘悸。

「你這是沒見過世面的想法，真正的祭司力量可遠不止這些，不過祭司天生就代表了天的力量，我們整個世界中的生物都自然對他們有種天生的畏懼，這是十分正常的，在四種祭司之下還有聖女和神侍，神侍是祭司的助理，而守護著祀廟重任的則是擁有萬能鳥神庇佑的天門士和神武士……不是我老加納吹牛，這些可就只有我這樣有豐富見識的貓頭鷹才能知道呢。作爲高貴的鷹支的旁族，我可是差點被封爲羽爵的，要不是我淡泊名利，喜歡遊走四方，嘿嘿，我怎麼也……」

楚天小聲地嘀咕了一句：「吹牛吧你，那你還在這又濕又臭的牢房裏。」

加納突然從頭到尾好好將楚天看了一眼。楚天渾身毛骨悚然，這眼神也太曖昧了吧！看了看楚天便開口道：「楚天，你修煉的是什麼心法？爲什麼我在你的身上，居然感受不到一點的靈禽力？」

「修煉？靈禽力？」楚天徹底傻眼，這些名詞真是讓人陌生啊！他隱隱覺得這兩個詞顯然是這次談話的關鍵所在，他連忙問道：「小子真不清楚什麼是靈禽力，也沒有修煉過，還請老人家點明！」

加納一愣，好半天，他突然哈哈大笑起來道：「好小子，好身體，沒有修煉過靈禽力，卻擁有著一副絕佳的修煉身體啊！」

楚天更鬱悶了，怎麼聽加納的表情，都像是市場上挑豬肉的客人才能表現出來的啊！

加納哈哈笑道：「所有通往爵位和強大力量的鳥族，都無一例外的需要修煉一種力量，那就是靈禽力，這是天地間最符合我們鳥族也是最強大的力量，不管是祭司還是鳥爵，他們能力的高低都是由靈禽力來決定的。」

楚天恍然大悟，若能夠修煉靈禽力這種力量，那豈不是意味著自己就將擁有著一把通往權力巔峰的鑰匙？

想到這裏，楚天渾身火熱，連忙改口道：「前輩，那我要怎樣才能修煉靈禽力呢？」

加納突然歎了口氣，轉身道：「你擁有高貴的血統，但沒有相應的修煉心法去發掘，這就好比一塊上好的璞玉，卻缺少一件足以匹配的雕琢工具，這樣，無論璞玉多好，那麼它的光輝也將永遠被掩埋，無法讓人所知道！真是可惜！」

楚天聞言，頓時頹喪地坐在地上，修煉心法，上哪裏去找啊？總不能去偷去搶吧，那些東西肯定都在有力量的鳥爵手中，自己冒然前去，還不是送死嗎？

更何況，自己如今可是兩眼摸黑，連上哪偷都不知道？唉，這貓頭鷹，剛給了老子一個巨大的希望火苗，又偏偏殘忍地將它扼滅了！

只是接下來老貓頭鷹的一句話，卻是讓楚天又重新燃起了希望火焰。

「此次與你相遇也是有緣，我這裏有一套幾千年前赫拉翎爵所遺留下來的修煉靈禽力的心法，只是有些殘缺不全，此次就送你，希望它能對你有所幫助！」

楚天心中熱血沸騰，只是面上依然有些狐疑，道：「前輩，這個翎爵心法您自己怎麼不修煉呢？還有，身爲高貴鷹族旁支的您，怎麼會進到這個地方來？」

「生活有時候就是這樣，年輕的時候充滿朝氣，人一老，性格就變得懶散，缺乏動力了，在這個地方有人管吃管住，也不失爲一個好地方啊！至於修煉……」加納苦笑道：「不知道你是否相信，一向自認有高貴血統的我，這次也受到劇烈打擊了，這個翎爵心法對我完全無用，如果我勉強修煉，恐怕最後的結局就是成爲一隻瘋鳥，瘋到自己死掉。」

楚天駭然道：「我的天，那這心法我豈不是不能碰！」楚天心中暗罵這老頭殺人還擺出一副正義凜然的樣子！

「蠢貨！」加納突然露出肅然的神色，喝道：「你以爲你還有選擇嗎？祭司雖然與鎮長不和，但是對於罪犯是絕不會寬容的，你身爲鳥爵之體，修習這翎爵心法，先天上就比我有優勢，這是你唯一的越獄機會，否則三天後你就等死吧！」

第四章 兇殘劇盜

楚天默然，來到這個世界，一切都彷彿是隨波逐流，楚天發現自己根本無法把握自己的命運，歸根結底，就是因爲自己不夠強大。

事實上，如今楚天也沒有選擇了，吃鳥蛋對於前世來說簡直就是不值一提的小事，但是在這裏就是殺頭大罪，翎爵心法確實已經成爲了他唯一的出路。

「多謝前輩成全，之前有所冒犯之處，還請前輩不要見怪才好。」楚天態度頓時變得恭敬起來。

「當斷則斷，小夥子不錯啊！仔細聽好，所謂靈禽力，就是脫胎於天地本源的靈氣，我們鳥族以特殊的修煉心法將這些靈氣攝入體內，經過自身特殊的身體作用吸收，使之達到強化身體和運用這股力量，基本上修煉靈禽力的過程大致分爲七個境界，分別是淬體、靈變、焚煞、隕化、熔器以及傳說中的裂神和驚天，每個境界又被細分爲前期和後期，不同的鳥族，由於體質和血統的不同，因此修煉靈禽力後的力量表現形式也有所不同。不過這些劃分都是數萬年前的設定，如今鳥族一統世界，新的力量劃分已經完全被五爵位的尊榮所替代了。」加納耐心解釋道。

「果然是大秘密啊！真是大開眼界了。前輩，這鳥爵分為五等，而境界卻是七個，這個如何對等啊？」楚天提出了自己的疑問。

貓頭鷹加納突然歎了口氣道：「鳥族五爵對應的乃是之前的五個境界，至於裂神和驚天乃是獨立於其餘境界之外的，屬於傳說中的境界，具體修煉到這兩個境界的鳥族有多厲害，連我都沒有聽說過。」

楚天聽得大為癢癢，正在驚歎加納所描述的奇特修煉世界時，耳中卻傳來了加納關於修煉靈禽力的心法。

幾乎與此同時，一張泛黃的羊皮卷也從空中落下，剛好落在了楚天的身前，那羊皮卷顏色發黃，根據楚天多年為盜的經驗，顯然這東西足有千年以上的歷史了。

羊皮卷上，是一個背長雙翅，擺著奇姿怪態的人。

「看著圖，仔細聽。」加納的聲音穿進楚天的耳朵，楚天不敢怠慢，加納的發音在他耳邊似乎變得非常奇怪，猶如呢喃的樂聲。

下一刻，楚天發現眼前的那張圖彷彿活過來一般，不斷表現著各種動作，最後演化為一種，楚天不自覺模仿了起來，心思進入了一種迷茫狀態。

朦朧中，他似乎看到一幕非常奇怪的現象：在一片漆黑的樹叢裏，他看到自己從一個流轉著晶瑩光芒的鳥蛋中破殼而出，然後有一道七彩的陽光照到了他的身上……

此時站在他正前方的加納可是瞪大了眼睛，用翅膀捂著嘴，半天說不出一句話來，此時的楚天一屁股坐在了地上，雙手高舉，下壓，聚集在自己的腹部，突然，牢房內的光線全部消失，緊跟著又出現，只見一縷猶如細絲一般的亮光在楚天的雙手之間聚集。

「居然是把月光收攏成一條直線了。」加納看得讓自己都有點犯傻了。

開始是一個白點，隨即白點不斷擴大，最後形成了一個巴掌大的白色圓球，嗞的一聲，白色光球瞬間破滅，那光芒頓時覆蓋楚天的全身，他的整個身體變得無比聖潔。

牢房內所有的鳥族見到這種現象，紛紛不自覺下跪，口中歌頌著偉大的鳥爵大人。

不知過了多久，楚天緩緩睜開眼睛，陽光絲絲點點透過牢房的天窗懶懶地照了進來。他忽然覺得自己精力充沛，但隨之而來的卻是再度陷入絕望當中，因為他發現自己的身體再度發生了恐怖的變化。

「怎麼……怎麼又變回去了？一定是那隻老貓頭鷹的破心法，老鳥，你給我出來，你給我練的到底是什麼狗屁心法，快說？」楚天憤怒地一爪踢在躺在一邊的加納身上，大聲吼道。

加納驀然驚醒，他顯然也驚訝於楚天的巨大變化，他瞪大眼睛道：「這個……我老加納也不知道啊，會不會是那禁制又發揮作用了？」

什麼狗屁禁制，那都是自己編的彌天大謊，這下子楚天倒是啞口無語了，總不至於跟加納講，老子之前擺了你一道吧？

不過他轉念一想，自己由人變成鳥已經是怪異之極了，說不定真的是中了什麼詛咒。

「老子最近真是倒楣，喝涼水都塞牙啊！」楚天不自覺的一翅膀朝著牢房柵欄拍去。

奇怪的事情發生，只見楚天的翅膀表面無端出現一道白光，隨即咔咔之聲頓時傳來，只見那足有手臂粗的柵欄瞬間橫飛了出去，斷了四五根。這下子，不只加納、守衛和一干囚鳥都目瞪口呆，就連楚天自己也傻眼了，我的媽呀，什麼時候老子的力量這麼強大了，還是說這柵欄根本就是豆腐做的啊？

「請大人恕罪，恕罪！」那些守衛自從看見楚天變身之後，都對他相當的畏懼，這次楚天的舉動，對他們來講，簡直就是災難的開始，因此一個個都嚇得不輕。

楚天驚詫地低頭看著看自己的翅膀，他發現自己身上的這對翅膀比以前更靈活，更加適應了，楚天似乎一下子找到了那種靈肉相合的感覺。

加納望著楚天，忍不住喃喃自語道：「淬體！怎麼可能？」

此時的加納雙眼閃爍著懾人的目光，但稍縱即逝，顯得有些古怪。

「前輩，這到底是怎麼回事，我記得先前我並沒有這麼強大的力量啊！」楚天連忙朝著加納問道。

加納沉思片刻，兩眼放光道：「恐怕這還真的跟你修煉的這殘缺神殿卷有關係了，這心法是我當年年輕時無意中在一個古老的森林裏發現的，上面只有一副古怪的圖，以及一些文字，之前我也是猜測，或許這個心法只有古老最純正高貴血統的鳥族才能修煉，沒想到您居然真的合適，並且能這麼快就進入了淬體前期的境界！要知道這可是許多鳥族一輩子都無法跨入的門檻啊！」

楚天一陣眩目，絲毫沒有踏進鳥族夢寐以求修行門檻的喜悅，他無力地靠在牆上說：「我說前輩啊，這樣你就敢叫我練，你這分明就是殘害純情少年啊，你知不知道這樣很容易會鬧出人命的啊！那羊皮卷呢？我再看看！」

加納也不猶豫，從腰間的小布囊中再次拿出了昨天楚天看的那張羊皮卷。借著天窗上透下的光線，這一次，楚天仔細地看著羊皮卷，它呈不規則的弧形，上面除了一張圖之外，周邊還寫滿了猶如蝌蚪一般的文字，楚天知道這是鳥族所統一的文字。

就像他能看懂城門口上的字一樣，楚天對布片上的字也能看得懂，就彷彿這是與生俱來的能力一般。

上面的內容大意是說，這羊皮卷屬於《神殿卷》的第三部分，是萬能的烏神賜予子民提升力量的方法，上面記載的是加納昨晚告訴他的修煉方法，可惜只有一小部分，連功法名字都不清楚。

羊皮卷的最後，殘留了半句話，說是只有烏神親選的烏族，才能進入神殿修行這無上的寶典。

「怎麼樣，看出什麼了嗎？」加納眼見楚天遞回羊皮卷，連忙問道，對於這個羊皮卷上的功法，他的好奇心可是絲毫不比楚天淺，否則他也不會收藏這麼多年。

「嗯！這個功法來自於烏神所傳……它對我似乎還真有點用，你看我這身羽毛，似乎長出了不少，變得烏黑靚麗了啊！哈哈，估計會有很多雌性看上我啊！怎麼辦呢？我可是很純情的鳥啊！」

楚天轉過身體，眼睛射出一道光芒，兩翅膀搖著加納道：「差點忘掉一點最重要的，這東西是從神殿中失落在外的，前輩，你知道神殿在哪裏麼？」

他心裏想的是既然功法來源於神殿，那麼只要找到神殿，豈不是就可以修習完整的功法，徹底恢復人身了嗎？

加納知道楚天嚮往神殿，他搖搖頭道：「我老加納飛南闖北、去過無數地方，也問過許多見識廣博的烏族，卻沒有任何人知道神殿的存在。」

不是吧，楚天再次受到打擊，一屁股坐在地上。

不行啊，既然知道有這麼一個地方的存在，那自己就要盡力去爭取才是，不管了，走一步算一步，總有辦法可想的。

楚天這一放寬心，馬上發現自己肚子乾癟。「媽的，從昨天到現在都沒吃東西呢！」

誰知道楚天的話剛說完，就見周圍圍著的一堆鳥族呼啦一聲，全都跑得不見蹤影。

不過片刻間，楚天的周圍再次被鳥族圍滿，幾乎每個人的手中都多了一個盤子，上面堆滿五顏六色稀奇古怪的東西。

「鳥爵大人，這是我偷偷留下的美味千葉蟲，特意拿來孝敬您的。」

「鳥爵大人，他那隻蟲都已經放了好幾天了，一點都不新鮮。您看我的這盤沙蟲，絕對美味啊。您看這白嫩嫩的肉，這柔軟的毛，嚼起來特別香！」

「鳥爵大人，我這才是最好吃的，是昨天我家老婆剛給我送過來的，您嘗嘗！」

楚天看著一隻隻露出諂媚之色湊近他的鳥人，再看看鳥們捧著的蟲子，突然哇一聲，推開眾鳥人跑到角落猛吐起來。

眾鳥還不知道出了什麼事，一見楚天跑開，就又都連忙跟了上去大獻殷勤。結果楚天看到蟲子又是一陣猛吐，直吐得鳥腿發軟，渾身無力。

楚天擺著翅膀阻止眾鳥，喘著氣說道：「都不准過來，把蟲子都給老子拿開。」

加納也是摸不著頭腦，湊過來奇怪道：「鳥爵大人不是餓了嗎？這麼多的美味怎麼不吃呢？我們知道鳥爵心腸好，怕吃了東西，我們會挨餓，不過這些都是我們心甘情願奉上的，鳥爵不必顧慮！」

楚天一陣噁心，隨即想起自己不能破壞在這些鳥人面前的形象，否則，伊莎在外面替他申訴的時候，自己連個人證都沒有了。

楚天強忍住胃裏的翻騰，雙手背後，裝出一副大義凜然的樣子，朝著眾鳥道：「鳥是鳥他媽生的，蟲是蟲他媽生的。要是有蟲子或者別的怪物把你們給吃了，你們的老媽會不會傷心呢？答案是肯定的，既然這樣的話，你們現在吃蟲子，難道蟲子他媽就不傷心？記得，我們要有仁慈的心啊！這是立足世界的根本！你們看我就從來不吃蟲子！」

噗噗，眾鳥聽得目瞪口呆，當時就有幾隻把捧著的蟲子扔到地上，更有的幾隻鳥兒受不了楚天的驚世語言，紛紛趴在地上。

空間凝固也就是數秒的時間，立馬就有幾隻鳥上前來大獻殷勤、溜鬚拍馬：「鳥爵大人真是一副天生的鳥神心腸啊。」

「鳥爵大人這一番話當真是猶如醍醐灌頂一般，小的對大人的敬仰之情猶如紅河氾濫之水一發不可收拾，這個……」

楚天心裏大樂，這一群傻蛋鳥人真是好騙啊！他拍拍胸脯說道：「好了，你們有沒有什麼水果之類的，給我拿過來。」

衆鳥連忙又翻箱倒櫃，在灰鴿武士的幫忙下，在某個角落裏翻出幾隻半邊長毛的水果，然後拿過來給楚天。

楚天接過水果，心中苦笑，媽的，老子放著上好的蟲子蛋白質不吃，非要吃長毛的果子，當真是犯賤了！將就點吧，這果子總比蟲子吃著舒服！

「好了，你們都走開，老子現在還有事要做！」楚天是有著自己的打算，要想逃出牢房容易，但是出整個小鎮就需要有足夠的身手才行了。

前世做大盜的時候，楚天就有著一套屬於自己的防身之術，誰料這一世身爲鳥人，由於身體構造的不熟悉與差異，使得楚天一直處於弱者挨揍的行列中。

如今有了這套翎爵心法的輔助，身體協調性大爲增加，楚天打算根據前世的大擒拿手，將之轉化，以便適合如今這軀體使用。

他的身體借助翅膀不斷地翻轉騰挪，漫空爪影重重。加納用翅膀捂著自己的嘴巴，一副難以置信的神色。

只見空中，楚天的每一抓探出，爪子邊緣都帶著一縷淡藍色光芒，空中不時蕩漾起強烈的罡風，吹得衆鳥紛紛站立不住，都往外退。

「偉大的鳥爵大人啊！」灰鴿武士是第一批敬服的人，紛紛跪下參拜，其餘的囚鳥顯得更是虔誠，紛紛效仿，楚天無意中的舉動，倒是收到了很好的立威效果。

「似乎有點威力，就叫裂空爪算了。」楚天嘀咕著：「不過似乎總覺得少了點什麼。」楚天腦筋一轉，終於知道這套裂空爪缺少什麼了，缺少了實踐戰鬥的檢驗。

楚天轉了轉鳥眼，望著周圍一群的囚鳥和灰鴿武士，頓時計上心來。

楚天一招翅膀，叫來幾隻頗為強壯的鳥，牛氣沖天道：「老子現在想動動筋骨，你們過來陪我玩玩。」

那幾隻鳥一聽，頓時嚇得全身直哆嗦，其中一隻戰戰兢兢道：「大人別開玩笑了，小的們怎麼敢跟大人您較量？」

楚天雙目一閃，射出一道寒光：「有誰敢不盡全力的，老子就叫他去死，都聽清楚沒？」幾隻鳥心驚膽戰地點點頭。

楚天眼睛一掃，指著其中一隻外形像麻雀的灰褐色囚鳥說道：「你先來。」說完，楚天就一振翅膀半浮到空中，利爪劃出陣陣幻影抓向那隻麻雀。

那隻麻雀只覺得眼前一花，連忙振翅飛到高處，閃過這一爪，誰知才剛一飛起，又是一道爪影從下面飛起，重重地抓在他的屁股上。麻雀受到大力衝擊，身體頓時控制不住凌空翻起，狠狠地撞擊在牢房的柵欄上，砰的一聲，居然暈了過去。

這可好，其餘的鳥族眼見楚天這麼厲害，一個個都「喳喳喳」地痛哭流涕起來，大叫

著：「大人，饒了我們吧……」

楚天滿意地看著自己的爪子，心裏想道：「初試爪法，沒想到威力不錯，嘿嘿……以後老子就仗之要橫行鳥界了。」

爲了抓緊時間，也爲了增加逃生存活的砝碼，楚天必須儘快地熟悉和提升裂空爪的威力。他一狠心，指著周圍的一群鳥人道：「你們一起上！誰都要全力進攻，若是被我發現有誰『偷工減料』，我就滅了他。」

面對楚天發狠的聲音，周圍的鳥人一擁而上。楚天開始狼狽得很，到底鳥多啊！挨了幾記重擊，掉了不少羽毛，楚天才漸漸穩住身體，裂空爪也開始熟練地發揮出了威力，最重要的是楚天漸漸感受到了體內一股熱氣散發到全身，讓他的感知和速度等等都得到大幅度的提升。

楚天心中清楚，這該就是初成的靈禽力，讓他大喜的是，越是激戰，這靈禽力就越是滾燙，同樣的，裂空爪威力就越大，顯然，在戰鬥中，靈禽力的增長和膨脹比單獨一人靜坐修煉更快。

牢房裏不斷地響起驚天地泣鬼神的慘叫聲……

又是一天過去，離最後的行刑只有一天時間了，楚天仔細觀察著牢房外灰鴿武士的守衛情況。

他發現每天都有三批不同面孔的灰鴿武士相互替換位置，換句話說，原本熟悉和知道楚天力量的灰鴿武士是無法利用了。

楚天經過一個晚上的思考，終於想出了一個自以爲完美無缺的計畫。

正當他要展開這個計畫的時候，一個熟悉的纖細身影出現在牢門。

「原來是伊莎啊！是來見楚天大人的吧！」囚鳥有不少認識伊莎的，紛紛叫了起來。

「哎呀，看不出來啊！我們鳥爵大人還是個多情種子啊！」

「你懂個屁，你知道鳥爵大人爲什麼要和我們一起待在這個地方的嗎？」一隻八哥神秘兮兮地道。

眾鳥頓時擺出一副虛心受教的表情。「告訴你們，鳥爵大人這是在培養一種情調，你想啊。咱們伊莎的美貌名揚小鎮，鳥爵大人能不動心嗎？在外面由於身分地位的差距，兩人肯定難以親近，不過在牢房裏嘛！……」八哥一本正經地道。

「哦！」眾鳥紛紛受教，原來在牢房裏也是可以泡妞談情調的啊！

「你們亂說！」伊莎的臉色頓時通紅，嬌嗔起來。楚天也是哭笑不得。

不過看伊莎害羞的樣子，莫非，呵呵，看來老子這樣有魅力的男人到了哪裏都會成爲雌性追逐和矚目的對象啊！

思忖間，伊莎已經跑了過來，她抓著柵欄高興道：「楚天，阿爸把你從不吃葷腥的事跟夏瑞大人說了，夏瑞大人答應明天重新審判，只要你說的是事實，就可以放了你了。」

楚天頓時愕然，媽的，老子之前的演技偏偏這個時候起作用了，難道之前自己辛苦定下的越獄大計就這樣泡湯了。

「伊莎，謝謝你了。」楚天也不知該說什麼好了。

等到伊莎走了，楚天的腦中還閃爍著伊莎真心為他高興的眼神，伊莎這樣不辭辛勞地為自己來回奔波，自己還這樣欺騙她，是不是有些太殘忍了？

寂靜的深夜籠罩著整個大地。

楚天對周圍的鳥人說道：「這幾天謝謝你們陪我練功，受傷的兄弟大可放心，等我出去之後馬上給你們一些補償，總之我不會讓自家兄弟吃虧的，相信我。」楚天拍著胸脯心想，反正吹牛不用多大力氣，先吹了再說。

眾鳥人是又瘸爪子又折翅膀，遍體鱗傷，這幾天是一肚子苦水無處發洩，聞聽楚天的話，個個激動不已，這個「災星」終於要走了，我們的小命可算保住了，幾個情緒激動的，當時就哇哇痛哭了起來。

楚天還以為這些鳥人對自己感情深厚，不捨得自己，心中大為感動，他一屁股坐在地上，拍著旁邊一隻喜鵲的翅膀，也跟著擠出了幾滴眼淚。

加納在一旁張大嘴巴，蹬著一條鳥腿，眼淚瞬間翻滾而出，卻怎麼也叫不出聲音，由於情緒激動就昏了過去。

直到楚天第二天醒來，才發現自己屁股下有些異樣，敢情拿老貓頭鷹的老腿坐了一個晚上……

第三天天剛亮，楚天被兩個守衛押了出去，他決定，不能讓伊莎的辛苦白費，不到最後關頭，他不打算動用自身的力量。

幾名灰鴿武士面無表情的將他帶到了行刑臺上，綁在了銅柱之上。

鎮長和夏瑞祭司在他面前，鎮長一雙怨毒的眼睛時不時向他掃去。

伊莎在台下的人群裏緊張地看著他，楚天心裏升起一種莫名的溫暖。

夏瑞走到楚天面前，舉起一隻翅膀按在楚天的額頭，說道：「現在我對你進行重新審判！希望你要說實話，否則萬能的鳥神一定會懲罰你的！」

灰鴿武士將那天的幾隻流浪斑鳩帶上來，那幾隻流浪斑鳩顯然是受了刑罰，個個鳥臉耷拉著，全身的羽毛掉落了大部分。

「現在你們說說，當時的情形到底是怎樣的？」夏瑞祭司問道。

幾個斑鳩原原本本地將當日發生的事情說了一遍。

這時，伊莎趕緊替楚天辯護道：「你們說謊，楚天大哥連毛毛蟲都不敢吃，又怎麼會吃蛋呢？」

鎮長聞言大怒：「住口，哪輪到你說話？給我掌嘴！」一個灰鴿上前就要動手。

楚天急忙阻攔道：「慢著，我有話說，我確實對蟲子、蛋哪這些東西過敏，不信的話可以去問我牢友，我只吃水果的！」

夏瑞祭司示意找來幾個牢裏關著的罪鳥，一問之下，果然，楚天看到蟲子就會嘔吐！

楚天動情地說道：「伊莎家附近的鄰居也知道我從不吃葷腥的！」

夏瑞祭司點點頭，對著鎮長說道：「鎮長大人，您認爲呢？」

鎮長惱怒地吼道：「他分明是一隻最會僞裝的惡鳥，祭司大人您千萬不要被他迷惑了。對於這種邪惡的鳥族，我們絕不能姑息養奸，爲了小鎮的後代和居民安全，我覺得有必要燒死他以警示平民。來呀，點火。」

夏瑞祭司大袖一揮，雙眼紅光一閃，露出不滿道：「慢著，我可以理解鎮長失去親人的心情，但萬能的鳥神是不允許我們去冤枉一隻無罪的鳥的，現在我將再次祈禱，由鳥神來決定楚天的生死。」

楚天心中大樂，按照貓頭鷹的分析，這個代表王權的鎮長和代表神權的祭司之間果然有著不可調和的矛盾，自己這次很有可能有驚無險啊！

鎭長冷哼一聲，乘著夏瑞祭司閉上眼睛誠心禱告的時候，暗中打了個手勢，示意自己手下的灰鴉兵點火。

一隻拿著火把的灰鴉兵故意踉蹌著撲倒在地，火把飛到楚天周圍堆滿的乾柴上，大火很快就燃著了。

夏瑞祭司有些不忿地退在一邊，心裏對鎭長的做法極爲不齒，上頭曾有指示，那就是凡是王權的事情，神權就要加以干涉，務必不能讓王權氾濫失控，因此夏瑞才在之前反對鎭長，爲他延續了三天的壽命，這本身並不是說祭司有多公正，眼下，楚天被燒，夏瑞祭司完全可以出手救下他，但是爲了楚天這樣一個無足輕重的平民去跟鎭長正面衝突，夏瑞當然會覺得不值。

處於火海中的楚天也沒有想到鎭長居然如此卑鄙，他渾身被鐵鏈束縛，雖然之前早就運集了力量，有了準備，但是要掙脫，還需要一點時間。

只是火焰可不等人，加上地面上鋪的又是乾柴，楚天的羽毛被烤得焦黑，皮膚漸漸萎縮，疼痛感不斷加強。

「媽的，老子這次不會真成烤鳥吧！」楚天忍不住大叫起來。

台下的伊莎見狀大驚，忙衝進附近一間民房，提著一桶水，想把火給撲滅，可是這桶

水對如此大的火勢而言，無疑是杯水車薪，根本就起不了任何作用。灰鴿武士顯然也知道伊莎幹的是蠢事，倒也沒有阻止，都抱著看熱鬧的心態。

鎮長挺著個大肚子，指著楚天咬牙切齒地說道：「楚天，你殺我後代，今天我用火燒你，也算是你的報應了。」

楚天強忍著疼痛怒道：「想不到堂堂爪爵，居然行為如此卑鄙，早知道，我應該全吃掉那些鳥蛋，讓你斷子絕孫才好。」

「你！」鎮長大怒，似乎沒有想到楚天臨死還這麼嘴硬，他正要給楚天加把火，就在此時，意外發生，只見圍觀的鳥群之外，突然傳來淒厲的慘叫聲。

「怎麼回事？」鎮長不自覺轉頭，大聲道。

「報告大人，不好了，是烏雞強盜！殺進鎮裏來了！」一個灰鴿武士狼狽地跑過來，驚叫道。

「怎麼可能？」鎮長有些難以置信，可是他的眼睛告訴他，這是真實的事情。只見平臺不遠處的鎮門口，不知道什麼時候衝進來一群身穿灰衣的烏雞，這些烏雞各個身強體壯，面目兇悍。

「大家快跑，強盜來了。」所有的鎮民全都驚慌四散，不一會就都飛得不見蹤影。

「鎮長大人，鑒於強盜的強悍入侵，我會馬上給你搬來救兵的，你一定要撐住啊！」

夏瑞祭司丟下一句話，一個展翅，也飛走了。

鎮長氣得七竅生煙，夏瑞的做法很明顯是把責任丟給他了，守護得好，他一樣有怠忽職守的罪行，守護不好，那就更不用說了。

此時的整個廣場顯得空空蕩蕩的，只餘下一排十幾隻的灰鴉武士和鎮長。

鎮長大驚，命令灰鴉私兵將自己保護好，邊退邊罵道：「竟敢公然襲擊白林鎮，你們這群強盜是不想活了，武士們！保護好我們的家園，將這些可恥的強盜全部殺光。」

「是嗎?鎮長大人口氣不小啊！」隨著一個輕蔑的聲音，一隻碩大的鳥人從烏雞強盜中飛了起來，落到了廣場中央。

這是一隻鶻，他全身都是綠色的羽毛，穿著一襲緊身黑衣，黑衣上環繞著許多的金線，在陽光下閃著光芒，他的兩爪綠中帶黑，顯示了他在強盜中的首領地位。

「好個強盜，居然在光天化日之下搶劫，難道你不怕遭到鳥神的懲罰嗎？」鎮長有些憤怒地道。

「哈哈，我彼得縱橫多年，何曾怕過誰，鳥神是無上之神，哪有功夫管我這等小人物，我這次來只不過是想求些財物，順便教訓一些不知好歹、不識時務的鳥，還請鎮長大人積極配合啊！」彼得一副滿不在乎的囂張樣子。

鎮長大怒，但他只是個榮譽爪爵，因為溜鬚拍馬才被自己的上司吉諾拉羽爵封了個榮譽爪爵，派到白林鎮做了個鎮長，本身卻是沒有多少力量的。他邊退邊對著已經趕來的灰鴿武士道：「所有的灰鴿武士，準備戰鬥。」

奔赴而來的灰鴿武士齊齊飛起，於空中變換成戰鬥形態，只見一排排鋼啄利爪的灰鴿分成一隊一隊浮在空中，每隊的最前面是隻灰啄棕爪的啄衛，而鎮長則在自己的私兵灰鴉武士的保護下站在最後。

「簡直是不知死活！」彼得驀地眼光一寒，揮了揮翅膀，他旁邊的一隻瘦弱矮小的麻雀嘴裏喃喃念著，頓時，在他周身浮現出一道紅色的圓環，繼而那圓環不斷擴大，將所有的烏雞包裹起來。

鎮長冷笑道：「就憑你這低級的守護之術也敢來白林鎮搶劫？找死！」

雖然沒什麼力量，但是鎮長畢竟是見識過大場面的鳥，他翅膀猛地一揮，正要叫灰鴿武士進攻。

就在此時，只見在紅色光環籠罩下的烏雞突然身體紛紛暴漲，緊接著全部仰天而起，嘶叫著變換了戰鬥形態，統一的變成了黑羽白啄棕爪。

鎮長臉色大變，失聲驚呼道：「暴身變？你們怎麼可能會這種高階級的術法！」

在鎮長的記憶中，暴身變是一種能使鳥類攻擊和防禦都增強，通常只有祭司才能使用的術法，當然，也有例外，一些達到羽爵境界的力量型高手結合自身條件也能施展暴身變，但那對於肉身強度有著很高的要求，現在這樣的術法竟然在一隻低賤弱小的麻雀身上使出來，鎮長怎麼能不感到心驚？

彼得拍著翅膀，不屑道：「別以爲你自己就多麼高貴，今天我就讓大家看看一隻低賤的鳥是怎麼將你撕碎的。」

此時，彼得身旁一隻烏雞上前低聲對他道：「首領，別忘了我們今天的真正目的！」

彼得微微一笑，道：「我自有分寸，如今你們都暴身變了，每個就都有超過啄衛的力量，去拚殺吧，引開他們的注意力，我帶著幾個手下去辦事。」

「首領高明啊！」烏雞豎起翅膀，一副五體投地的樣子。

隨著烏雞強盜的一擁而上，激戰即將展開，而彼得卻帶著幾個手下悄然退開。

他的體型大小本來就跟烏雞差不多，羽毛顏色也大致相同，加上又是趁亂，鎮長倒也沒有注意到他。

眼見彼得退走，之前離開的夏瑞祭司突然從一旁的拐角露了出來，原本想欣賞一場好戲的他，眼見彼得筆直朝著一個方向飛去，頓時臉色大變，隨即拍著翅膀迅速跟了上去。

而此時的銅柱之上，烈火在不斷地靠近，楚天幾乎快變成一隻烤鳥了。原本他被綁上之前，已經暗自積累了力氣，真要豁出去逃脫的時候，他可以掙脫鏈子的。

只是這把火燒的突然，加上火勢又急又快，鏈子瞬間被烤的火燙，那種酷熱和疼痛頓

時讓他身體內剛剛集結的靈禽力散去了大半。

「楚天，你要堅持住。」楚天正焦急的一頭大汗，卻在此時聽到了伊莎的聲音，透過火光，他看見伊莎從另一邊繞了過來，「這丫頭怎麼還沒走啊！」

原來之前一陣大亂，伊莎並沒有離開，她儘量躲開了那些強盜，心裏卻想著怎麼把火撲滅，救楚天出來。

在她心裏，這隻呆呆傻傻的大笨鳥來她家住之後，帶給她的不僅僅是快樂，還有一種從來沒有的安全感，也不知道是什麼原因，反正自己就是不想看到他受到傷害。

銅柱周圍全部堆滿了柴，繞成環形，若想救楚天，就必須要把火滅掉，伊莎心裏憑著一股執著的信念，吃力地提來一桶桶水，倒進火堆中。

「伊莎！你快離開，不要犯傻了！」楚天朝著伊莎大叫，心中波瀾起伏。

這個傻丫頭，還真夠傻的啊！「老天保佑，再等一會，老子馬上就脫開這該死的鏈子了。」到了這個時候，楚天也不禁開始祈求老天給他庇護了。

第五章 鳥神祭祀

此時空中的烏雞早就發起了進攻，只見漫天的黑影向灰鴿武士們壓過去，烏雞的兇悍和團結發揮了巨大作用，不時有灰鴿武士被群毆，從空中掉落，場面呈一面倒的趨勢。

一隻灰鴿武士掉下來的時候，正好撞上了伊莎，伊莎措手不及，手中的木桶頓時掉落，整個身體更是被這一撞之力帶得向前踉蹌，居然是衝進了火海中。

「伊莎！」楚天又驚又怒，身體內修煉的殘餘靈禽力突然高速運轉起來，瞬間爆發，他忍不住仰天長嘯，整個身體被包裹在了一層耀眼的白光中。

早已經被烘烤發燙的鐵鏈在瞬間被楚天掙斷，他的身體不受控制的飛騰而起，交戰的雙方都被這楚天這長嘯聲驚動，紛紛停下來望向火海的位置。

只見熊熊火海中，一隻金色的大鷹在展翅長嘯，他的雙眼不斷放出血紅色光芒，金銀相間的羽毛在不斷地變換，透出一股澎湃的氣勢。

楚天一探爪，抓起伊莎，衝出火海，將她放在不遠處的一棵樹上，此時的伊莎，一身羽毛也是燒得殘破不堪，好在性命沒有大礙。

「媽的，什麼狗屁鎮長，狗屁強盜，統統都有責任，老子不發威，你們當老子是病鳥啊！」從空中落在了那平臺之上，楚天高大的身軀昂然站立，在火光的映襯下，有如神魔下凡一般，頓時震懾了在場所有的鳥人。

「看來老子要做些什麼了。」向來是有恩報恩，有仇報仇的楚天突然撂下了這樣一句話。他振翅飛起，以肉眼難辨的速度衝向鎮長，半途自然有著無數的鳥人阻擋，有烏雞強盜，還有灰鴿武士。

「擋我者死。」楚天怒吼一聲，裂空爪已經施展開去，他的身體驀然加速，朦朧的白光在空中閃爍著，每一次白光的閃動，都必然帶著一聲淒厲的慘叫。

鎮長發現自己瞳孔在收縮，剛剛阻擋在他身前的三個烏雞強盜以及兩個灰鴿武士居然被這個平民舉手間給殺了。

望著橫立當空的楚天，鎮長用顫抖聲音說道：「你……你想幹嘛？」

楚天面無表情道：「也沒什麼，不過想借你的腦袋玩玩！」望著楚天那嗜血般通紅的眼睛以及一股濃烈的殺氣，鎮長忍不住恐懼的大叫一聲，身形開始向後急退。

也許是太過驚駭了，鎮長慌不擇路，居然是朝著烏雞強盜的一方退去。

楚天雙翅展開，在空中翻出一道弧線，裂空爪已經施展而出，配合著靈禽力，朝著鎮長鋪天蓋地罩下。

噗的一聲，鎮長的身體硬生生被撕成兩半，一團血霧迎風飛揚，所有的烏雞強盜都瞪大了眼睛。

只見血霧中，楚天渾身血漬的鑽出，那樣子，猶如地獄裏鑽出的惡魔。「啊！妖怪啊！」這些烏雞強盜殺人放火，見過不少大場面，如今見到楚天兇神惡煞的樣子，也是嚇得屁滾尿流，都是有多遠跑多遠。

這下子輪到楚天傻眼了，他張著翅膀，上下打量了自己一眼，苦笑道：「我的形象有那麼可怕嗎？」

其餘的灰鴿武士眼見鎮長被殺，厲害的烏雞強盜也被楚天嚇退，他們哪裏還敢留下啊！也是一窩蜂般飛走了。

楚天降落地面，正想著如何救治伊莎時，卻見伊莎嚶嚀一聲，甦醒了過來。

「楚天，你沒被燒死啊！太好了。哎呦！」伊莎顯得十分高興，卻牽動了傷勢，忍不住叫了起來。

楚天點點頭道：「哦，剛剛烏雞強盜和灰鴿武士們打到別的地方去了，綁我的鏈子湊巧鬆了，對了，你不要緊吧！」

「沒事！哎呀，我的衣服……」伊莎眼見自身衣服都被燒光，想起自己赤身裸體的樣子，頓時驚叫出聲，楚天暗自發笑，這都什麼時候了，伊莎還在乎這個。

大難剛過，楚天忍不住開玩笑道：「是啊！伊莎，我這次才真的發現，原來你的身材是如此的完美和搖曳多姿！」

「別說了！」伊莎連忙阻止楚天，害羞地低下頭道：「原來你這麼的不老實，人家還沒嫁人呢！不過，我阿爸說，我們女兒家身體，除了親人和姐妹，就只有夫君才能看！」

雖然楚天有些呆傻，但是他努力勤奮，自己有這樣的丈夫，也不算太壞，至於其他方面，可以慢慢來的，伊莎自己在心中盤算著。

不是吧！楚天感到一陣心涼，忍不住倒退幾步，這也太離譜了，娶鳥人作妻子，老子從生理到心理可都沒做好準備啊！

想起摟著伊莎那長毛的身體，望著伊莎充滿期待的目光，楚天感到一陣惡寒！他腦瓜一轉連忙轉移話題道：「那個，這個，伊莎，你渾身都是傷，需要趕緊治療才行，否則留下傷疤毀了容可就糟糕了！」

果然，女人都是愛美的，伊莎這個雌性鳥人自然也不例外，聽說烈火可以造成傷疤，她嚇得馬上將之前的幸福想法拋到腦後。

「楚，楚大哥，你快帶我去祀廟，只有夏瑞大人才擁有治療復原的能力！夏瑞大人最仁慈了，一定會對我們施以援手的。」伊莎急促道。

楚天真想抽自己一耳刮子，老子現在是躲他們都來不及，迎上前去，這不是活膩了嗎？得了，是自己活該，沒事提什麼傷疤毀容的！不過話又說回來，伊莎是爲了自己才被燒傷的，爲了這個恩情，即便是刀山火海，自己也要闖了！

白林鎮的祀廟是一座完全木質結構的建築，只有一層，四四方方，周圍架起了一層層木質臺階，如眾星捧月一般將祀廟頂立在中間。

在祀廟週邊，是四根足有合抱粗的沖天木柱並排而立，木柱上雕刻著無數飛翔的鳥類，形態各異。

此時的祀廟門口，小鎮祭司夏瑞正和烏雞強盜的首領彼得相互對峙。在夏瑞祭司的身後站著五隻威武的白鴿，各個穿著盔甲，顯得威風凜凜。

彼得帶著十幾隻烏雞停留在空中，他朝著祭司微笑道：「夏瑞大人，我希望您識時務，只要您將未來的神侍吉娜交給我們帶走，我保證絕不傷害您分毫！」說完，彼得用翅膀指了指祭司身旁站立的唯一一隻未穿盔甲的雪色白鴿。

夏瑞不客氣地搖頭道：「吉娜是挑選出來作爲神侍送到神廟裏去的，想帶走她，那就先問問白鴿武士們同不同意？」

夏瑞心中暗自慶幸，白鴿吉娜牽扯重大，如果不是自己機靈，提前一步到達祀廟，那後果簡直是不堪設想啊！

彼得的眉頭也皺了起來，作為祀廟僅有的守衛，白鴿武士個個都擁有超過啄衛的力量，即使自己一方的烏雞盜借助暴身變也達到了啄衛的力量，他也沒有任何的勝算，只是這次他是騎虎難下了。

手一揮，手下的烏雞強盜開始擁上，而另一邊的夏瑞祭司也出手了，他身體凌空飛起，雙翅交叉在胸前，只聽噗的一聲，一股靚麗的光華在他身上閃現，緊跟著，原先披在身上的華麗紅衣已經不見，取而代之的是三色流轉的華麗羽毛，尾部則是幾根長長的七彩羽毛搖曳在空中，這才是夏瑞祭司的原形，炫顏鳥。

只聽他低喝一聲：「真——冰幻！」同時，右翅全力向下揮出，一股白色的氣體猶如冰片利刃般破空而出，直刺彼得。

「看不出來祭司大人境界不低啊！」彼得露出驚訝的神色，隨即怒道：「既然如此，那我們只有動手搶了！」彼得同時單爪按出，一面白色的只有巴掌大小的光盾形成，頓時隔開了夏瑞的冰幻術法。

彼得以極快的速度晃過夏瑞，往吉娜衝去。

幾名白鴿武士急忙阻攔，卻被圍上來的狂暴烏雞所阻止，白鴿武士雖然身經百戰，無奈烏雞的數量較多，一時間也無法過去。

「卑鄙啊！」夏瑞頓時明白了彼得的陰謀，忍不住大罵了一聲，很顯然彼得是想用多數量的烏雞強盜拖住白鴿武士，而他並不與自己糾纏，直接找吉娜。

身為待選的神侍吉娜，本身是沒有一點力量的，夏瑞祭司一著急，再也無法保護了。

他頭頂的三色羽毛瞬間豎起，那是暴怒的象徵，只見他雙翅合攏，隨即展開，一抹瑰麗的色彩猶如煙霧一般，頓時將全場的烏雞盜和白鴿武士全部籠罩在內。

白鴿武士們猶如吃了興奮劑，眼睛爆發出血紅的色澤，齊齊喝道：「鳥神至上！」他們潔白的毛髮根根直立，如同利劍一般，隨即整個身體猶如陀螺一般急速旋轉，朝著周圍的烏雞強盜撞去。

「啊，咕！」靠近白鴿武士的幾隻烏雞，一不留神，頓時被白鴿的羽刺刺個對穿，橫死當場，從空中紛紛跌落下來。

「該死的術法！」眼見夏瑞祭司以術法替白鴿武士提升了力量，恨得咬牙切齒，他發出一聲怪笑，身體一閃，出現在上空，由上而下，突然朝夏瑞祭司發動了襲擊。

由於夏瑞受到自己所創造戰果的吸引和鼓舞，加上前方兩隻烏雞強盜地虎視眈眈，這讓他忽略了頭頂的彼得。

「夏瑞，去死吧！」彼得的聲音驀然在夏瑞祭司的頭頂炸響，夏瑞下意識地抬頭，卻見彼得旋轉著身體，雙爪朝下，成爲一個圓錐體朝著夏瑞猛撲而下。

彼得的真正實力已經超過了爪爵，他不像其餘的鳥族，是受到祭司祈福後，鳥神降下神光來進化的，而是純粹靠著自己的努力和天賦才修煉到這一步，而往往是這樣，他所達到的力量要比同等級的鳥族高上半級。

由於速度加上靈禽力聚集的作用，他的雙爪上已經泛起了一道尖銳的青芒，夏瑞知道不好，下意識地往後退，雙翅護在身前，由靈禽力集結的術法瞬間發動，形成了一個淡白色的光暈。

「嗤」的一聲，淡白色的光暈片刻間崩潰，夏瑞祭司發出一聲慘叫，他的右翅瞬間被彼得抓出一個大洞，鮮血頓時在空中狂噴。

夏瑞慘叫一聲，身上的守護光芒完全隕滅，從空中狠狠地摔在了吉娜的前面。

「夏瑞大人！」吉娜嚇得尖叫起來。

「咦，這邊發生什麼事情了？」

「啊，不好，夏瑞大人受傷了，是烏雞強盜！楚天，我們趕緊過去。」只聽樹林中傳來兩個聲音，原來是楚天抱著伊莎就在此時趕了過來。

祭司的身體漸漸蜷縮，他吐了口血，顫聲說道：「快去保護吉娜，保護……吉娜！」

「吉娜？關我屁事！」楚天搖著夏瑞的身體問道：「喂，我說祭司大人，你看伊莎這傷能不能治好？」

此時的夏瑞正要回答，恰好趕上楚天在搖動身體，頓時一口濃痰湧上來堵住了他的喉嚨，半天說不出話來。

眼見夏瑞腦袋歪到一旁，居然都不看他一眼，楚天那叫一個氣啊！他掐著夏瑞的脖子不住地搖晃，吼道：「死老頭，在老子面前擺什麼臭架子，還不說話！回答啊？」

「咳咳！」夏瑞受創的地方靠近內腑，又受到地面撞擊，哪裏經得起楚天的搖晃，頓時滿嘴噴血，那痰倒是通了，只是他自己也直翻白眼。

好不容易緩過一點氣來，只聽見他喘氣斷斷續續道：「我，我現在身受重傷，使用不了治療術……」話未說完，夏瑞急喘幾聲，頓時暈了過去。

一旁的彼得大笑道：「可憐的夏瑞老鳥，神侍我們帶走了，不用送了……。」

「楚大哥！」伊莎此時突然開口道：「這些烏雞強盜闖進我們小鎮，殺了我們無數的同胞鄉親，又傷了夏瑞大人，你一定要幫我打敗他們！救回吉娜神侍啊！」

楚天頓時無語，你個小ㄚ頭啊，人家可是一群強盜，連祭司都不是對手，我一個充其量只是一隻剛剛成長的小鳥，哪裏敢跟人家叫板。

但換了任何人說話，楚天也許都不當回事，可伊莎就不一樣了，因爲伊莎是第一個收留楚天，給他飯吃的，在當時的情況下，如果沒有伊莎，也許楚天早就餓死了！楚天就有這麼一個性格，你敬他一尺，他敬你一丈，事到如今，他只有硬著頭皮上了。

「夏瑞大人！」白鴿吉娜在鶻首領彼得的注視下，開始柔弱地尖叫，惹得一幫烏雞強盜哈哈大笑。

楚天霍然起身，翅膀搧動，攔在了烏雞強盜的跟前，他盯著彼得，雙翅抱在胸前，卻並不說話。

「怎麼，一隻醜陋不堪的禿鷹囚犯，也要來多管閒事不成？」彼得盯著楚天，語氣陰沉無比。

楚天微微一笑，他伸出一隻翅膀指著彼得道：「第一，我叫楚天，並不是禿鷹囚犯，第二，我要挑戰你，這並不是閒事，勝者留下神侍吉娜，敗者滾蛋，怎樣？」

這話一出，全場傻眼，伊莎沒想到楚天居然這麼直接，這麼大膽！之前她說完那句話就後悔了，楚天不過是一隻平民小鳥，連吃蟲子都怕，哪有本事對付強盜啊！

原本只是急話，沒想到楚天居然二話不說就衝了出去，伊莎感動的同時，也為楚天的安危擔心了起來，能與這麼一隻勇敢的笨鳥死在一起，自己還有什麼強求呢？

「就憑你？」彼得的大眼睛盯著楚天，半天後突然哈哈大笑起來，他身後的一群烏雞強盜也跟著大笑，似乎見到了世上最爲可笑和瘋狂的事情。

楚天臉色瞬間發冷，雙爪在地上一彈，整個身體借助高速，避開正面的彼得，從側方面衝進了烏雞強盜群中。

楚天的心神沉入一種奇異的狀態中，彷彿一點月光一般，無孔不入地探知著周圍敵人的舉動，同時，他的體內升起一股熱流。

「裂空爪！」楚天低喝一聲，聲音帶著莫名的震撼力，空間彷彿停頓了一般，就在此時，楚天出手了。

蒙著靈禽力淡白色光芒的雙爪猶如幽靈一般在虛空劃過，一道道的血色弧線遵循著莫名的軌跡，伴隨著一聲聲慘叫。

楚天的身體在烏雞強盜群中轉了一圈，最後停留在了後方，背對著彼得，他的身後，除了彼得之外的烏雞強盜紛紛身體墜地。

楚天的身體踉蹌了一下，額頭、翅膀以及鳥腹，許多個傷口同時崩裂，鮮血緩緩流下，媽的，疼死老子了，這些烏雞強盜還真不是蓋的，渾身的傷口就是擊殺他們的代價。

烏雞強盜被殺，吉娜雖然嚇得要死，卻還沒有笨到無可救藥的地步，她迅速地躲到伊莎和夏瑞祭司一邊。

楚天感到一陣眩暈，心中暗罵，卻不敢大意，他深吸一口氣，努力調動著體內的靈禽力，爭取著儘快恢復戰鬥力，因爲他知道，還有一個更強大的敵人在等著他。

彼得瞳孔收縮，渾身顫抖，那是被氣的，他怎麼也沒有想過，自己居然看錯了眼前這隻禿鷹囚犯，不，應該說是個爪爵級別的高手。

僅僅因爲自己的一個疏忽，自己最精銳的手下就落得慘死的下場，他暴怒了，彼得脖子上的絨毛瞬間根根豎起，翅膀張開，不斷地拍打著。

楚天也比他好不了多少，兩人活像兩隻鬥架的公雞。「嘿嘿，你們這群烏雞強盜還真厲害，老子失血過多，都有點頭暈了，喂，你個鳥首領，咱們商量商量，如何？」

「什麼意思？」彼得一時間摸不清楚天的意思，下意識地問道。

「兩個選擇，要麼你自殺，老子心情好，給你留個全屍，要麼老子抓個稀巴爛，曝屍荒野，讓你成爲大地的肥料，你自己選擇。」眼見彼得停止前進，眼睛咕嚕直轉，楚天越發覺得這強盜是顧及自己之前那龐大的威勢，再不抓緊時間來個詐屍，嚇跑他，等到他發現自己外強中乾，那可就有得受了。

「哈哈，我彼得縱橫多年，從未背著兄弟獨自逃生過，你殺我兄弟，此仇不共戴天，今天不是你死，就是我亡，來吧！」彼得差點沒氣暈過去，搞了半天這小子居然還在不知死活地要自己，他身體突然騰空，一抓朝著楚天抓下，用的赫然就是剛剛對付夏瑞祭司的那一招。

完了，老子搬起石頭砸自己的腳了，敢情這小強盜不吃這一套哦！苦笑的楚天無奈，施展裂空爪迎了上去。

半空中，不斷地響起慘叫聲，羽毛滿天飛，只不過大多都是發自可憐的楚天一方，砰，楚天經過一番劇烈打鬥，力氣逐漸消失，剛修煉的靈禽力難以爲繼，被彼得抓住空隙，被一腳從空中蹬了下來。

楚天一頭栽進了祀廟旁一個鎮民祈福後燃燒的香堆中。「哈哈，我以爲你有多厲害，原來中看不中用，很不幸，今天你們都要給我的弟兄們陪葬。」彼得獰笑著朝伊莎走去。

「站住。」楚天好不容易灰頭土臉地爬起來，一見彼得朝著伊莎走去，心中就急了，伊莎那邊的三人如今都是老弱病殘，要是被彼得抓住，自己可真就受到要脅，與其這樣，還不如把他引過來，以死相拚，或許還有一線生機！

「喂，我說鄙視啊！」

「什麼鄙視，我叫彼得！」對於楚天的亂套名字，彼得絨毛豎起，顯得相當氣憤。

「哦，對不起，彼得，是彼得。」楚天一臉歉意，接著大聲道：「我說鄙視啊，我太鄙視你了，你他媽的有點雄鳥氣概好不好，咱們的勝負可還沒分出來呢？來來，我們繼續大戰三百回合，誰不敢應戰的，誰就是沒種的軟蛋！我說，你倒是趕緊過來啊！」

「誰，你說誰軟蛋了。」彼得先是愕然，隨即大怒，怎麼這小子知道我的秘密，要知道做強盜這麼些年，彼得身上也是傷痕累累，其中最鬱悶的就是他身上最重要的生殖器官在一次意外中受傷，這也導致了他成爲鵪中的異類軟蛋，由於實在羞愧，他才與低位的鳥雞強盜為伍，這一直是他心中永遠的痛，如今被楚天無意中掀了傷疤，他如何能不憤怒。

「楚天！」眼見楚天如此的賣力，要轉移彼得的方向，伊莎如何不明白他心意，伊莎眼淚奪眶而出，多好的一個人啊！為什麼自己先前就沒有發現呢？從來就不對他加以關注呢？連一個擁抱都捨不得給他，難道非要等失去的時候才後悔不及嗎？

當然不，就算是死，我也要為楚天製造逃離的機會。伊莎心中驀然升起了一個聲音，一股龐大的勇氣突然透出，她朝著彼得叫道：「喂，該死的強盜，你有種就先殺了我，來啊！你這個醜八怪，蠢貨，婆婆媽媽的等著幹什麼，簡直就是個軟蛋！」

這話一出，吉娜、彼得和楚天的臉全都綠了，吉娜心中淒苦，一屁股坐到了地上，你個小丫頭不怕死，也別拖累我啊，要知道那強盜窮兇極惡，到時候要對我們來個先姦後殺，那我們可是連哭都來不及了。

彼得怒火狂燒，敢情自己不入鳥道，無法交配的事情外面已經傳得沸沸揚揚了啊！那也好，老子就知道一個殺一個，知道兩個殺一雙，他本來已經轉向去往楚天那邊的，這下可讓伊莎把怒火燒得更旺了，當下轉身，又朝著伊莎衝了過去。

楚天再次栽倒，徹底無語了，媽的，這小妞平時看著挺聰明啊，怎麼關鍵時刻就犯傻啊！這下可好，老子化主動為被動了！

當下強忍著傷痛，楚天聚集全身力量飛到空中，準備趕在彼得動手之前，截住彼得。

「嘿嘿，多麼美麗的姑娘啊！受死吧！」楚天的擔心倒是多餘，彼得根本對眼前的兩個美麗雌性無視，並且探出爪子，兇狠地下了毒手。

眼看著慘劇就要發生，楚天簡直不敢看了，就在此時，異變發生，原本一直臥倒在地沒有動靜的祭司夏瑞突然出手。

只見他的雙爪舞動，瞬間發出了一蓬白光，白光猶如無數把鋒利尖刃所組成，瞬間將彼得完全籠罩。

「鐮刀術，該死的，啊！」彼得發出驚恐地叫聲，隨即渾身鮮血飛濺，古怪的是，鮮血居然無法溢出那白色的光罩。

撲通一聲，夏瑞到底傷勢沒有完全恢復，之前占著祭司所獨有的回生術，這才恢復了一點力量，這才給了彼得突然的一擊，只是這一擊持續的時間不長，在他倒下的同時，鐮刀術也在瞬間崩潰。

只見彼得渾身鮮血淋漓，卻依然支撐著沒有倒下，讓人意外的是，在他頭頂無端地浮起了一根五彩斑斕的羽毛，羽毛灑下一片星光，詭異的一幕出現，只見彼得身上原本裂開的傷口，紛紛開始止血癒合，那種速度簡直讓伊莎幾個懷疑自己的眼睛是否出了問題。

「哈哈！你們是永遠殺不死我的。」彼得囂張的聲音響徹空中，卻見伊莎突然張大了嘴巴望著他，彼得似乎對於她的驚訝相當地自豪和滿足。

此時，一陣勁風從頭頂罩下，彼得幾乎是下意識地喊了聲不好。他雙翅擋在頭頂，身體拚命地向後移動。

但仍是晚了一步，蓄勢一擊的楚天如何能讓這最好的機會溜走，只見他雙爪在空中似乎驀然漲大了許多，彼得的翅膀在瞬間被他洞穿，龐大的力量並沒有停止，直接貫穿而下，鋒利的爪子直接斜插著透過彼得的心臟。

兩隻鳥面面相對，彼得的嘴中不斷地噴出血液，不甘心地喃喃道：「為什麼？你不是，要跟我正面，決戰嗎？」

楚天不屑一笑，理直氣壯道：「我對強盜從不講道義，我的話你可以當成放屁！」

「我不甘心！」等楚天一爪子將彼得的心臟掏出來時，這個強悍的大盜也終於走完了他的一生，儘管他瞪大了眼睛，死不瞑目。

楚天一把將彼得心臟扔在一邊，他倒退幾步，雙肋下傳來一陣劇烈疼痛，儘管將彼得擊殺死了，但是他臨死前的反擊也讓楚天傷上加傷。

「媽的，終於殺了這強盜！」楚天吐了口唾沫，隨即他瞪大了眼睛，望著地上已經死去的鶻首領彼得。

只見他的屍體逐漸地萎縮和腐爛，最後化為一灘血水，溶進了大地中，讓楚天驚訝的是，在彼得屍體消失的地方，無端地浮起了一根五彩斑斕的羽毛，在楚天的跟前漂浮著。

楚天下意識地一抓將之拿下，卻見那羽毛中流光閃動，隱約可見裏邊似乎白雲飛舞，空間急速地轉換，楚天差點迷失在裏邊。

好不容易抽出神智，楚天發現那羽毛再次變化，居然變小，「嘶」的一聲，羽毛直往他肉裏鑽去，楚天只覺得身體猶如被螞蟻叮了一下，他大駭之下，伸出翅膀想把那根羽毛找出來，可是那羽毛已經跟他翅膀上的羽毛融爲一種顏色，根本就區分不出來。

「他媽的，這是什麼鬼東西啊！」楚天有些驚慌地閃動翅膀，隨即他發現自己的身體居然浮了起來，變得猶如白紙一般的輕盈，自己只要輕拍翅膀就可以長期停留空中，楚天大喜，飛行天際，無論是作爲人還是鳥都一直是他的一個偉大夢想，以前是一點也不會，後來修煉靈禽力，可以短暫的飛行一段距離，但是不能長久，而且不能居高，但是如今，顯然完全沒有問題了。

讓楚天還意外的是，他發現自己渾身的傷居然開始慢慢地癒合了，他靈機一動，有些預感，可能是剛剛與自己融合的那根五彩羽毛起的作用。

「我果然沒有看錯你，你是拯救整個鎮的英雄。」夏瑞祭司對自己施展術法，傷勢已經大爲好轉，對著楚天說話的態度也發生了巨大改變。

楚天自然不是那種別人說什麼都信的傻子，說白了，對方看中的是自己的實力而已，有實力才能贏得別人尊重，才能爲自己找到發言權，這是無論在哪個世界都通行的至理。

「祭司大人客氣了，這些是我應做的事情，好在運氣不錯，僥倖收拾了這夥強盜。」

「如果我沒有看錯的話，剛才那根羽毛應該是件羽器，沒想到你居然能將羽器收入體內，這太讓我驚訝了！」

「羽器？什麼羽器？」楚天十分驚訝地道。

夏瑞祭司眉頭微皺道：「羽器是我們鳥族修煉的法寶，就好像蟲族的蟲器或是獸族的獸器！」

楚天心中大喜，心道：法寶？那豈不是和金箍棒、芭蕉扇一樣？正當他準備詳細詢問夏瑞祭司的時候，伊莎忽然發出一聲痛苦的呻吟。

「對了，祭司大人，我朋友燒傷很嚴重，還請祭司大人幫忙救治。」楚天趕緊道。

夏瑞祭司眉頭微皺，自己身體還沒完全恢復，連續地施展術法，只會讓靈禽力枯竭，到時候恢復恐怕就需要一段較長的時間了，只是對於楚天，他還真找不到拒絕的理由，到底人家剛救過你。

「無妨，伊莎的傷勢是小問題。」一團白色的光芒將伊莎完全包裹，她臉上痛苦的表情也逐漸褪去，不但傷痕復原，就連身上也開始長出了一些新羽毛。

「伊莎，你終於醒了，太好了。」楚天一把抱起睜開眼睛的伊莎驚喜道。伊莎掙開楚天的翅膀，有些害羞地低下頭細聲說道：「謝謝楚大哥。」

哎呀，剛剛抱住這丫頭的時候好像有種異樣衝動的感覺，想起這個，楚天雙翅抱頭，頓時感覺毛骨悚然，完了，完了，老子不會真的對雌性鳥人感性趣了吧！

「多謝楚英雄相救，吉娜這裏謝謝了。」神侍吉娜此時也走了過來，對著楚天雙翅旋轉，做了一個十分恭敬的手勢。

「神侍不必客氣。」近看吉娜，楚天頓時覺得自己有些暴殄天物了，這麼漂亮的美女自己差點忽視了，吉娜的羽毛潔白如雪，不含一絲雜質，一雙眼睛清澈如泉水，在她頭頂位置戴著一枚銀白色的圓環，在陽光下熠熠生輝，襯托出她那高貴優雅的氣質。

楚天看著伊莎和吉娜，一隻清純脫俗，一隻高貴優雅，他的心神不由湧起一股強烈的自豪感。前世老子做大盜時，身邊就有不同魅力的女人環繞，沒想到現在做了鳥人，旁邊還是有不同氣質的「美女」陪伴，唉，看來，這魅力越來越強了，連鳥人也無法倖免啊！

夏瑞祭司望著一地的屍體，歎了口氣，他走到楚天面前道：「待會兒我要召集全鎮的居民為你洗清罪名，順便為你舉行晉級儀式。」說完，他帶著吉娜當先走開。

伊莎歡喜地道：「恭喜你啊，楚大哥，你終於可以洗清罪名了啊！」

楚天用翅膀擦了擦自己的眼，用萬分感慨的聲音道：「是啊！真是不容易啊！」

作為見慣大場面的某人來講，吃鳥蛋這種小事破事怎麼能算犯罪呢？不承認，打死都不能承認！

第六章 晉階啄衛

依然是那個巨大的廣場，楚天與伊莎等人站在平臺之上，只聽見夏瑞祭司對著台下的鎮民道：「各位萬能鳥神的忠誠子民們，在剛剛萬惡的烏雞強盜肆意殺戮，毀壞我們家園的時候，有位族人英勇地站了出來，他憑藉著自己的力量，勇敢地同強盜展開了激戰，保衛了我們的家園，並擊殺了包括首領在內的多名強盜，你們說他是不是我們的英雄？」

「是，是！」台下一片譁然，接著喧天的喝彩聲響起。

楚天心中湧起強烈的驕傲和自豪，不覺挺了挺胸膛。

只聽夏瑞繼續說道：「我們的鎮長卻在這之前誣陷這位英雄，說英雄是吃了他家鳥蛋的魔鬼，還要用火燒死他。萬幸的是，我們的英雄不但不計前嫌，還幫我們趕跑了強盜，替那些已經被強盜殺死的鳥們報了仇。」

群情激動的鳥們，立即知道了祭司說的這位英雄就是楚天，鳥族的性格十分的淳樸，加上尊敬的祭司大人坐鎮，頓時對楚天大爲感激。

「我就說啊！楚天的品行不該如此惡劣才是，果然是我們錯怪了他啊！」

「真是好鳥啊！是我們學習的榜樣，我們早該想到，能夠被我們純潔善良的伊莎看中的，怎麼可能是壞蛋呢？」

「可不是，你看楚天，生的是儀表堂堂，鳥毛飛揚，雄姿英發，正是我們鳥族姑娘典型的夢中情郎啊！我好喜歡他哦！」

我汗，這鳥言可畏啊！之前被污蔑時，群起攻之，現在倒好，拍馬屁的話足可以讓你飄飄欲仙。

夏瑞祭司滿意地看著台下的鳥們，示意他們安靜，這才繼續道：「現在以鳥神座下最虔誠神聖的祭司身分宣佈，晉升楚天爲啄衛。」

楚天心中到底有些激動，畢竟啄衛對應的就是淬體前期的境界，若是更進一步到達淬體後期，就可以晉升爪爵了。

翎、銳、翅、羽、爪五個爵位就相當於前世的公、侯、伯、子、男，這是獲得權勢和榮譽的階梯，楚天雖不把這些看作唯一，但也絕不會承認自己不如這個世界的其他鳥族。

「得到祭司大人的直接認可，只要再通過祝福的神光洗禮，楚大哥，你就可以蛻變，晉升爲真正的啄衛了。」一旁的吉娜也微笑著開始恭喜。

楚天此時已經平復了情緒，到底前世見識過不少的大世面。講話告一段落，楚天就和夏瑞祭司等一眾鳥族在鎮民們的歡送中回到了祀廟。正式踏進廟門，楚天就被祀廟供奉的鳥神像所吸引了。

鳥神很明顯是個男子，除了背後長了一對茁壯的翅膀以外，一切與前世楚天所生活世界的正常人沒有任何區別。

夏瑞祭司對著巨大的雕像，用充滿崇拜的眼神喃喃道：「萬能的鳥神擁有的身體是最完美的，每個鳥族子民的夢想就是擁有像鳥神一樣的身軀！楚天，你要努力修行啊！」

楚天內心狂震，夏瑞的話再次驗證了一點，那就是只要修煉的境界上去了，那麼早晚一天自己會徹底地變回人形，而這也是楚天努力修行的最主要動力之一。

「多謝大人提醒，我會努力的。」楚天點頭道。

「現在我來給你舉行晉升儀式了。」夏瑞祭司讓楚天站在巨大的雕像之前，大戰後殘餘下來的兩隻白鴿武士依次站在了祭司的兩邊，以武士最高貴的禮節對著神像：翅膀大張，昂首挺胸，一爪微向前伸。

祭司張開翅膀，慢慢浮起來，嘴裏喃喃念道：「萬能的鳥神！請賜予我祝福的力量，讓眼前這位保衛鎮子的英雄晉升爲啄衛吧！」

頓時，從祭司的胸前飛出一團金色的光芒，猶如彩霞一般，瞬間進入楚天的額頭正中，楚天呈現出痛苦的神色，不斷地搖晃腦袋，他眼看著自己的爪子逐漸地由黑色變成棕色，然後又緩緩地從空中降落下來。

「咳咳！」夏瑞祭司臉色不大好看，咳嗽兩聲，祝福力量最是耗費祭司的心力，平常施展還可以，但是在此之前夏瑞祭司就受過傷，更接二連三地施展術法，靈禽力耗費甚巨，因此爲楚天晉升就顯得有些勉爲其難了。

周圍鳥族此時看著已經靜止下來的楚天，只見楚天的爪子先是變成了棕色，隨即居然成爲了綠色，眾鳥族還沒從震驚中清醒，卻見那爪子最後又恢復成了烏黑色。

圍觀的鳥族紛紛傻眼，看楚天的晉升過程，不只是成爲了啄衛，還達到了爪爵的層次，只是最後不知道爲什麼居然又返本還原了。

夏瑞祭司自個撓著腦袋盯了半天，最後翻白眼，憋出兩個字：「怪胎！」然後就側身走開了。

楚天就此作爲啄衛住在祀廟裏，好幾次他纏著祭司要學術法，都被祭司以各種理由拒絕。在祭司看來，無法將楚天的鳥爪變成棕色，應該是鳥神的旨意，也許連晉升楚天爲啄衛都已經是個錯誤。他怎麼敢再傳授術法給楚天呢！

楚天鬱悶地待在祀廟，祀廟規定除了有儀式之外，其他時間鳥是不得隨意進入祀廟的，連伊莎都不能來看他。

無聊的楚天只能沒事跟吉娜胡侃，偶爾溫習一下以前的泡妞技巧，不時地吹一下牛，只可惜身爲神侍的吉娜純潔得像一張白紙。

這讓楚天頓時有種耗子拉烏龜，無從下手的窩囊感覺。這一天，楚天找到機會，再次上前搭訕，打算敲開吉娜的缺口，迎接新的「挑戰」。

「對了，吉娜，你是怎麼成爲神侍的？這可是無上光榮的職務啊！」楚天擺出一副無限崇拜的表情，就差兩眼透出花心了。

吉娜有些嬌羞，她喃喃道：「這件事情有些蹊蹺，之前我在打掃祀廟的地下室時撿到了一個神殿留下的羊皮卷，後來祭司就上報給了神殿，上面派來使者驗證之後非常開心，覺得我非常符合作爲神侍的兩個條件，那就是幸運和忠誠，當時祭司大人跟我說的時候，我還不太敢相信呢！」

我汗，撿到一件東西就可以成爲神侍了，這神侍也太不值錢了吧！等等，神殿！羊皮卷！楚天心中莫名一陣悸動，他裝作漫不經心地問道：「神殿的羊皮卷？是什麼樣子的？對了，那神殿在什麼地方？我怎麼沒聽別的鳥族說起過呀？」

吉娜嬌嗔道：「楚天大哥，你一下子問我這麼多問題，我該怎麼回答你呀！其實我也是才聽祭司說的，據說神殿是在丹姿城裏，那裏有最大的祀廟。而那個羊皮卷據說是神殿遺留下來的，具體有什麼用我也沒敢看！」

楚天心中一動，莫非是跟老貓頭鷹那兒得到的羊皮卷一樣？於是他急急問道：「丹姿城在什麼地方？」

吉娜搖搖頭，說道：「祭司大人說丹姿城是位於這片土地的上空，是一座天空之城，也是最接近萬能鳥神居住的地方呢！」吉娜從小就在祀廟長大，對萬能的鳥神有著從心裏的崇敬。

楚天一頭霧水，他下意識摸摸吉娜的額頭，說道：「在天上，天空之城？吉娜你是不是發燒了？」

吉娜被他碰到額頭，臉上飛起一片紅霞，低下頭說道：「這是祭司大人告訴我的，他該不會說謊吧。」

楚天看著吉娜嬌羞的模樣，心中一動，擺擺翅膀，說道：「吉娜這麼漂亮，一定有很多鳥族青年追求吧！」

「哪有啊！吉娜身爲神侍，是要守身如玉的！」吉娜一臉的聖潔。楚天再次啞然，他歎了口氣道：「我聽很多長者說，男歡女愛是十分美妙的事情，那種纏綿，相思傾投，簡直讓人如癡如醉啊！吉娜，你不經歷一下，實在太浪費了！」陷入前世回憶中的楚天，忍不住陶醉於往昔與美女的歡樂中。

「哎呀！」楚天只覺得腳掌一陣痛楚。「別說了！」吉娜一副十分局促的樣子，她打斷楚天的話道：「楚大哥，你討厭死了。」丟下莫名其妙的一句話，吉娜雙翅捂著臉，一溜煙小跑著不見了。

摸著自己的爪子，楚天單腿跳著圈子，張著鳥嘴一臉茫然地道：「不是說很純潔嗎？怎麼會說這麼富有挑逗性的話？」

正在感歎世道多變時，一隻白鴿武士走了過來，對楚天行禮道：「楚天啄衛，祭司大人有事找你。」

楚天訝然，夏瑞這老頭最近一段時間可是躲他都來不及，這會兒居然主動找他！楚天忍不住抬頭望向祀廟之外的天空，難道今天太陽從西邊出來了。

「楚天啄衛，待會兒你跟我去鎮門外迎接拉格羽爵大人吧。」夏瑞祭司一見楚天，也迸出了一句嚴肅的話。

楚天驚訝道：「拉格羽爵是誰？爲什麼指明要我去迎接，白鴿武士不是更合適嗎？」

夏瑞祭司對於楚天的一連串疑問感到些許不滿，想他堂堂一個祭司，屬下誰敢不服，只是楚天到底拯救過白林鎮，他只好耐著性子解釋道：「拉格羽爵乃是附近沉魚州吉諾拉羽爵的遠親，是上面派來追查烏雞強盜的，如今白林鎮長沙爾戰死，說不得只好我這個祭司去迎接他了，至於帶你同去，乃是拉格羽爵主動要求的，誰讓你是拯救鎮子的英雄呢？

呵呵！」

楚天總覺得這件事情有些不簡單，只是他也想不出個所以然來。

在去往鎭門的路上，楚天找個機會忍不住問道：「夏瑞大人，我聽吉娜說，我們高貴的鳥族都居住宏偉美麗的丹姿城裏，據說那裏有著供奉我們鳥族始祖的偉大神殿，這是真的嗎？」

「哈哈，吉娜這丫頭果然是藏不住嘴，不錯，她說的是真的。」夏瑞祭司並未對楚天的問題感到意外，事實上任何一個有好奇心的普通鳥族都想著去大城市看看，畢竟那裏是另外一片瑰麗的世界。

「真不知道什麼時候才能去那裏看看啊！」楚天露出不用僞裝的嚮往神色。

祭司微微一笑道：「丹姿城是一座天空之城，浮在虛空白雲中，神殿則是丹姿城裏最莊嚴的地方，是丹姿城的貴族和祭司祭祀鳥神和祖先的地方！」

「怎麼可能呢？祭司大人不會是在騙我吧？這麼大一座城池居然浮在天空，那得要多大的力量啊！」儘管已是第二次得到證實，楚天依然不相信一座城池可以虛浮空中，在他看來，那簡直就是神話故事裏的場面。他卻忘記了，他變成鳥人，這本身就是一段神話。

「這自然是真實的事情，因爲我本身就是從丹姿城派下來的見習祭司，那裏等級森嚴，除了貴族以外，其他人沒有一定的修行境界，是根本無法進入丹姿城的。」夏瑞祭司十分莊重地道。

「不是吧！」楚天是真的被嚇傻了，他盯著夏瑞祭司上下打量一番，搞了半天，自己身邊這隻老鳥就是從丹姿城下來的活寶啊！楚天頓時大開眼界。

夏瑞祭司被他看得有些毛骨悚然，他連忙點頭道：「實際上，這附近幾十個鎮子上的祭司都是從丹姿城選派下來的見習祭司，由於我們祭司被賦予了連接這個世界鳥族與萬能鳥神之間溝通的重大職責，因此每個祭司的選拔都必須通過神殿銀羽大祭司的認可審核才能擔任。」

「原來如此！這麼說來，只要到達一定境界，我們就可以自己去往丹姿城了啊！真是不錯啊！」楚天想起如今自己可以自由飛翔了，正盤算著如何找個機會開溜，朝丹姿城進發呢，就見夏瑞祭司連連搖頭道：「丹姿城的存在一般的鳥族都是不知道的，而且由於防禦禁制的作用，如果沒有丹姿城的守衛接引，我們是不可能找到位置的，即便是我，如果不能從見習祭司升爲真正的神殿祭司，也是無法再回丹姿城去的！」

「這麼說來，吉娜去往丹姿城，是有人接應的了。」楚天脫口道。「這是當然，呵呵，小夥子多努力吧，好好修行，到時候等我成爲神殿祭司，如果你境界有所提高，我會帶你一起前往丹姿城的。要知道身爲神殿祭司，是有權力自由選擇兩個武士隨行的啊！」

夏瑞祭司勉勵地拍了拍楚天的肩膀，微笑道。

楚天頓時露出感激的神色，他隨口道：「不知道大人成爲神殿祭司還需要多長時間，小子也好有個準備！」

夏瑞祭司翅膀拍著胸脯，自豪地道：「以我的天資，多了不用，大概有個六十年，就足夠了！」

「什麼？」楚天聞言，頓時身體踉蹌，一屁股坐在了地上，他媽的，有沒有搞錯，不就是去一次天空城嗎？難道就要老子等上六十年？

說話間，兩個鳥人已到了鎮門，守衛見到他們走過來連忙行禮。

不過幾分鐘的時間，天空中，一點黑芒不斷地靠近，到楚天兩人頭頂的時候，黑芒突然翻滾掉下。正當楚天嚴加戒備，以爲出什麼事時，卻見自己面前光芒閃過，已經顯出了一隻大鳥，他收起翅膀，眼神高傲地看著夏瑞和楚天。

楚天細心打量，發現這是一隻少見的紅尾鳾，綠爪白啄，僅僅比楚天矮了幾公分，寬厚的身軀覆蓋在栗褐的羽毛下，他穿著一襲鑲著金絲的紅色長袍，頸部呈銀灰色，面部有明顯成人的輪廓，雙眼閃現出懾人的紅光，顯出這鳥人的強悍。

夏瑞祭司神色一緊，連忙上前躬身行禮道：「在下夏瑞祭司，率領啄衛楚天，恭迎拉格羽爵大駕光臨。」

拉格羽爵看也不看夏瑞祭司一眼，他用一種異樣的眼光看著楚天，冷笑道：「這位就是擊殺烏雞強盜首領的楚天楚啄衛嗎？本爵追蹤烏雞強盜五天，跟彼得打了三回合，雖然也殺了不少烏雞強盜，但每次都讓彼得受傷而逃，就憑他這麼弱小的靈禽力，怎麼可能殺死彼得？祭司先生當我拉格羽爵是這麼好糊弄的麼？」

夏瑞祭司頓時愕然，料不到為什麼拉格羽爵在時過境遷之後，還在懷疑這件事情的真實性！

楚天大為惱怒，這個拉格羽爵一看就知道不是什麼好東西，恐怕之前他追殺烏雞強盜是想著立功授獎，沒想到卻被自己橫插一杠，因此才懷恨在心的。

媽的，別人怕你的爵位和實力，老子可不放在眼裏，楚天依然保持著微笑，一拍額頭，擺出一副恍然大悟的樣子道：「聽說拉格羽爵是吉諾拉羽爵的遠親？那一定是家學淵源，修為甚高了，那彼得我也見識過，本事實在稀鬆平常，輕易被老子剁了個稀巴爛，可我就不明白了，這樣的平平角色，怎麼就三番五次地在拉格大人的手中逃脫呢？嗯，在下剛剛才明白過來，原來拉格大人正拿著那傢伙練手呢！這種方法都能想像得出來，小子真是佩服得五體投地了。」

拉格羽爵臉色青一片，紫一片的，楚天的意思再明顯不過了，你拉格羽爵收拾一個小強盜都費盡手腳，老子隨便出手就解決了，本事高低顯而易見，既然如此，就別在老子面前擺什麼譜！

拉格羽爵頓時啞口無語，說自己不殺烏雞強盜是另有目的，誰信？要說自己本事很強，那為什麼烏雞強盜還肆無忌憚？

這種情況下，閉嘴是最好的選擇，他冷哼一聲，瞪了楚天一眼，翅膀一揮，大步走進鎮子。

身後夏瑞祭司朝著楚天擺起翅膀，做了個豎起大拇指的姿態，代表神權的祭司和代表王權的羽爵之間的矛盾是永遠不可能調和的。

對於拉格羽爵一來就興師問罪，擺架子的態度，夏瑞祭司當然很不滿，沒想到楚天居然應對如此圓滿，替他找回了場子，這讓他感到大有面子，同時對楚天的態度大為改觀，看不出，楚天這小子還有些外交手段啊！

走在鎮上的街道上，這裏的居民可就炸開了窩，鎮上最崇高的夏瑞祭司大人和最近大出風頭的英雄楚天啄衛竟然跟在一個從未見過的鳥族後面，這可是大新聞啊！

「呀，這一定是個大人物，你看他走路的樣子！簡直是横行霸道，太有風度了。」

「是哦，也許是派來接替鎮長的也說不定？」

「蠢貨，這可是個羽爵大人，難道你們沒有發現他身體的特徵嗎？」

「天啊，是羽爵大人……」

拉格羽爵似乎是有意展示他的實力，走路的時候都運起靈禽力，只見一團淡白色的光芒捲起了地面的沙土，猶如護盾一般將他包裹了起來。

四周的居民哪見過這種場面，頓時失聲驚叫起來，露出驚懼和崇拜的眼神。

他媽的，這個拉格倒是知道顯擺，虛榮心超強啊！楚天心中咒罵，嘴上卻故意大聲對身旁的夏瑞祭司道：「祭司大人，聽說咱這條街道，以前是個墳地啊，這無數的屍骨積累了許多怨氣，據說還有許多的蟲尿鳥屎，這要是黏在身上，可真是晦氣啊！」

夏瑞祭司哭笑不得，心想哪有你這麼歪曲事實的，這要讓外人知道了，還以為白林鎮的鳥族都有特殊嗜好，不喜潔淨呢？

不過很快，他就知道楚天說話的真正用意了。

只見沙塵護盾瞬間散去，現出了拉格羽爵氣急敗壞的樣子，他朝著楚天恨聲道：「楚啄衛，果然好本事！」

楚天微微一笑，還禮道：「哪裏，哪裏，我這點本事算什麼，還需要跟羽爵大人多多探討學習呢！」

因為祀廟不允許外人入住，夏瑞祭司就安排拉格羽爵在前任鎮長生前的居所住下，他直覺認爲拉格此來另有目的，只是未搞清楚狀況之前，他也無法下結論，只有靜觀其變。

經過鳥雞強盜一事之後，夏瑞祭司就命令所有的白鴿武士加強了對神侍吉娜的保護。

「最近修煉似乎有所進展，只是還不夠快，不過空中飛翔的感覺倒是越來越熟練了，這些變化都是來自那根奇怪的羽毛，看來有時間倒是要研究一下了！」楚天躺在祀廟頂上，鳥嘴裏叼著一根稻草，仰望著萬里星空，喃喃自語道：「繼續停留在白林鎮顯然對提升實力沒有任何意義了，外面還有更廣闊的世界要去闖了，是時候準備離開了！」

天空中莫名飄來一朵烏雲，將月亮悄悄掩蓋，楚天舒服地翻了一個身，卻見一道黑影突然在他眼前晃過，隨即消失不見。

楚天心中暗笑，這麼晚還有鳥人出來散步的？嘿嘿，說不定是爲了偷情啊！隨即他又想起了什麼，屈起雙爪，嘀咕道：「不對啊，根據規定，普通鳥族在沒有特殊事情的情況下是不能靠近祀廟的，否則就是對萬能鳥神的大不敬，相信一般鳥族都知道這個規矩，那會是什麼鳥人這麼大膽呢？」

楚天頓時機警起來，自身超常的潛力發揮了作用，他馬上找到了那黑影的正確方位，雙翅輕輕一震，楚天已經悄無聲息地跟了上去。

那黑影不斷地在林中穿梭，似乎很匆忙，根本就沒有回頭看是否有鳥跟隨，即使如此，楚天也不敢跟得太近。

「怎麼會是在鎮長家，那裏不是拉格羽爵的駐地嗎？難道這黑影竟會是他？」幾分鐘後，楚天有些吃驚了，他悄悄潛伏在鎮長家對面一棵樹上，借著樹枝將自己隱藏好。

他選擇的位置是一棵枯死的大樹，中間出現一個天然的腐朽大洞，從楚天的角度上看，正好可以透過窗戶，很清楚鎮長家的情況，而絕對不用擔心被發現，說起來這是他前世身為大盜的看家本領，這一世雖然成為鳥人，卻舊習不改。

等他借屋裏亮起的燈光看清那黑影的真正身分時，不禁大吃一驚：「怎麼會是他！」

原來那黑影居然是祀廟中僅存的白鴿啄衛之中的克羅。克羅背對著燈光站著，翅膀輕輕顫動，顯示出他心裏的緊張，而一襲紅衣的拉格羽爵則坐在他的對面。

「克羅，你一路過來，後面可曾發現有人跟蹤？」拉格首先發話道。克羅恭敬地道：「拉格大人放心，小的來的時候小心翼翼，絕不會讓人發現的。」

拉格滿意地點點頭道：「我要你取的東西拿來了嗎？」

「當然，幸不辱命！」克羅諂媚地上前，遞給拉格羽爵，恭敬地道：「這就是藏在吉娜身邊的羊皮卷，您請過目。」

轟的一聲，楚天彷彿遭受了雷擊，腦中瞬間霍然開朗，他驚訝克羅拿出的羊皮卷色澤和樣式似乎與貓頭鷹送他的翎爵心法幾乎一模一樣，他更聯想到，這拉格羽爵追殺烏雞強盜是假，為了這羊皮卷才是真。

克羅見拉格羽爵不說話，只是盯著那羊皮卷看，他翅膀顫動得更厲害，結結巴巴地說道：「那個……拉格羽爵，您說的那個……承諾……」

拉格羽爵將羊皮卷放在桌子上，拍拍克羅的身子，大有深意地道：「什麼承諾？克羅，一個人要有自知之明，否則就會大禍臨頭的！」

「什麼？拉格大人，你怎麼可以出爾反爾！」克羅露出難以置信的樣子道。

「你知道的太多了。」拉格羽爵顯出不耐煩的神色，只見他雙眼通紅，翅膀驀然張開，白色的靈禽力爆發，只見屋子裏的木板無端潰裂，無數的植物藤條飛舞而出，將克羅緊緊包裹，令他動彈不得。

「該死的拉……」克羅十分憤怒，正要破口大罵，卻見拉格羽爵眼中紅光爆閃，空中一道光芒劃過，克羅的頭顱已經飛了出去。

詭異的事情發生，卻見那無數的植物藤條張牙舞爪地將克羅的頭顱和屍身一起包裹，連一滴鮮血也不剩下，迅速地遁入了地面，消失不見。

楚天倒抽一口涼氣，這個拉格羽爵看來並不像表面的那麼窩囊啊，看他剛剛施展的明顯就是一種術法，想起自己所修煉的功法只是增強了一點靈禽力，跟強身健體差不多，連一點術法都不涉及，楚天又是羞愧又是慶幸，若是拉格那傢伙不顧身分與自己打架，恐怕自己會死得很慘。

若不是屋子裏那光滑的地板上出現了一個黑漆漆的深洞，楚天還以爲自己是白日做夢了，拉格的殺人滅口作風，讓楚天的警戒心再次提升，他腦中急速地轉動，要變回人身，最穩妥的方法就是要得到羊皮卷，湊齊完整的修煉功法，他心裏盤算著，怎樣才能從這個陰險狠毒的拉格羽爵手上把羊皮卷弄到手。

幹掉了克羅，拉格羽爵似乎心情不錯，居然搬著椅子，坐到了大門口，正對著楚天躲藏的方向，媽的，這混蛋要是精神好，一坐到天亮，那自己可不是要陪著一群蟲蟻親密接觸了。正當楚天叫苦不迭時，夜色中，幾聲撲撲的翅膀拍動聲，再次預示著有不速之客到訪了。

等到拉格羽爵的身前幾個身影站立，楚天驚得差點掉下樹幹，這些不速之客居然是烏雞強盜，領頭的赫然就有在廣場施用「暴身變」的那隻麻雀。

拉格羽爵微笑著與他們打招呼，似乎顯得相當的熟絡，他用翅膀拍了拍麻雀的身子，道：「奧絲拓老弟，請進屋來說話。」

奧絲拓囑咐幾隻烏雞在門外站好，自己跟著拉格羽爵進了屋子。

奧絲拓一進屋就恭聲對拉格羽爵說道：「在下沒能完成任務，還請羽爵見諒。」

拉格羽爵笑著說道：「那件事情也是意外，怪不得你，大家都是自己人，今天叫你來，是另有事要你幫忙的。」

奧絲拓連忙恭敬道：「拉格大人請吩咐，在下一定全力辦到。」

楚天到此時是無話可說了，拉格勾結烏雞強盜，更收買白鴿武士，盜取神殿羊皮卷，這些事任何一件被告發，都夠他死上千百回的了。

「這事情很簡單，本爵來此地目的已經達成，只要你們裝模作樣地在鎮口露一臉，本爵就可以以追殺你們爲由，光明正大地離開了。」

「羽爵大人放心，這種小事，在下絕對辦好。」奧絲拓還以爲是什麼危險的事情，聞言頓時鬆了口氣。

楚天可以肯定，拉格費盡心思，就是爲了那羊皮卷，烏雞強盜和白鴿武士都只是他手中的棋子而已。這也從另一個方面證明了羊皮卷的價值。

爲了這個巨大的誘惑，楚天決定冒險一試，他悄悄滑落樹幹，朝著拉格的屋子靠近，那幾個守衛的烏雞強盜正相互聊天，加上天黑，還真把楚天忽略了過去。此時拉格羽爵剛護送奧絲拓出門，還在叮囑著什麼。

「天啊！烏雞強盜！」樹林中莫名地傳出一個叫聲，拉格羽爵和奧絲拓當時就知道不妙，誰能想到大半夜了，居然還有鳥族不休息。

「你們這群強盜，居然還敢回來，找死。」拉格羽爵有些變色，這要是讓鳥族知道了自己與烏雞強盜一起，那可是有嘴也說不清了。

他朝奧絲拓等強盜大吼起來，並不停地打眼色，隨即一腳踢在奧絲拓的屁股上，將他踢得飛了出去。

「媽的，這混蛋踢得這麼用力。」奧絲拓身體在空中翻了好幾個跟頭，心中咒罵拉格。此時周圍的樹林開始出現了無數的黑影，看來鳥族被驚動的不在少數。

「天助我也！」楚天大喜，直想朝天大吼，他一個翻身進入了鎮長屋裏，從那之前破開的地板中鑽出，將拉格放在桌子上羊皮卷收入懷中，趁著外邊一片大亂，楚天大搖大擺地鑽出樹林，消失在夜色中。

等到拉格羽爵裝模作樣把周圍的居民安撫之後，回到屋內的時候，頓時傻眼，羊皮卷居然不見了！

拿到羊皮卷的楚天，十分的激動興奮，拍著翅膀飛回去的時候連續三次撞在樹幹上。回到祀廟，楚天逕自回到自己的房間，他不敢點燈，借著月光，用自己超強的目力迫不及待地觀看這羊皮卷。

這一看，楚天頓時傻了鳥眼，張大鳥嘴，說不出話來，原來那羊皮卷上竟只有寥寥幾筆勾勒出的圖畫，根本就不是什麼神殿卷心法。

他沮喪地將羊皮卷扔掉地上，心裏罵道：「該死，老子千辛萬苦弄到這羊皮卷，還以爲是神殿卷，沒想到狗屁都不是。」突然腦子靈光一閃，既然這是拉格羽爵千方百計得到的東西，一定很重要。

楚天再次拿起掉在地上的羊皮卷，喃喃自語道：「好像是地圖，但怎麼會有這麼簡單的地圖呢？嗯……應該是張藏寶圖的一部分，要不然拉格羽爵也不會花這麼大力氣要得到它了。」隨即楚天的心思頓時又降入低谷，即便是有寶藏給我，這沒權沒勢的，還不夠強盜惦記呢！

楚天正在研究羊皮卷時，門外響起了夏瑞祭司急促的聲音：「楚天啄衛！」

楚天心裏一驚，趕緊收起羊皮卷，把門打開，裝作含糊不清地語氣道：「祭司大人，這麼晚了，有什麼事麼？」

夏瑞祭司面無表情地走進去，搖頭道：「克羅啄衛失蹤了！」

楚天心知肚明，他十分驚訝道：「怎麼回事？克羅大哥不是好好的在祀廟守衛嗎？」

「不是這樣的，剛剛鎮裏出現了烏雞強盜的殘餘分子，拉格羽爵在追殺的過程中發現了克羅被殘殺的遺骸，想不到這些烏雞強盜還不死心啊！」夏瑞祭司意味深長地道。

楚天心裏雖然不齒克羅的所爲，卻更不想就這樣讓拉格羽爵置身事外，他用翅膀撐著烏頭，裝著沉思的樣子道：「烏雞強盜是否連一具屍首也沒有丟下，另外，是否他們出現的位置是處於鎮長的居所呢？」

「楚啄衛，你怎麼知道這些的？」夏瑞祭司霍然轉身，全身冒起一團的白光，眼睛一眨不眨地盯著楚天，冷然道。

楚天頓時感覺到了一股如山的壓力，他忍不住後退了一步，心中駭然，憑藉著不知名的功法所修煉的半調子靈禽力，楚天原本自信滿滿，只是之前拉格的本事顯露以及此刻祭司的威壓，頓時讓楚天明白了什麼叫做差距。

他心知自己下面說的話要小心了，楚天眼珠一轉，鎮定道：「祭司大人難道就一點也不感到懷疑嗎？烏雞強盜首領已死，剩下的都是烏合之眾，追擊的拉格大人不可能連他們皮毛都沒黏到吧！另外，克羅身為守衛祀廟的白鴿武士，向來不會私自外出的，而且以他的修為，即便不是烏雞強盜的對手，但是要想逃脫顯然也不是難事，更巧合的是，拉格羽爵當時似乎在場！這裏的疑問太多了。」

「你是說，這所有的事情都跟拉格羽爵有關？」夏瑞祭司心神震動，心中的各種推想，似乎逐漸的連接成一體。

楚天微笑著搖搖頭道：「這個只是推測而已，屬下只是覺得拉格羽爵此來，恐怕另有其他目的，我們還是小心一點為好！」

夏瑞祭司此時似乎想到了什麼，臉色突然變得極其難看，整顆鳥頭上的羽毛都根根豎了起來，他對著楚天朗聲道：「楚啄衛，你現在帶著吉娜趁著夜色儘快離開！」

楚天訝然，這老鳥這是唱的哪齣戲啊！他疑惑道：「去哪裏？爲什麼要帶著吉娜？」

「沒時間跟你解釋了，你記著一路平安的將吉娜送到五彩峰瀑布下，到時自然會有神殿的人來接應你們！」夏瑞祭司冷然看著楚天道，「這是神殿考驗你忠誠的時候到了，若是你能完成這個任務，日後晉級升爵將指日可待了。」

狗屁，老子才不信這些空虛承諾，不過楚天想了想，還是答應了下來，本來他就打算找個理由離開這裏，現在這個機會來了，他自然不能錯過。

將吉娜叫進來，夏瑞祭司又神秘的對著她耳語了一番，楚天只能根據吉娜的臉色來判斷，他發現吉娜的臉色喜憂參半，最後看了楚天一眼。

第七章

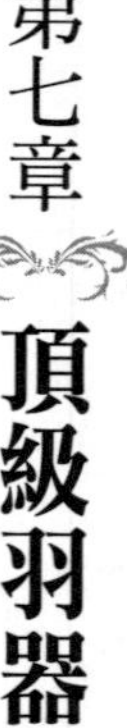

頂級羽器

出了祀廟，此時的時間已經是後半夜，大地依然籠罩在一片黑暗之中，吉娜只能憑著記憶告訴楚天往哪個方向飛，她在黑夜裏根本就什麼都看不到。

考慮到吉娜的體力問題，兩人只能飛一段停一段，在朝陽初起的時候，他們也已經飛出了好遠。

天際被染得通紅，彩雲變幻不定，天地交接的一線白紅相互糾結。吉娜忍不住對著天空讚美道：「好美的朝陽！」

兩人從空中落下，找了塊灰斑色的石頭坐下休息。

「生命就彷彿是眼前的朝陽，初升時光彩奪目，落下時歸於暗寂，無論是朝陽和夕陽，都是同樣的美麗，只是這世上一切美好的東西，都無法長久，因爲生命本身就是短暫。」楚天有感而發道。

「是啊！這世上美好的東西很多，只可惜往往被人忽略了，所以我們一定要記得珍惜眼前的美好事物。」吉娜雙翅抱在胸前，仰頭望著天空，喃喃道。

楚天深表贊同，下意識地轉頭望了望吉娜，這一下頓時讓他移不開目光，微風中的吉娜，另有一種動人的風情，雪白的羽毛猶如雪花一般紛舞，不時的露出隱藏在毛下的嬌嫩肌膚。

楚天頓時呆住了，他的身體情不自禁的朝著吉娜靠近，尖銳的鳥嘴離吉娜越來越近。

「你說……啊！」吉娜突然轉身，發現楚天的動作，驚叫道：「楚大哥，你在幹什麼？」

「啊！」楚天一臉羞紅，怎麼也沒有想到吉娜居然突然轉身了，好歹前世混過花叢，楚天馬上想出了應對的方法，只見他右翅伸出，摸了摸自己沒毛的鳥頭，傻笑道：「沒什麼？這裏風大，我梳理下頭上的鳥毛！」

「梳理鳥毛？」吉娜顯得驚訝萬分道：「可是你頭上沒毛啊？」

「啊！咳咳，唉，想當年我頭上可是鳥毛豐盛，這個梳理的習慣一直沒改過來！」楚天頓時有些沮喪，雖然我頭上沒毛是現實，可是你也別說出來啊，這很容易傷人自尊啊！

與吉娜的眼神對接，楚天發現自己有些移不開目光了，真是美女啊，楚天內心發出由衷的感歎。

「我說你們兩個打情罵俏的，有完沒完啊！」一個猶如洪鐘一般的聲音突然響起，緊跟著兩人身下一陣晃動，嚇得吉娜和楚天頓時飛到了空中。

「是誰？居然偷窺人家的隱私，真討厭！」吉娜驀然蹦出一句話。楚天翅膀一震搖晃，差點從空中掉下，媽的，隱私！吉娜這話好曖昧啊！

「偷窺？兩個臭鳥人，我老瓢還沒罵你們打擾我的清夢呢？」循著聲音，楚天兩人只見腳下原本坐過的山石突然一個翻身，現出了一隻奇怪的蟲子，那蟲子體型相當龐大，按照楚天的邏輯，這傢伙就像一隻放大版的瓢蟲，兩片巨大的灰斑翅膀覆在背上，前方是一個橢圓形頭顱，那頭顱除了一些毛髮和兩個觸角以外，整個就是一個人的頭顱。

「你是灰瓢蟲族！」吉娜打量著蟲子，突然驚叫起來。楚天也是訝然，想不到在這個地方能遇見蟲族，看這隻蟲能說話，已經化出頭顱，顯然有著高智慧啊！

「什麼灰瓢蟲族，你們鳥族從頭到尾就是這麼沒禮貌的嗎？我的歲數足夠當你們的祖宗有餘了，叫我瓢爺吧！我愛聽這個。」那灰瓢蟲也不打算睡覺了，身體立起，現出了腹下的八隻細長蟲腿。

轟隆，隨著他的雙腿放下，整個大地似乎都有點震動。

「瓢爺！」楚天直翻白眼，這也太彆扭了，怎麼聽都像是妓院龜公一般，楚天正要不耐煩地咒罵幾句，卻見那瓢爺的身下，一塊巨大的石頭此時發出噶崩噶崩的響聲，下一刻，居然四分五裂了。

楚天倒抽一口涼氣，這老蟲子好強悍的力量啊！好漢不吃眼前虧，楚天連忙開口道：「哎呀，原來是瓢爺啊！我叫楚天，今天初來乍到，有眼不識瓢爺，這就給您道歉了，看在我們無心的份上，您就不要計較了。」

吉娜愕然，怎麼也沒想到楚天這麼阿諛奉承，頓時白了他一眼，楚天自然有自己的理由，他朝吉娜打了個眼色，示意她不要開口。

「嗯，這還差不多，老子向來瞧不上你們鳥族，不就是多了一對長毛的翅膀嗎？一個個屁股就都翹上了天，難得今天遇見你小子，不錯，會說話！」瓢爺似乎對於楚天的表現相當的滿意，兩眼都瞇成了縫。

楚天心中早已經將這瓢爺祖宗十八代問候了個遍，說我們鳥族擺架子，你自己還不是一樣。楚天乾笑兩聲道：「瓢爺真會說笑，我們要趕往五彩峰瀑布，不知道瓢爺是否知道那裏的具體位置？」

「難得你小子會說話，今兒我瓢爺高興，就告訴你們吧，從這裏往東十里，你就可以看見一座五顏六色石頭堆積的山峰，那裏就是五彩峰了。」瓢爺八腿交叉，擺出一副訓示晚輩的派頭。

楚天二話不說，當下招呼吉娜就朝著那邊飛去。瓢爺眼見楚天轉眼不見，頓時急促道：「哎呀，鳥小子，別急啊！咱倆繼續聊聊啊！」

「聊你個屁啊！」楚天心中怒火終於爆發，早知道距離這麼近，老子還低聲下氣幹什麼，真他媽的賤。

「楚大哥，你真壞！」吉娜明白了楚天的用意之後，咯咯笑了起來。

楚天嘿嘿笑道：「哪裏，吉娜妹妹，我向來是個正直的人，講究的是等價交換，不敢占人半點便宜，那死蟲子被我那麼的尊重，自然要拿出一點好處給咱們，這才公平啊！」

飛行不過十分鐘的時間，楚天就見到了五彩峰。這裏的山石由於地殼變動，深埋地下數萬年的鐘乳石結晶紛紛露出地面，因此顯得五彩繽紛，五座山峰高低不平，三座簇擁在一起，兩座並排，一道瀑布從最高的一座山峰飛流而下，濺起的巨大的水珠在陽光下閃耀著七彩光芒，瀑布兩旁的大樹鬱鬱蔥蔥，一片安靜祥和。

楚天先向瀑布那邊飛去，在瀑布下的小河的一塊岩石上站好，吉娜隨後也跟著下來。岩石四周潺潺的流水聲奏起了歡快的樂章。吉娜笑著用翅膀拍打著水面，濺起的水珠落在她和楚天的羽毛上。

楚天看著吉娜像頑童一般，不由得想起了伊莎，一絲笑意浮上了臉龐，修行成人，這是早晚的事情，也是自己努力的方向，再想回地球恐怕已經不現實，既然如此，自己就該好好地享受眼前這美麗的世界。

直到此時，楚天的心裏才真正接受了這個世界的一切，也適應了自己成爲鳥人。

吉娜開心地笑著。楚天望著四周足有一人高的灌木叢，那裏發出一陣沙沙的響聲，楚天臉色頓時陰沉了下來，他朝著吉娜叮囑道：「吉娜，你快到我身後，有情況！」

話音剛落，就見灌木叢裏飛出十幾隻烏雞，他們清一色的無袖黑衣制服，腰間繫著根皮帶，烏眼瞪得老大地看著他們。

「烏雞強盜！」吉娜駭然，想不到這群混蛋依然不依不饒跟了上來，她連忙躲到了楚天的身後。

「嘿嘿，終於還是被我們追了上來，兩位，識相一點，把東西交出來，這樣我們或許會考慮留你們個全屍。」一隻麻雀突然探出身體冷笑道，正是烏雞強盜中實力僅次於彼得的奧絲拓。

楚天一愣，隨即苦笑，自己偷了羊皮卷，原先還以爲神不知鬼不覺的，誰知道被夏瑞祭司這橫插一杠，帶著吉娜一逃，頓時就變成了不打自招的蠢貨了。

楚天並不示弱，朝著一群烏雞強盜不屑道：「連你們的首領彼得都被我給宰了，你們又算得了什麼？」

奧絲拓微微一笑道：「敬酒不吃吃罰酒，彼得那蠢貨又如何能跟我相提並論，也罷，先收拾了你這小子再說，弟兄們，擺陣。」

話音剛落，就見十幾隻鳥雞翅膀相互搭在一起，最先前一人正是奧絲拓，其餘的人依次排隊在他身後。

正當楚天愕然，只見奧絲拓的身上突然白光大盛，呼的一聲，在他身前憑空地凝結出一隻巨大的錘子，朝著楚天兩人就砸了下來。

我的天，楚天差點懵了，憑空幻化，這可是翅爵境界才能施展的本事嗎？楚天頭皮發麻，第一個念頭就是想躲，這要是被砸中，還不成稀巴爛不可。

第二個念頭就是不能躲，吉娜還在自己後面呢？楚天在沒有猶豫的餘地，他的腦海中驀然閃過加納教給他所修煉的心法，體內才修煉不久的靈禽力瞬間爆發，只見楚天雙翅高舉，翅膀的最外層已經悄然的被鍍上了一層銀色光鏌，他朝著頭頂的白色錘子迎了上去。

轟一聲巨響，只見那白色錘子瞬間消散，楚天依然保持著雙翅高舉的樣子，他的雙爪卻完全陷入了腳下的石頭中，噗的一聲，他一口鮮血噴出，臉色瞬間變得煞白。

「楚大哥！」吉娜在身後驚叫出聲，剛剛她還以爲必死無疑，沒想到居然毫髮無傷。

奧絲拓等人也是面面相覷，眼前這隻小鳥也太厲害了吧，居然硬接聚集十多人的力量所凝結的大錘。

楚天腦中直發昏，眼神一陣模糊，渾身上下就跟散了架一般，血水不斷的從他的鳥嘴中留出。

咚的一聲，楚天一屁股坐在了地上，眼冒金星，完了，完了，老子就要死了嗎？若非強撐著要保護吉娜的念頭，楚天恐怕早就昏死過去。

眼見楚天倒下，吉娜頓時驚叫起來：「楚大哥，你怎麼樣了？你醒醒！」想起一路上楚天的照顧，想起自己即將落入這群窮兇極惡的強盜之手，吉娜忍不住流下淚來。

「哈哈，我以爲這小子是鐵打的金剛呢？原來也是外強中乾的貨色。」奧絲拓頓時放下心來，說實話，他對於楚天還是相當忌憚的，畢竟能殺掉彼得的鳥人，怎麼說也有點實力，他當然不知道當初楚天能殺掉彼得，其中倒有大半的原因是夏瑞祭司的出手協助。

「你們……你們不要過來？」吉娜望著烏雞強盜一步步踏來，嚇得臉色煞白。

「哈哈，弟兄們，聽說這丫頭就是未來的神侍啊！果然高貴純潔啊！嘖嘖！」奧絲拓雙眼開始射出異樣的光芒，他周圍的一群烏雞強盜頓時也跟著起哄起來。

楚天此時已然有些清醒，只是渾身依然疼痛，根本無法動彈，他是空自著急，卻一點辦法也沒有了。

「去，從他們身上先找出東西再說。」

一個烏雞強盜臉上掛著淫蕩的笑容，幾步小跑已經上前，伸出那對烏黑的爪子朝著吉娜探去。

就在吉娜和楚天心喪若死的時候，虛空中頓時射下一道白光，噗的一聲，那白光撞進了那隻烏雞強盜的身體中，頓時帶著他的身體掉下了岩石。

轟，還在半空中，那烏雞強盜的身體就驀然在空中爆炸開去，那血肉橫飛的場面，讓眾人都傻眼了，這是什麼力量，也太恐怖了吧！

「未來的神侍你們也敢動！當真是活得不耐煩了。」一個清朗的聲音在高空響起，眾人不自覺地抬頭望去，只見在五彩峰瀑布中間的岩石縫隙上，一棵突起的巨大松柏頂上，正昂首站立著一隻龐大的白色仙鶴。

那仙鶴整個上半身都已經進化成人形，他雙手負後，一頭深藍色頭髮在腦後紮了一個馬尾，一張臉顯得十分年輕，鼻直口闊，卻偏偏長了一對如雪般的長眉，他穿著一襲雪白的短衫，湛藍的眼睛透出他的孤傲和卓爾不群。

眼見這仙鶴半身已經蛻化，更彷彿毫無重量一般踩在樹頂一根柔弱的枝頭上，奧絲拓就徹底傻眼了，這人絕對是個高手！

「你……你是什麼人？爲何要管我們……的閒事！」奧絲拓質問著。

「就憑你們，也配問我的名號？」那長眉仙鶴不屑地看了烏雞強盜一眼，道：「現在我給你們一次機會，只要你們能在十息之間逃出這五彩峰，我就可以考慮饒你們一命。」

想起剛剛慘死的強盜兄弟，奧絲拓頓時腿都有點軟了，他腿軟，他的手下可沒有腿軟，烏雞強盜個個都不是傻子，能化出半身人的至少都是翅爵以上的高手，留下來那就是等死了。

只見吆喝一聲，烏雞強盜頓時四散開去，開始了亡命狂奔，奧絲拓此時剛反應過來，他身體騰空，全身爲一層白霧環繞，朝著那長眉仙鶴相反的方向飛速逃離。

楚天一時間也摸不清楚來人的身分，不過既然是針對烏雞強盜，那顯然是友非敵了，吉娜的眼睛則一眨不眨的盯著長眉仙鶴，似乎進入某種沉思之中。

正當楚天猜想，這長眉仙鶴是嚇唬這些烏雞強盜離開時，他動了，只見他身體驀然升起，身後巨大的白鶴翅膀瞬間張開，四個滾圓的大字猶如雷聲一般響徹大地。

「仙鶴神針！」

楚天發現長眉仙鶴身後的翅膀突然泛起了劇烈的光芒，整個天地似乎都亮了起來，隨即，無數白色細雨般的針形白芒劃破虛空，朝著那些烏雞強盜灑去。

「啊！」慘叫聲不絕響起，虛空中，烏雞強盜不斷地從空中落下，奧絲拓受到了一股極大的壓迫力，只要越過前方的那塊石頭，就徹底安全了。

奧絲拓從沒有像現在這般渴望生存下來。

轟……

「居然是傳說中的頂級羽器……」這個念頭剛一升起，奧絲拓的後腦頓時傳來一陣劇

痛，隨即他發現自己的意識逐漸模糊，飄盪……

楚天和吉娜張大了眼睛，說不出話來。

這隻仙鶴是從哪裏來的，實力居然這麼強？眼見著長眉仙鶴身體從虛空飄落在他們面前，並不斷向他們靠近，饒是楚天見多識廣，此刻也不禁膽寒了。

一股冰寒的壓力襲來，楚天發現自己呼吸都感到困難，更讓他駭然的是，這種壓迫似乎深深陷入了他的靈魂，不可自拔。

楚天感受到這股壓力有想讓他屈服的意思，一股執念驀然迸發，他的身體突然漲大了一圈，一層淡銀色猶如火花一般的光芒猶如波浪蕩開，頓時將那壓力化解於無形。

咦，怎麼可能？一向自認爲十分鎮定見慣場面的長眉仙鶴，見到楚天身上出現的異樣光芒，也忍不住倒退了兩步，臉上出現震驚的神色。

「你要幹什麼？」吉娜也不知道哪裏來的勇氣，張開翅膀，頓時擋在了楚天的面前，望了吉娜一眼，長眉仙鶴微笑道：「我叫寒克萊，從丹姿神殿而來，專門接你的。」

吉娜和楚天頓時大喜，心神都大爲放鬆，兩人怎麼也沒有想到眼前這個恐怖的大高手，居然就是神殿派來接應他們的人。

「見過大人，我楚大哥身受重傷，前輩可否幫他看一下！」吉娜朝著寒克萊請求道。

楚天此時已經掙扎著坐了起來，他感到身體每一次挪動，體內就有許多的小刀刺體一般，疼得他直冒冷汗，將身體靠在一旁的石頭上，他朝著寒克萊歡喜道：「幸虧前輩及時趕來，不然後果不堪設想了。」

寒克萊雙手負後，對著吉娜道：「你先到一旁等候，我有話要跟這小子說。」吉娜還想再說什麼，卻見寒克萊微笑道：「你放心，有我在，這小子是死不了的。」

吉娜露出歡喜的神色，寒克萊所展露的驚人實力，足以讓吉娜對他的話深信不疑。

眼見吉娜走開，寒克萊突然轉身，對著楚天冷然道：「楚天是吧，你身上的力量是怎麼回事？」

「什麼？什麼力量！」楚天頓時被寒克萊這突如其來的問話搞得莫名其妙。

「笨蛋，我是問你修煉的是什麼功法？」

「哦！原來是問這個，我自己也不知道。」

「什麼？」寒克萊直翻白眼，這小子不像個傻子啊！「你居然連自己修煉的是什麼功法都不知道？」

楚天很正經地點了點頭道：「是啊！我得到的是一部殘缺的心法，當時也沒注意看，就……」

「我的天，你小子還真不怕死啊，難道你不知道我們鳥族如果冒然修習與自身屬性不符的功法，就會全身爆裂而亡嗎？」

「不是吧！這麼危險！咳……咳！」楚天嚇了一大跳，由於情緒激動，搞得他又猛咳了幾聲，知道冒然修煉功法危險，卻不知道居然危險到這個地步。「被那死貓頭鷹害慘了，還以為他是個好人呢，媽的！」

「你小子先告訴我哪來的這修行功法吧？最好不要隱瞞，你要知道你能不能活命，也許就要靠這套功法了！」寒克萊提醒道。

楚天心中暗凜，這寒克萊出自丹姿城神殿，不是應該沖著吉娜這個未來神侍嗎？怎麼似乎對自己的興趣比對吉娜還多，難道他另有目的。

望著寒克萊微瞇的雙眼，楚天心中一動，要賭就賭一把，反正自己如今也是身受重傷，也豁出去了。

「這功法來自於一張羊皮卷，是當初一位貓頭鷹前輩送給我的！」楚天把在牢房裏與加納的經過講了一遍，並無隱瞞，最後他無奈道：「晚輩當時也是為了自保，急於獲得一些力量。如果前輩能指點晚輩一二，晚輩此生定然感激不盡。」

「原來如此，你小子說起來也是運氣好了，我看你的體質，該是屬於禿鷹族的後裔，如果我沒料錯，你所修煉的功法該叫九重禽天變。」寒克萊似乎陷入了回憶中，一字一句地道。

「九重禽天變！」楚天聽到這個名字，莫名地感到心神一震，他直覺地感覺到了這個功法似乎與他關係重大一般。

「不錯，九重禽天變乃是萬年以前鳥族一位偉大的前輩所創立的獨特功法，此功法以變為基礎，共分九重九變，蘊含九九無盡的意思，每一變不只意味著功力的成倍增長，也意味著自身靈識的頓悟，這功法修煉到後期可是擁有翻江倒海的威力啊！」寒克萊大有深意地道。

「這麼厲害！」楚天驚駭出聲，隨即就為自己第一次修煉就挑上這麼好的功法感到得意起來。

「不過由於你修煉的心法殘缺不全，全身的靈禽力並沒有系統的運行路線以及歸納，一旦與人動手，搞不好自身的靈禽力就到處亂竄，輕則全身無法動彈，重則全身爆裂，慘死當場，不過這個問題也很容易解決，只要你找到原版的修行功法就可以了。」

楚天苦笑，看來這殘缺的功法以後是千萬不能練了，好處是有一點，壞處倒是一大堆啊！至於找到原版功法，指不定那羊皮卷被分成多少份了，若真是去找，又不知道找到那個猴年馬月了。

「若是我能給你正統的修煉功法，小子，你要如何謝我呢？」寒克萊話鋒一轉，突然說道。

楚天一愣，隨即大喜道：「若是如此，前輩日後若有差遣，晚輩萬死不辭。」媽的，就知道這白眉鳥沒安好心，敢情繞了我一大圈子，就在這裏等著我呢！不管怎樣，老子先把正統修行功法騙到手再說。

「先別高興得太早了，我先給你前面三重的禽天變修行內容，能否修成就看你的資質和努力了，若是你修成全部的三重，就可以到丹姿城找我索要後續的心法，明白嗎？」

楚天暗中將寒克萊咒罵了一頓，這白眉鳥居然還留了這一手，那意思再明顯不過了，如果自己修不成前三重，進不了丹姿城，那就不用去見他了。

「我一定努力修練，絕不讓前輩失望。」楚天嘴上十分堅定地道。

「這功法得自當年我一個好友手中！如今他已歿亡多年，希望這功法能在你手中重放光彩吧！」說著，寒克萊憑空虛幻出一張透明的絲絹，上面密密麻麻的，寫滿了游動的文字，楚天頓時欣喜滿面，他的眼神何等銳利，當時就看出了這虛幻出的絲絹上寫的修行功法，與那殘缺羊皮卷上所記載的內容完全吻合，而且更完整，他知道這功法是真的，當下對寒克萊再次謝過。

「這功法殊為難得，你將之烙印在腦海中，很快你的傷勢就可以很快痊癒，不過你最好不要被其他人知道你修煉的是九重禽天變，否則也許會惹來殺身之禍。至於吉娜，我先帶走了。」寒克萊丟下一句話後，就不再理會楚天，朝著吉娜走去。

「前輩，那吉娜就拜託您照顧了。」能將吉娜安全地交到寒克萊手中，楚天也終於鬆了口氣。

「吉娜已經是未來的神侍，日後更有可能成爲鳥族聖女，地位崇高，你就不必操心了。」寒克萊接著與吉娜交談幾句，隨即帶起吉娜，朝著虛空飛去。

眼見著吉娜揮手的身影沒進了雲層，楚天迫不及待地展開了白綢布，研究起了這意外得來的九重禽天變功法。

一口氣溫習了三重的功法，楚天默誦了幾遍，又對照了幾眼，確定腦子裏已經印下了所有內容，再無遺漏，他這才用爪子將那虛幻出的絲絹拍成了碎片，憑空消失在岩石下的奔騰水霧之中。

楚天靠著一塊石頭，閉上雙目，雙翅並沒有收攏，而是環繞在身前，將整個身體包裹，他的心神進入了靈海。

這裏是一片無盡的虛空，寂靜無比，九重禽天變的內容化作無數巨大的字元在虛空漂浮，九重禽天變一共分爲三重，楚天已知道的前三重分別是第一重蛻焱金剛變，第二重琉影御風變，第三重狂舞霸身變，每一重也分爲成長期和突破期，每一種的突破都將帶來力量的成倍增長，讓楚天又驚又喜的是：九重禽天變中也有關於術法的提示，不過那必須要等到突破第三重才可以學習。

漸漸地，楚天的身上泛起白霧一般的光芒，將他完全掩蓋，有了正統的修煉心法，楚天頓時知道了自己以前所修煉的種種誤區。

以前楚天所修煉的靈禽力只是慣性一般吸收天地元氣，而無法做到將之系統地儲存，而是散在了四肢百骸中。

第一重蛻焱金剛變，也是最基礎的一關，說穿了，就是利用天地元氣不斷地淬煉和打造自己的強橫肉身，使之爲日後容納更多的靈禽力作準備。

淬煉身體，就需要按照禽天變中所描述的運行路線，打通全身的關竅和經脈，由於運行路線的截然不同，因此難度都要比平常鳥族修煉難上十倍。

楚天逐漸地進入忘我的狀態中，他渾身開始顫抖，天地元氣不斷的以螺旋的方式進入他的眉心，到達他的身體。

好幾次楚天都想放棄了，那種痛苦簡直不是鳥受的，只是每次楚天想起成功後才有力量，才有權勢，才有美女投懷，他也就忍了。

沒辦法，人都需要有偉大的目標，楚天只有催促自己努力了，之後，楚天身上開始不斷地溢出黑色的液體，這是身體中所隱藏的雜質。

楚天睜開眼睛，二話不說，就一頭栽進了瀑布下的水潭中，等到他冒出頭來的時候，感覺整個世界都不一樣了。

「以前進入的淬體前期不算，現在才算是真正踏入了修行的門檻。」楚天喃喃自語，能夠有驚無險地修煉完第一重蛻焱金剛變，就連楚天自己都覺得有些意外，畢竟之前那種痛苦可是讓他心有餘悸。

從水潭中爬出，楚天抖了抖身上的水，感到真是不虛此行。「哈哈，老子又活過來了哦。」他忍不住朝天喊了一聲。

「是嗎！可惜你馬上就要死了。」一個冰冷而又熟悉的聲音從楚天身後響起。「拉格羽爵！」楚天渾身汗毛倒豎，驀然轉身道。

只見拉格一身紅衣，立在離他不到十步距離的一塊岩石之上，正雙翅抱胸，冷笑著看著他。

楚天心中暗自叫苦，自己傷勢剛好個七八成，蛻焱金剛變這一重除了讓自己增加一點挨打能力之外，可就沒別的功用了，偏偏寒克萊這個大高手前腳剛走，拉格這個死鳥後腳就追上來了。

心中焦急，表面楚天依然擺出一副驚訝的表情道：「真是少見啊，拉格大人不是在白林鎮嗎？怎麼有時間跑到這荒山野林來，難道也跟我一樣，喜歡這裏的獨特風景？」

「少跟我廢話！楚天，本爵此來的目的你應該知道，把羊皮卷交出來，本爵就放你一條生路。」拉格不耐煩地道。

楚天睜開眼，吃驚道：「什麼羊皮卷？拉格大人，我不明白你什麼意思啊！」

拉格羽爵陰陰一笑，說道：「楚啄衛，你以為裝傻就能騙過本爵？那天晚上本爵住的地方失竊，第二天，你就著急著離開，這還用說嗎？」

老子打死就不承認，看你能奈何，楚天也知道拉格也是胡亂的猜測羊皮卷在自己身上，他擺著翅膀道：「拉格大人，您這就有點血口噴人了，想我楚天身為堂堂啄衛，白林鎮誰不知道我是個正直善良的大英雄，你說我偷了你的東西，可要有證據啊！否則以你的地位隨口污蔑，只會讓人恥笑的。」

拉格羽爵一時語塞，怒極反笑道：「本爵爺先擒下你，再說其他。」

「想抓我！你也要有那本事才行啊！大爺不跟你聊天了，拜拜！」

楚天準備溜之大吉，後面的拉格羽爵也是吃了秤砣鐵了心，似乎認定東西就在楚天身上，因此一路上窮追不捨。

雖然有了一根神奇羽毛在身，但楚天是新傷剛好，速度多少受到一些影響，而拉格羽爵雖然靈禽力比楚天深厚，卻也被自己的笨重體型所抵消，兩人這一路上，誰也別想拉開誰的距離，就這樣乾耗著。

楚天忍不住朝後面的拉格破口大罵：「我說你這隻肥鳥，你有病啊！老子是搶了你老婆，還是霸佔了你的窩，你這麼賣力對我窮追不捨？」

拉格追得也是一肚子火，一個小小啄衛就讓他精心制定的計畫最後全部泡湯，爲此還死了不少手下，他話不說一句，就想著追上楚天，把他碎屍萬段才解心頭之恨。

眼見拉格不吭聲，楚天倒是驚訝了，哎呀，看不出來這隻肥鳥還挺能忍的，老子看你能忍多久，楚天進一步挖苦道：「拉格大人，看你身體肥胖，你可要注意減肥啊，千萬別被其他的鳥族當成皮皮蟲給吃了！還有啊，你看你腦大無神，嘴巴肥大，天生一副短命相啊！我看您必定是橫行慣了，想必肯定是仇家遍地，太危險了，不如您找個地方隱姓埋名當個倒馬桶的僕役算了，那工作又能減肥又能保命，我覺得真是挺適合您……」

楚天話還沒說完，就聽拉格大喝道：「閉嘴！」拉格已經是火冒三丈了，皮皮蟲是鳥族最愛吃的一種蟲子，美味肥胖，楚天把自己比作蟲子也就罷了，最可氣的是他把自己比作僕役了，要知道那是最低等的一種蟲子，每天的工作就是負責清掃衛生，說穿了，就是清理鳥屎，這可讓一向自認高貴的拉格爆發了。

他全身靈禽力暴漲，速度驀然提升，頓時與楚天拉近了距離。

「我的媽呀！」楚天猛拍翅膀，尖叫起來道：「老子這火是玩大了。」

他眼珠轉動，發現前方出現了一片淡綠色的大地，他身體一轉，就飛了過去，老這麼飛不是個辦法，找個林子，甩掉身後那跟屁蟲才好，楚天心中盤算著。

第八章 螳螂刀客

隨著綠地靠近，楚天這才發現，那居然是一片巨大的沼澤，楚天降落在一叢足有人高的灌木叢中。

剛站穩腳跟，就聽見身後傳來一陣怪叫聲，楚天嚇得連忙飛起，他這才看清，自己原先站立之所，已經出現了一隻巨大的蜥蜴。

「好傢伙！」楚天倒吸一口涼氣，那蜥蜴足有兩個人大小，三四米長，墨綠色的屁股，吐著尖細的長舌頭，充滿敵意地望著楚天。

看著蜥蜴佔據的地方，楚天頓時苦笑，原來剛剛自己倉促落下的地方，是一個隆起的土堆，底下是個深洞，隱約可見白色蛋殼影子在裏邊，自己一腳踩到蜥蜴的窩去了！

「楚天，看你還往哪裏跑！」半空中響起一聲沉喝，楚天一驚，他媽的，這拉格這麼快就追上來了！

空中的拉格此時雙爪向下，雙翅振空，朝著楚天當頭蓋下，楚天猛地一低頭，抬腿將一顆蜥蜴蛋向拉格扔去，同時自己向外翻滾出去。

拉格羽爵根本沒想到楚天會突然發出暗器來，不過他對自己的實力還是非常自信的，立刻就將靈禽力遍佈鳥爪，向那白色的暗器抓去。

「啪……」一聲脆響。那白色的暗器竟然被拉格的利爪捏得粉碎。

拉格羽爵正在詫異之際，那隻巨大的蜥蜴已發出一聲驚天的怒吼，朝著拉格羽爵猛撲上去。牠一擺頭，巨大的尾巴猛一掃，居然將拉格羽爵的鳥尾掃中，幾根羽毛掉落下來。

拉格羽爵雖然還沒反應過來是怎麼回事，但是眼見那蜥蜴的攻勢那麼犀利，只得將翅膀一擺，雙爪帶起一道紅光抓向蜥蜴的眼睛。

這一爪頓時將蜥蜴臉上的皮給掀起一大片，蜥蜴的面部霎時全是鮮血。

蜥蜴怒吼連連，猛地向空中跳起，抓向拉格羽爵。拉格羽爵冷笑一聲，又是一爪，在蜥蜴的背上留下四條爪痕。

然而那蜥蜴卻似乎不知道疼痛，怒吼著爪子亂拍著，死死糾纏著拉格羽爵。

而此時的楚天卻在遠處喊了一聲：「拉格大人，你忙著啊，小弟我還有事，就先行一步了！」說完拍了拍身上的泥土，瀟灑而去。

等到拉格羽爵費盡力氣將那蜥蜴解決後，楚天早已不見蹤影。拉格羽爵氣得七竅生表皮迅速枯萎。

煙，怒叫一聲，一爪抓在身旁的樹幹上，樹幹上瞬間出現四個冒著紅光的小洞，整棵樹的表皮迅速枯萎。

楚天趁著拉格羽爵跟蜥蜴打鬥時，向森林深處逃去。最後終於疲憊地倒進了一處茂密的草叢。

不過讓他意外的是：那草叢裏居然有條小河，由於兩岸的雜草特別茂盛，在上面根本就看不出有這條小河的存在。於是他索性就倒進河裏，順著水流漂下去。

也不知漂了多久，體力基本恢復的楚天緩緩睜開眼睛，爬上岸來打量著周圍的環境。

小河兩邊是平滑的草坪，向上延伸形成一個個小山坡，山坡上的樹形狀各異，又矮又細。陽光溫暖地灑在楚天的身上，很快便將他的羽毛曬乾。

楚天閉上眼睛，心裏想道：「拉格你這隻死肥鳥，遲早有一天老子要讓你好看。」

不過還沒說完，他就突然感覺有點不妥，因爲遠處有個黑點正在向這邊移動。楚天心裏一跳：又是拉格那隻死肥鳥?媽的，還讓不讓人活了!

眼下四周只有一片草地，幾棵零星的小樹東倒西歪地長著，沒什麼藏身的地方。他靈機一動，跑到附近的一棵枝葉繁茂的小樹邊，一爪將整棵樹震倒，然後拖著樹跑到河邊。

楚天一頭扎進河裏，將樹倒在河岸上，枝葉全掉在水裏，他就在樹枝掩蓋下潛在水面，只露出個鳥頭呼吸。

拉格羽爵離得越來越近，楚天目力更勝從前，能清楚地看到拉格羽爵雙目中閃爍的紅光，心道要是讓那隻肥鳥找出自己，估計不把自己撕成碎片是絕不會停手的。

過了許久，拉格羽爵漸漸向另一個方向飛去，楚天才噓了口氣，推開樹枝，再次爬上岸來，疲倦地向前走著，不料還沒走多遠就聽一聲悶響——被東西絆倒在地。

楚天咒罵道：「真他媽的沒天理，老子都已經成這樣了，走個路都不能安……」不過隨即他就瞪大了眼睛。他猛地撲張開翅膀拚命地拍自己的腦袋，邊拍嘴裏還邊說：「老子是不是做夢，這一定不是真的……老子發財了！哈哈，好多鑽石……」

原來，將他絆倒在地的竟是一顆在陽光下變幻著光芒的巨大水晶鑽，大水晶鑽的周圍還鋪滿了大小不一的鑽石，在陽光下閃爍著各色的光彩，直閃得楚天頭暈目眩。

他再一次重重地撲倒在鑽石上，也顧不上身體被磕的痛處，用翅膀將鑽石拚命地往懷裏摟。直到將自己腰間的小口袋全部裝滿還不肯停止，真恨不得自己整隻鳥都變成一個大大的口袋。

楚天搖晃著身子艱難地走著，沒辦法，那些鑽石最後還是放不下，他只有利用羽毛之間的間隙放了些頗為小的鑽石，又生怕鑽石會掉落，只得緩慢地搖著屁股向前一步一步挪動著。

遠遠地看著，楚天全身閃著各色的光芒，在他身子周圍形成一圈若有若無的光環，只是他那笨拙的身子，再加上放著光的眼睛實在是有些滑稽。

又是一聲咕嚕響，楚天歎了口氣，耷拉著頭，兩眼已經沒有光澤，走了那麼久還沒見到有什麼吃的，他氣極，翅膀狠狠地打在肚子上，罵道：「叫個屁啊，不只你餓，老子也餓啊！」這一打不要緊，倒是把夾在翅膀羽毛之間的鑽石給撒出來了。

崎嶇的小山坡一個接著一個，舉目四望，雜亂的枯草青黃不接，一個個泥潭上漂浮著青苔，偶爾還有氣泡翻滾如沸水。

楚天趕緊用爪子刨著鑽石不讓它們滾下山坡，他顛著碩大的屁股緊跟在鑽石後。

「我的鑽石啊，別跑！」楚天嚷嚷道。

忽然，前面的灌木叢裏傳來一陣沙沙的響聲。兩隻蟲子從灌木叢裏探出腦袋，一臉詫異地看著自言自語的楚天，其中一隻蟲子道：「這好像是一隻鳥哎！」

「嗯，不過好像是一隻傻鳥！」另一隻又瘦又長，全身綠色的蟲子應道。這傢伙全身都是厚厚的甲殼，三角形的頭上兩顆綠豆大小的眼睛，兩個鐮刀似的觸手顯得靈活無比，背上一雙薄如蟬翼的翅膀輕輕抖動著，穿著一件黑色的緊身褲只是剛好把下半身遮住。光從外表上看應該是一隻螳螂。

楚天一聽見這兩隻蟲子的聲音，頓時吃了一驚：「咦……竟然有兩隻會講話的高級蟲人。」不過很快他又一陣驚喜，「看來這附近應該有鳥人居住，太好了，不如老子就吃點虧，拿著鑽石跟他們換點吃的。」

楚天走上前去道：「兩位，不知道你們有沒有帶吃的？我可以拿鑽石跟你們換……」只聽螳螂對另一隻蟲子道：「赫夫萊大哥，你看這笨鳥怎麼穿得那麼土啊？更可笑的是他居然還把閃光石當成寶貝，把自己全身上下搞得光芒閃爍的，真是愚蠢！」

楚天仔細一看，那又胖又矮的赫夫萊原來是一隻天牛，全身黑黑的鎧甲，半圓形的腦袋上瞇著一雙小眼，頭上兩根長長的觸鬚隨風擺動，背上有一雙黑色的堅硬翅膀，穿著一件紅色的長衫。

赫夫萊用他那粗大的嗓門說道：「那是，你以為每個人都能像我們一樣有風度啊。你看我這身打扮，既顯示自己強健的體魄，又能表示我是個文雅的蟲子，誰看了不嫉妒？」說著天牛擺了個自以為很帥的造型，頭上兩根觸鬚更是左右搖擺。

螳螂乾笑幾聲，說道：「對對對，赫夫萊大哥確實招人嫉妒，嘿嘿……」

楚天見這兩隻蟲居然不理他，氣得轉過身繼續撿著鑽石，嘴裏哼道：「等俺有了錢，先去大吃大喝，然後再找幾個美女快活一番……」他邊說著邊扭動屁股，顯得十分高興。

天牛這可來火了，一隻傻鳥居然對著他扭屁股，頓時飛起一腳，朝楚天的屁股踹去。

「啊……」楚天發出一聲慘叫，一頭栽進泥潭裏，兩隻鳥腿在外面亂蹬。好不容易才從泥潭裏鑽出來，渾身沾滿泥的楚天發現這兩隻蟲子正蹲在泥潭旁邊，煞有其事地看著他，顯然剛才應該是他們兩隻蟲子踹了他一腳，他眼中露出了凶芒。

螳螂和天牛被楚天看得心裏一陣發毛，也難怪，楚天剛從泥潭出來，鳥頭上還有綠油油的苔蘚，配合著他兇悍的臉，顯得十分猙獰。

赫夫萊正準備說什麼，便聽到咕嚕一聲，本來兇神惡煞的鳥居然哭喪著臉摸著肚皮說道：「肚子好餓！」

楚天本來憋足氣準備要發威的，沒想到肚子居然不爭氣，於是他乾咳了幾聲，儘量用溫柔地問道：「請問，這附近有鳥族居住嗎？」

螳螂瞪著豆大的眼睛看著楚天，他拍拍額頭，側頭對赫夫萊說道：「果然是個白癡，這裏已經是邊境地帶，鳥族怎麼敢居住在這裏？」

赫夫萊眨著眼睛，半天才點點頭，說道：「嗯，那老弟你就告訴他這裏沒有鳥族居住好了！」

楚天哭笑不得道：「這個……我已經知道了，不用再說一次了。」

螳螂眼珠亂轉，突然將天牛拉過去，兩蟲小聲嘀咕了一會兒。蟲族和鳥族原本是世代仇敵，否則天牛也不會對楚天動手了，只不過後來發現這隻傻鳥看起來似乎實力不弱，頓時有些驚駭，好在這隻傻鳥對他們似乎沒什麼敵意，於是想商量一下，看能不能廢物利用，帶回去讓那些備受鳥族欺凌的蟲族弟兄們發洩一下心中的怒火也不錯。

楚天莫名其妙地看著兩隻蟲子不時地比劃著，最後天牛拍著翅膀點點頭，兩隻蟲子走到楚天面前，螳螂仰起頭說道：「我叫克咕嗒，這個是我大哥赫夫萊，你叫什麼名字？爲什麼跑到邊境來？」

楚天拍拍腦袋，心裏暗道：你以爲老子想啊，要不是被追殺，我才不會一路逃到這個鬼地方來的。看來這兩隻傻乎乎的蟲子應該對這裏蠻熟悉的，老子正好可以利用一番。

「我叫楚天，不小心迷路才來到這裏。兩隻蟲大哥一看就是英俊瀟灑、古道熱腸的蟲類，不知道能不能告訴小弟，這是什麼地方？對了，還有，能不能幫小弟找點吃的？」

赫夫萊和克咕嗒差點吐出來，任誰看了楚天這樣一隻面相凶煞的禿頭大鳥做出諂媚的樣子，都會忍不住想吐的。

克咕嗒拍拍胸膛說道：「這裏是沼澤的邊緣，看你一隻鳥也不容易，這樣吧，你跟我們去前面的一個蟲子村落，到了那裏，應該能弄點食物給你吃！」

說完，赫夫萊就很有默契地拍著翅膀，飛到前面去帶路。

楚天驚訝這兩隻蟲子的態度變化如此之快，但沖著食物，他還是跟在天牛身後。

越向前走，沼澤地形就越是明顯，到處都是冒著氣泡的淤泥，散發出重重腐爛的味道。楚天心裏納悶：怎麼就跑到這麼一個鳥不拉屎的地方來了？這兩隻蟲子好像說這裏是沼澤。本來他還想著躲過拉格羽爵的追殺之後，就立即想辦法去丹姿城的神殿偷得神殿卷軸，好早點變回人樣呢，現在好了，居然跑到沼澤裏來了。

「楚天，你帶著這些閃光石做什麼？這東西又硬又重又不能吃！」克咕嗒道。

楚天心裏暗道：你這個傻冒怎麼會知道鑽石呢。他咳嗽一下道：「鑽石是一種很值錢的寶石……」

克咕嗒和赫夫萊蹲下，兩蟲大眼瞪著小眼，突然把鑽石一扔，抱頭大笑。

「這也值錢？嘿嘿……要是值錢我們早就發財了，笑死我了……」

楚天瞪大他的鳥眼，不屑道：「沒見識的笨蟲！」

克咕嗒拉著楚天的翅膀說道：「不是我們說你，人窮志不窮，你怎麼想發財想成這副德行了，居然把閃光石叫做什麼鑽石？你跟我來。」

說完克咕嗒率先向右邊飛去，赫夫萊憋著笑跟在克咕嗒後面，楚天滿臉驚疑之色，猶豫了半天，還是拍著翅膀跟在他們兩個蟲子面後。

克咕嗒指著前方的樹叢中道：「你自己看吧！」

「啊！這……這……」楚天睜大眼睛，一邊翅膀捂著嘴，另一邊翅膀指著滿地的鑽石，結結巴巴地說道。

眼前是這一片沼澤地帶中頗爲平坦和乾淨的地方，遍地都是鑽石之類的極品珠寶。他畢竟是大盜出身，物以稀爲貴的道理還是懂的。地球上的鑽石之所謂珍貴就是因爲稀少，如今這地方鋪天蓋地的全部都是天然的巨大水晶鑽，又怎麼可能會値錢呢？除非哪天能再回到地球去，不過看起來似乎不太可能了……

垂頭喪氣的楚天將原先收集的閃光石全部都丟掉了。

楚天跟著螳螂和天牛飛到了一個小小的村落。

這是個小盆地裏的村落，四周都是高高的山坡，中間低低窪窪的，各種高低不一的像洞穴一樣的房子排列著，房子前栽著各種結滿了果子的小樹，一條長長的小河在村落的周圍流淌著。

楚天看著小樹上的果子，吸了吸嘴邊的口水，正準備招呼兩隻蟲子去弄點吃的，卻發現兩隻蟲子早已不見蹤影，他東張西望地找著，偌大一個山坡竟沒看到他們的影子。

楚天搖搖頭，慢慢走下山坡，突然就聽到哭喊的聲音，一股熱浪滾來，他仔細一看，原來是下面村落裏幾處被火燒著了。

這是怎麼回事，怎麼感覺像是在搶劫啊？疑惑不解的楚天拍拍翅膀向著火地點飛去，居然讓他看到螳螂正揮舞著鐮刀似的觸手，驅趕著一群蟲子，赫夫萊則是在空中大聲呵斥著那些蟲子。

那些蟲子中有介殼蟲、雪蛉、蟋蟀、促織、蝴蝶等數個種類，有的已經上了年紀，老得連走路都顫巍巍的；有的還是幼蟲，正哭喊著叫爸爸媽媽呢。

楚天奇怪地叫道：「這是幹嘛呢？」

克咕嗒笑道：「你不是要吃東西的嗎？等我們把這裏的蟲子全部趕出來，然後把他們的東西全部搶過來，我們就可以大吃了。」

楚天驚奇地說道：「你們這不就是搶劫？」

赫夫萊兩根觸鬚成八字形張開，小眼睜得老大，在螳螂的背後道：「沒錯，我們就是這一帶的悍匪！」

那些小蟲子的哭喊聲讓楚天一陣心煩，他雖然是個大盜，卻也懂得盜亦有道，欺壓老弱婦孺這種事情他是絕對不會幹的，於是冷哼一聲道：「把他們全放了，然後給我滾！」

天牛大怒道：「我們只是看你可憐，想給你找點吃的，不識抬舉！」赫夫萊說完這幾句話，突然腦袋一晃，頭頂的兩個觸鬚脫離腦袋，化作一道黑光朝楚天纏去。

楚天從沒見過這種怪招，一愣之下兩腿已經被觸鬚纏住，他用力想掙脫，卻是越掙扎越緊。

螳螂笑著說道：「赫夫萊大哥，你這一招天外飛仙可是越來越厲害了！」

赫夫萊得意地一笑，腦袋搖晃了幾下，頭頂上竟又伸出一對觸鬚來。

兩蟲繼續驅趕著村落裏的蟲子，毫不理會一旁的楚天。

楚天突然長嘯一聲，翅膀猛地一掙，爪子一頓地，掙斷觸鬚，鳥身已如箭般射到天牛眼前。

赫夫萊沒想到楚天這隻看起來呆呆的大鳥竟能掙開他的觸鬚，愣了一下就被楚天一爪撕破衣服。

赫夫萊怒哼一聲，說道：「竟敢把我最漂亮的衣服給撕破了，蠢鳥，你死定了！」

楚天冷笑一聲，說道：「趁我還不想下狠手之前，滾！」

克咕嗒的鐮刀觸手一陣抖動，寒芒閃動間，一柄綠色的大鐮刀旋轉著向楚天斬去。

楚天的九重禽天變第一重蛻焱金剛變已經練成，身體已經變得堅硬無比，雖然說對付拉格羽爵的高手還有些力不從心，但是以克咕嗒這種實力，還不足以對他造成傷害，所以他的鋼爪輕鬆地抓住了撞過來的天牛赫夫萊的翅膀，冷冷地瞪了克咕嗒一眼，將天牛赫夫萊的翅膀生生撕裂開。

然後才是一團黑氣纏繞著楚天的爪子，凌空迎上了螳螂的鐮刀。

克咕嗒見狀不禁喜形於色，心裏暗道：「你個肉蛋蛋，我這飛鐮刀可是連大樹都能斬斷的，你個傻鳥竟然用爪子去碰。」

但是瞬間，他的臉色就變得烏青，因爲楚天的爪子已經抓住了他的飛鐮刀。

楚天冷哼一聲，硬生生將鐮刀折斷。

克咕嗒慘叫一聲，從空中落下，他這手飛鐮刀雖然是遠距離攻擊，可以收發自如，但卻有個致命的缺點就是一旦被對手折斷，那他自己就相當於殘廢了。他本以爲楚天是隻傻鳥，哪曉得他能這麼輕鬆的就把自己的鐮刀給破了。

楚天冷冷地看著克咕嗒和赫夫萊道：「還不快滾！」

赫夫萊和克咕嗒在一個照面之下就雙雙殘廢，一個失去觸手，一個沒有了翅膀。兩隻蟲子惡狠狠地瞪了楚天一眼，蹣跚著離去。

那些被抓的蟲子們眼見一隻醜鳥打敗了兇惡的強盜，雖然有些害怕，但是仍然歡呼起來：「謝謝英雄！」「多謝恩人！」

楚天苦笑一聲，緩緩落於地面。一隻身高才及楚天腰間的小黃蜂振動翅膀飛到楚天面前，說道：「哥哥，你好厲害哦！」

「多謝閣下幫我們趕跑了那兩個兇惡的強盜！」一隻身穿灰色馬褂，下巴長著一髯白鬚的老蟋蟀，顫巍巍地走過來。

楚天心想：「要謝就來點實惠的，老子現在是餓得頭腦發昏……」才一想完，肚子又不適宜地響了起來，他不由尷尬地撓撓頭。

老蟋蟀忍住笑，說道：「我是本村的村長扎格爾，閣下若是不嫌棄，不妨去寒舍，我等願意爲英雄接風洗塵，我已經派人去通知女皇陛下了，陛下一定會重重賞賜閣下的。」

楚天佯裝斯文道：「那我就恭敬不如從命了。」

扎格爾老村長搖擺著頭頂長長的觸鬚，撫摸著鬍子道：「不知道閣下怎麼會來到這麼偏僻的邊境呢？」

楚天一聽到扎格爾的問話，心裏頗爲不爽：你是要請老子去吃飯，還是查戶口啊？但他還是開口道：「我從白林鎮來，一路流浪到這裏。」

扎格爾道：「已經好幾百年沒有鳥類來過這裏了，大家的印象中，鳥類都是十惡不赦的壞蛋，真沒想到鳥族中也有見義勇爲的英雄，你一來這裏，就幫我們把強盜趕跑了。」

「這些強盜是什麼來歷？」

扎格爾臉色又黯然道：「這兩年來，一群天牛和一群螳螂在這片沼澤稱王稱霸，隔三岔五就來洗劫附近的村落，燒殺搶掠、無所不爲。雖然我們的黃蜂女皇對此極爲震怒，可是剿了幾次，效果都不明顯，最後也只能任憑他們胡作非爲了。」

扎格爾將楚天引到一棟圓滾滾的泥土搭建的像洞穴一般的房子前，說道：「請隨老夫進去。」

楚天一看那房子，心裏納悶：「這麼矮的門該怎麼進去啊！」當下笑著說道：「老人家不必客氣，在下一向喜歡在外面吃，邊吃還可以邊看風景，那是最好不過了。對了，另外說一聲，我只吃果子的……」

扎格爾怪異地看了楚天一眼，還是進去拿果子出來。

一連吃了二十七八個果子，楚天才慢吞吞地站起來搖動翅膀，他摸了摸撐得鼓起的肚子，對目瞪口呆的蟋蟀村長說道：「好了，我已經飽了，謝謝你的水果……我要走了。」

扎格爾心疼地看著家裏一個月的糧食被吃個精光，這時見楚天就要走，慌忙地阻止他道：「老夫已經命蟲去稟告黃蜂女皇了，女皇陛下也很想見你，閣下既然已經吃飽，老夫這就帶你去見女皇。」

楚天好奇地問道：「黃蜂女皇要見我？這個黃蜂女皇到底是什麼東西？」

扎格爾說道：「黃蜂女皇是我們附近這些小村落的共同族長，這幾年若不是黃蜂女皇率手下的黃蜂侍衛抵抗強盜和一切周圍的兇悍種族，只怕我們這些弱小的蟲族早就滅絕了。而且這裏的位置十分偏僻，我一把年紀了也不知道該怎麼出去，閣下若想要離開這裏的話，恐怕需要女皇陛下派人帶你離開！」

楚天確實不知路該怎麼走，聽到這兒只好點頭道：「好吧，我跟你去見黃蜂女皇。」

落日西下，村落後的山坡上各種怪石或斜或立，流水聲不絕於耳，一顆顆閃爍著光芒的石頭，似乎想要與斜陽爭輝。

楚天看著這裏的風景，心裏不禁感慨，沒想到荒蕪的沼澤竟然也有這等美麗的景色。遠處，漸漸出現一座形似蜂巢的高大建築。

「這裏就是黃蜂女皇陛下的宮殿，請跟我來。」

楚天應了一聲，細細地打量這建築：建築的外面由金黃色的泥土鋪就，足有數十層樓那麼高，好像一座威嚴險峻的城堡，各個方向都開有透風的天窗，乍一望去，根本就看不出建築究竟有多大。

楚天看出蜂巢明顯是綜合光線折射等因素建造而成，心裏不由又是一陣感慨。跟著扎格爾走進了蜂巢的大門，大門裏面又是另一片天地。

寬敞的大廳裏，明亮而柔和的光線恰到好處，楚天抬頭看著屋頂，屋頂上居然有一塊不知材料的透明物質，能適當地調節光線，以達到不傷害眼睛的效果，所以即使是傍晚，也能有很好的光線射進來。

「這個世界居然有玻璃？不是這麼誇張吧？」楚天大惑不解地道。

「玻璃？」老蟋蟀怔了一下，「這種材料只有黃蜂族才能製造出來，記得上次好像聽一位工蜂老弟說過，這叫蜂蠟，製造起來極爲不易呢！」

楚天這才恍然大悟，原來不是玻璃。

蜂巢的大廳正前方有一個黃皮大椅，椅背上刻著一隻巨大的黃蜂頭，左右兩邊有兩排椅子，按照紅橙綠青藍紫六色的顏色依次排列，再沒有多餘的裝飾。這一點倒是頗出楚天的意料之外，在他看來，既然是黃蜂女皇，怎麼著也應該佈置得富麗堂皇一些。他卻不知道在這個鳥類主宰的世界中，黃蜂這樣的蟲族只不過是些被驅趕到偏僻蠻荒地帶，只能苟延殘喘的種族！

這時候，兩排黃蜂衛兵從兩側飛了出來。

老蟋蟀忙低聲對楚天說道：「女皇陛下就要出來了。」

楚天隨便應了一聲，心中暗暗道：「還真像那麼回事，你爺爺的，老子日後騰達了，要住得比這裏更好，排場要比她強一百倍！」

此時老蟋蟀輕輕地拉了楚天一下，他這才回過神，一股奇異的香味逐漸充斥了整個大廳，飄到他的鼻孔裏。

楚天猛吸了兩下，卻因為太過於刺激而忍不住打了一個噴嚏。

兩排高大魁梧、身穿金色鎧甲的黃蜂武士整齊地緩緩飛出，落地後，將在中央的那個椅子護住，而在他們身後，緊接著飛出四個打扮得花枝招展、看不出美醜的中年母蜂。

但是，隨後出現在楚天面前的居然是一個頭戴鳳冠、身披如蟬翼般透明薄紗的人形美女。她緩緩從半空中旋轉著飄落下來，正好落在中間的那張椅子上。

楚天的下巴頓時脫落下來：這美女媚眼如絲、風情萬種，雙肩柔若無骨，兩條圓潤細長的手臂被黑色的護甲包裹，更加襯托出她嬌嫩白皙的肌膚。胸前則是一對金黃色鎧甲護住心口，遮住了輕顫的乳波，至於那極細的小蠻腰襯著光滑誘人的小腹……

可是這怎麼可能呢？

這些日子以來，黃蜂女皇是他見過唯一一個長得人模人樣的，尤其是她還長得這麼誘人，這簡直令楚天太意外了，看著看著，他就忍不住垂涎欲滴了。

不過，讓楚天覺得大煞風景的是：這美女在黃皮大椅上坐下之後，兩旁又慢慢走出六個穿著不同顏色服飾、面目猙獰的老黃蜂。

這時，老蟋蟀慌忙跪倒在地，誠摯地道：「參見女皇陛下！」

楚天心中暗贊道：「原來這美女就是黃蜂女皇，怪不得這麼水靈！」

「扎格爾村長免禮！你旁邊這位就是打敗那些強盜的楚天嗎？」黃蜂女皇的鳳目中射出炙熱的光，緊緊地盯著楚天。

老蟋蟀惶恐道：「回稟女皇陛下，他就是楚天，正是他救了我們村落，趕跑了兇殘的螳螂和天牛。」說著他忙拉了拉楚天的羽毛，「快跪下參拜女皇陛下！」

楚天自然不會理他，心中暗罵道：老子跪天跪地，但是從不跪女人。不過表面上卻還是笑著道：「我想以女皇陛下的睿智，應該不會在乎這些禮節吧？」

黃蜂女皇雙目之中精光突現，鳥族與蟲族本來就是死敵，在這片區域早已不曾有鳥族出現了，如今這隻禿頭的醜鳥也不知道是從哪裏冒出來的，雖說按照老蟋蟀扎格爾的說法，這鳥幫他們趕走了強盜。但是對於她們黃蜂一族而言，強盜再怎麼兇殘也畢竟同是蟲族，可是鳥族就不一樣，非吾族類，其心必異，誰能保證這隻鳥是不是有什麼企圖！

黃蜂女皇細細打量著楚天，然後一擺手。

那些黃蜂武士都飛到了空中，分成上中下三層，每一層六隻，頓時將楚天團團圍住，每個黃蜂武士都將屁股對準了他。

「靠，黃蜂尾上針，不是吧？」楚天心裏忍不住一陣發毛。

「你就是幫助過扎格爾村長的楚天？快說！你這隻鳥是誰派來的？到我黃蜂族的領地來到底有什麼企圖？」黃蜂女皇喝斥道。

楚天一呆，莫名其妙道：「企圖？我只是迷路的時候不小心路過而已，哪裏有什麼企圖，我本是一隻四處流浪的漂泊者，前幾天剛離開白林鎮，走到附近卻迷路了，後來碰巧遇到被強盜搶劫村莊，所以就幫著扎格爾把強盜趕走了。」

楚天的話半真半假，黃蜂女皇一時也聽不出什麼破綻來，她微微皺眉道：「漂泊者？就只有你單身一個？」

「是的！」

黃蜂女皇沉吟半晌後，心中暗想：如果他說的是真的，倒是可以考慮把他留下來，這隻鳥雖然長醜陋了一點，但起碼身材強壯，這樣的好貨色，已經好多年沒有看到過了……

想到這裏，黃蜂女皇忽然露出笑容：「走近點讓我好好瞧瞧！」

楚天被她看得心裏發毛，這黃蜂女皇的臉色時陰時晴的，讓他有些無法捉摸，不過他還是從黃蜂武士讓開的縫隙中，向女皇走過去，不管怎麼樣，性感的黃蜂女皇總比那些拿屁股上的針對著他的黃蜂武士可愛些。

盯著楚天看了半晌之後看，黃蜂女皇向她身邊的六個老年黃蜂微笑示意，那六人皆是頷首不語。

看著黃蜂女皇露出喜色，楚天心中不禁暗道：「你爺爺的，這女皇不會是看上我了吧，雖然說我楚天的前身很英俊瀟灑，惹萬千少女春心蕩漾，但是沒理由現在變成了一隻大鳥，還這麼討人喜歡啊？」

黃蜂女皇又給另外四個花枝招展的中年母蜂使了個眼色。其中兩隻母蜂分開飛到楚天身邊，圍著他不停地轉圈，有一隻母蜂還不停地在他身上摸來摸去。

楚天面色已經開始發青，卻安慰自己：黃蜂應該不會看上禿鷹的，何況老子還是一隻這麼醜的禿鷹！也許女皇只是好客，想給我做幾件衣服……

不過這理由實在太牽強了，連他自己都不太相信。

那兩隻中年母蜂圍著楚天摸了又摸，好半天才回到女皇身邊，小聲和女皇交談起來。

黃蜂女皇櫻唇微張道：「楚天，有件事，本女皇想跟你商量一下。」

楚天心裏暗暗發怵，表面上卻恭敬地說道：「女皇請講，若是我楚天能辦到的，一定盡力而爲。」

黃蜂女皇卻歎了口氣道：「這件事對你來說，只不過舉手之勞。但是對於我們黃蜂種族而言，卻是意義重大。我們黃蜂種族自從被鳥族驅趕到這偏遠的血虻沼澤以來，經過幾代的繁衍生息，雖然種族的延續還算平穩，但是由於附近千里之內缺乏其他的蜂類種族，所以只能近親繁衍，結果數百年下來，智力低下且成年後毫無力量的族人越來越多，這樣下去的話，用不了多久，我們這一族恐怕難逃滅亡的命運。」

楚天聽得莫名其妙，心中暗道：這關老子屁事，難不成是想要老子幫你們改進生育能力？不過如果能和你這標緻的小妞一起探討改進的方法，老子也可以考慮一下！

不過他嘴上卻道：「血虻沼澤，這個名字聽起來好像很恐怖？」

「血虻沼澤每隔一段時間就會出現一種奇異的現象，整個沼澤漂浮著紅色的霧氣，將沼澤掩蓋得虛無而神秘，凡是在這時候進入沼澤的所有生物，全部都只有死路一條！」

楚天正在想這破沼澤怎麼會這麼厲害的時候，就聽到黃蜂女皇說道：「所以我們黃蜂一族很難再舉族遷徙到別處去，這也是本女皇想到跟你借種的根本原因，這樣也許能產生一些強壯體格的族人，而有了你的血脈，我黃蜂一族也就不用擔心近親繁衍的問題了！」

楚天聞言頓時覺得兩眼發黑，一陣天旋地轉：完了，完了，老子來這個世界的第一次難道真的要葬送在這裏了？天底下真的有這麼便宜的事情麼？

他連連擺翅，難以置信地道：「這個……女皇，我這一路上很有些疲憊，所以身體感覺有些不適……」

「剛才我也找人檢查過你的身體了，並沒有發現任何不妥。」

「可是……」

黃蜂女皇見狀微怒道：「怎麼，難道你不願意？」

那十八隻黃蜂武士一聽女皇發怒，頓時振翅飛來，重新將楚天重重圍困，依然將蜂針對準楚天。

女皇身邊的那穿紫色的黃蜂沉聲道：「只要你肯借種給我們黃蜂家族，日後黃蜂家族必定將你奉為貴賓，凡有所請，我黃蜂族必定全力以赴！」

楚天仔細打量著圍住他的那些黃蜂武士和女皇身邊那些面目猙獰的老黃蜂，心道：好漢不吃眼前虧，老子寡不敵眾，先讓你們囂張一下，等老子逮著機會，哼……

……

黃蜂女皇面露喜色道：「既然如此，就請隨我來吧！」

第九章 妖嬈蜂皇

經過很短的一段甬道，他們來到一個很寬敞的房間，房間的高處鑲嵌著無數顆光芒閃爍、流彩四溢的夜明珠，散發出迷人的光輝，讓楚天宛如置身於一個夢幻般的華麗世界。房間的中央是一張足有三丈長寬的柔軟大床，看起來就顯得非常舒服。

唯一讓楚天覺得有些不太對勁的，就是空氣中好像總是充溢著一絲絲淡淡的黑霧，而四周的牆壁上則有些看起來很詭異的雕刻。

黃蜂女皇那白皙的臉龐似乎微微泛紅，在一片雪白中猶顯得驚心動魄。

「快過來！」這一聲嬌柔動人的呼喚，頓時將楚天的三魂七魄勾引了。

楚天駭人發覺，黃蜂女皇堅挺飽滿的小翹臀上不經意間閃過一絲寒芒。

楚天頓時心中一凜，一股寒意沿著頭皮和脊椎一直蔓延到翅膀和爪尖上。

他猛然想起以前聽說過螳螂交配之後，母螳螂爲了使自己有足夠的營養生產小螳螂，都會把公螳螂吃掉……難道黃蜂也有這種變態的習俗？

心有旁騖的楚天眼睛四處掃視，發現牆上那些剛才被他忽略過去的浮雕——浮雕上雕刻的正是黃蜂族的歷史和一些習俗，其中有一副赫然就是黃蜂女皇與公蜂交媾以後以尾部毒針將之刺死的場景。

楚天當時冷汗就下來了，他猛地一把推開黃蜂女皇。

黃蜂女皇眼神陰冷，口中卻柔情似水道：「怎麼了？」

楚天不自然地摸了摸額頭，乾笑地道：「這個，女皇陛下，我好像還沒有準備好！」

「呵呵，是嗎？可是剛才你的反應好像已經把你給出賣了！」

楚天尷尬地狡辯道：「眾所周知，我們禿鷹是非常癡情的鳥族，我實在沒有辦法在沒有和陛下您產生感情之前就……希望您能給我一些時間……」

「是嗎？那你需要多長時間才行？」

「恩，也不用太久，大概十天半個月左右就行了！」

黃蜂女皇臉上一寒，冷冷道：「來人，帶他去地下室休息！」

「地下室？女皇陛下，你確信你沒有搞錯？」楚天一臉愕然。

「如果你想用這個作藉口的話，不要怪我不講情面！」女皇對他的表情視而不見。

楚天此刻見黃蜂女皇竟然將他當成奴隸一樣呼來喝去，頓時怒火中燒。於是拍著翅膀冷笑道：「女皇這是威脅我？嘿嘿……老子告訴你，老子不吃這一套。」

黃蜂女皇雙目中寒光一閃而過，冷冷地對聞聲而來的黃蜂侍衛下令：「抓住他！」

黃蜂侍衛聽得女皇下令，個個爭相飛向楚天，楚天見前後都有黃蜂夾擊，將體內的靈禽力運到極至，金剛蛻燚變使得他全身堅硬如鐵。他大翅一揮，搧向迎面而來的一隻黃蜂，把他搧得暈頭轉向。

楚天拍著翅膀向門外衝去，他的飛行技巧還不太熟練，只能飛行一小段距離，所以必須要儘快衝出去，不然落入黃蜂侍衛的包圍圈就不妙了。

才衝出幾步，就發現門正在緩緩關上，楚天急忙加快速度向大門衝去。

可是卻有一隻黃蜂武士攔截過來，翹起屁股，一根又長又尖的刺對著楚天的翅膀。楚天將翅膀收回，「裂空爪」猛地向黃蜂的肚子抓去。

那隻黃蜂頓時就被開膛而死。

但是，其餘的黃蜂似乎個個都悍不畏死，繼續蜂擁而上。

楚天拍著翅膀飛起，兩爪在空中時而斜抓，時而橫劃，速度極快，一時間他的周圍都是爪影，黃蜂侍衛更是死傷慘重。

楚天正殺得起勁，不料一隻黃蜂侍衛抓住空隙，對著他碩大的屁股狠狠刺了一下。

「誰這麼無恥？居然戳老子的屁股，給老子記住！」

楚天雖然很想去揉一下已經腫大的屁股，但是卻騰不出翅膀來，只得一扭一扭地擺動著減輕屁股的麻痛感，雙爪更是舞得毫不透風。

黃蜂女皇眼見不但久久未能拿下楚天，自己這邊還損失慘重，不禁怒哼一聲，嬌喝道：「黃蜂勇士們，拿出你們的勇氣來，讓這隻愚蠢的鳥類知道黃蜂家族不是好惹的。」

楚天覺得屁股又是一陣劇烈的疼痛，頓時發出一聲慘叫：「又是誰？沒看到老子的屁股已經腫了嗎，還在這裏刺，你爺爺的，你就不會換個地方啊？」

楚天憤然一個迴旋轉身，將一隻黃蜂壓在身下，猛地向著地面墜去。

那隻黃蜂沒想到楚天會施展出這麼古怪的招數，根本都來不及反應，重重地摔在地上，然後他就聽到自己身體裏面傳來骨骼碎裂的聲音……

楚天從黃蜂的屍體上爬起來，心裏不禁暗罵道：「要是再不飛出去，老子肯定要被這些悍不畏死的黃蜂活活螫死了，也不知道這蜂刺的毒性怎麼樣？」他越想越覺得可怕，遂緊咬鳥舌，讓自己麻木的神經感覺疼痛，奮起全身的靈禽力，向大廳的天窗飛撞過去。

「嘭」的一聲，蜂蠟在楚天巨大的衝擊下破碎了。

不過，可惜的是他龐大的身子卻卡在了天窗上，楚天懊惱的閉上眼睛，心裏對自己碩大的屁股憤恨不已。

這時候，幾隻黃蜂侍衛瞅準了機會，舉起尾巴的刺，再次對準了楚天的屁股，狠狠地扎了過去。

霎時間，慘叫聲劃破寧靜的夜晚，直震天際。楚天整個身子從天窗掙出，如炮彈般帶著痛叫聲栽向附近的一棵小樹。

楚天架在樹枝之間，整個身子懸著，鳥眼咕嚕地轉著，一臉忿忿。

隨著幾聲吱吱的聲音，楚天又是一陣爪子亂抓，身上本來就稀少的羽毛零散的向下飄落，但還是不可避免地接受樹枝斷掉的厄運，整個身子垂直地下落，本來就被扎得千瘡百孔的屁股猛地跟地面親密接觸。

楚天一張鳥臉憋得通紅，過了半晌才忍不住發出一聲慘絕人寰的叫聲。

背後嗡嗡聲再次傳來，不用說，肯定是那群黃蜂侍衛聽到他的聲音追過來了。楚天忍不住咒罵道：「一群臭黃蜂，老子都快累死了，還在追，老子不就是不肯上你家女皇嗎？至於這樣死纏爛打嗎？還讓不讓老子活呀？」

但是他爪下卻毫不含糊，不斷地騰挪跳躍，狼狽逃竄。怪石林立的草叢裏依稀可看到一隻碩大的鳥一瘸一拐地借助地形跑著。

此時天上三個月亮已經用皎潔的光芒鋪灑大地，無數星星，懶散的眨著眼睛，整個大地一片安詳。

借著銳利的目力和大盜的脫身之術，楚天終於將黃蜂甩開了。

各種水草死樹漂浮在水面上，深一爪、淺一爪地走在淤泥遍佈的血虻沼澤邊緣，楚天又累又餓，覺得全身一陣陣酸麻。

還好這時候體內的那根羽毛開始發揮出奇異的暖流，一點一點滲透到楚天的身體裏面，使得原先受到的傷痛一點一點得到舒緩。這一番廝殺奔逃使他對九重禽天變的心法又了更加深入的理解，就好像眼下他所修煉的金剛蛻焱變，完全依賴肉身強橫與堅硬還是有很多破綻的，否則也不會出現屁股接二連三地被螫的情況了——其實只要他在施展金剛蛻焱變的時候，注意配合靈禽力，那就能做到隨時讓身體的某一個部位變得強橫。

想明白這一點之後，楚天忽然覺得很有意思，對未來充滿期待，身上的疲勞也一掃而空，但是饑餓卻是無法消除的。

在黑夜中，前面的一點亮光就顯得異常刺眼，隱約能看到場地的盡頭有一座大屋子。

楚天一見有亮光，心裏大喜過望，拍著翅膀就向那裏跑去。

待到走近時，楚天才發現原來這是座寨子，地勢恰好是易守難攻的呈上升狀梯形，由泥土搭建的高高的圍牆破敗不堪，剛好處於平坦地面的盡頭，兩邊都是像山一樣的大土坡，將整個寨子收在中間，倒扣著的頂蓬也已是殘缺不全。遠遠望去，整座寨子就像是一隻匍匐著的蝸牛。

正大門邊，兩座高出圍牆一兩米的燈塔上，隱約站著兩個身影。

楚天走近時，就看見大門慢慢打開，頓時心裏大樂：「莫不是知道老子要來，特意出來迎接的……」

打開門的身影警惕地對著楚天這邊喊道：「喂，你是什麼傢伙？」

「我是路過的！」楚天迎上去，待到看清楚，才發現對方是隻蟲子，而且好像還是一隻自己認識的蟲子，他頓時心中一驚，趕緊轉身，並用翅膀遮著屁股。

那蟲子在背後驚叫道：「原來是你？」聲音怨毒而吃驚。

楚天心裏暗暗叫苦，老子怎麼這麼倒楣，才逃出虎口又要進狼窩。這隻螳螂怎麼還沒死，慘了。於是他連忙道：「不是我，你認錯人了！」

原來這隻蟲子正是白天被他抓斷鐮刀觸手的螳螂。

螳螂確定是楚天之後，心裏恨意翻湧，大喊道：「楚天，你竟然還敢送上門來，吉絲特，快去通報首領，那隻重傷我的鳥就在外面！」

楚天全身被螫到的地方又麻又痛，心裏暗暗叫罵，難道最近真是命犯煞星，看來以後有機會得拜一拜鳥神了。可是現在他想飛卻飛不起來，想跑又跑不動。

才一會兒的工夫，後面漫天的螳螂和天牛從寨子裏飛出，以極快的速度超越楚天，形成一個大的包圍圈，將他圍在中央，寨子外地勢平坦，正是有利於群攻。

一隻體格跟楚天差不多的螳螂落了下來，他穿著黑色的軟甲，將全身都包裹住，戴著深色的頭盔，只留下一對透出陰毒光芒的眼睛。另外一隻獨眼天牛飛到螳螂旁邊，也是全身鎧甲，沒戴頭盔，胸前戴有護心鏡，肩膀上護甲呈兩道彎曲的刀刃狀。

「克羅思大哥，就是這隻醜鳥！」克咕嗒眼睛裏已經要噴出火來了。

克羅思轉身對那獨眼天牛道：「獨眼兄弟，你率手下的天牛們一旁觀戰！」然後冷冷地看了楚天一眼，對手下的眾螳螂道：「殺了他！」

螳螂們正準備一擁而上，楚天眼見又要被幾百隻螳螂圍毆，顧不得再假裝鎮定，忙喊道：「慢！」

楚天咽了口唾液，對克羅思道：「我今天對您手下做的那件事純屬誤會。」

克羅思斜著眼睛對斷手的螳螂說道：「克咕嗒，你有什麼想說的？」

克咕嗒怒斥道：「誤會？你折斷我的觸手的時候好像不是這麼說的！」邊說著繞到楚天的背後，飛起一腳踹在楚天的屁股上。

楚天整個趴在地上，全身的麻痛又一次襲遍每一根神經。雖然由於體內靈禽力和神奇羽毛的作用，他的傷勢已經漸漸恢復，但是蜂毒卻還殘留在他體內，而克咕嗒又正好一腳踹在他的屁股上，冷不防之下他就趴在地上。

螳螂首領克羅思上去一腳，踩在楚天的臉上，他的腳上有一種既尖且長的鋸刺，用力

一拉，楚天臉上就傳來一陣深入肉中的刺痛。

獨眼天牛雙眼閃過駭異之色，說道：「說不定真的是誤會，我看他身上的刺傷，應該只有黃蜂才能將他傷成這樣，還是問清楚比較好。」

克羅思對著獨眼天牛大笑著說道：「那又怎麼樣？獨眼兄弟，你看到沒？連鳥族都一樣被我踩在腳下，任我凌辱。那些黃蜂我又怎麼會看在眼裏？嘿嘿……」

克咕嗒也怨毒地看著楚天，一腳踩在楚天的鳥腿上，用力一拉，一道血跡將楚天的腿部羽毛都染成紅色。

其餘的螳螂戰士也都踩上楚天的身體，肆無忌憚地笑起來，在這寂靜的夜空顯得異常刺耳、恐怖。

楚天心裏的憤怒充斥著每一寸肌膚：老子竟然會被一群無知的螳螂踩在腳下，肆意凌辱……想到這裏，他的雙眼透出厲毒的光芒，血不斷從傷口中溢出來。

此時忽然風起雲湧，蒼穹中只留下三個皎潔的月亮。其中兩個小月亮慢慢移動著，光輝漸漸黯淡，而大月亮散發的光輝卻是越來越盛。

不多時，三個月亮成等邊三角形，光輝相互傳遞，天地之間時明時暗。

楚天滿身是血，眼中漸漸透出嗜血的光芒。

三個月亮的光輝逐步平衡下來，如同有一股吸力一般，將光輝灑到空地上。

受到月光照射的楚天驀地發出一聲長嘯，周身一道黑色的光環以他爲中心成圓形擴散，將十幾隻圍在他身旁的螳螂全部震開。

楚天慢慢站起來，全身羽毛逐漸脫落，一張臉也開始發生奇特的變化，雙眼漸漸聚集，距離越來越近，而鼻子也高聳，啄開始收縮成嘴唇，人型的臉頰剛毅而冷漠。

他的翅膀也慢慢進化成手臂，緊繃的手臂肌肉迸發出一股股強勁的力量感，胸膛裸露，肌肉盤結幾近完美。只有腳卻沒有變回來，仍舊是爪子模樣。

楚天裸露著上身，浮到空中，九重禽天變的心法自動運轉起來，雙眼閃爍著妖異的紅光。他自己也不明白這究竟是怎麼回事，變成人體之後，這九重禽天變的心法轉動速度比平時快了一倍不止，他只覺體內的力量要是不宣洩出來的話，恐怕會把他的身體擠爆。

他盯著克咕嗒和克羅思，眼神中透出的無窮殺意，冰冷的紅芒如針一般刺向克咕嗒的身體：「我要你們這些螳螂爲你們的魯莽行爲陪葬！」

克咕嗒已經被震得歪倒在地上，只能靠斷手支撐著身體，恐怖的看著楚天，聽著那彷佛來自地獄的聲音，頓時嚇得全身都軟了。

楚天冷哼一聲，探出一隻手，抓向克咕嗒。

克咕嗒雙眼透著恐懼，喉嚨彷佛被一隻看不見的手抓著，身體慢慢被提起，全身被一團黑氣纏繞著，渾身顫抖起來。

楚天輕輕一擰，克咕嗒的頭顱就被扭掉下來，連叫都沒來得及叫一聲。

全場一片靜悄悄，全部都充滿恐懼地瞪著楚天。

此時的楚天全身都籠罩在紅色的光環之中，在克咕嗒死去的這一瞬間，楚天已經將另一隻螳螂吸過來，鎖住喉嚨道：「你們都得死！」

楚天振臂一扯，頓時將螳螂全身都扯碎，然後將破碎的屍體扔到克羅思的面前。

雖然克羅思已經心生懼意，但他畢竟是首領，在所有的手下都被震懾住的時候，深知自己絕對不能露出懼意來，於是猛喝一聲：「還愣著幹嘛！給我一起上，殺了他！」

楚天雙手交錯著一拉，兩道黑芒如戰刀一般橫斬向一擁而上的螳螂，黑芒所過之處勢如破竹，螳螂紛紛身首異處，連慘叫都沒有一聲。

剩餘的螳螂見楚天如此神勇，紛紛後退。

楚天冷笑一聲，說道：「想走，哪有那麼容易？」他連連使出裂空爪，靈禽力籠罩下，漫天的紅色爪影將螳螂們困在其中，慘叫之聲不絕。

克羅思怒吼道：「一起出刀！」

螳螂們的鐮刀觸手紛紛如飛刀一般脫離了身體，在空中迴旋著向楚天斬去，一時之間，空中飛旋出近三十把飛鐮刀。

此時克羅思的臉色這才舒緩下來，這是他們螳螂的必殺技能——迴旋鋸風斬，這麼多螳螂一起出手攻擊，還從來沒有失敗的先例！

不過，很快他的臉就更青了！

因爲他看到那些飛在空中的鐮刀已經一一斷落，傷口上呈現出整齊的斷痕，十幾隻施展迴旋鋸風斬的螳螂同時發出一聲慘叫。這隻醜鳥到底是什麼來歷！

不過眼下的形勢也不容克羅思多想，他大喝一聲，鐮刀疾劃而出，一道一米多的鐮刀閃著綠光呼嘯著斬向楚天。

楚天面露譏誚神色，身體突然上升一丈有餘，靈禽力灌注雙爪，帶起兩道凌厲的紅光，向克羅思的鐮刀迎了上去。紅光在半途中變成兩隻巨大的紅色爪子，而且越變越大。

克羅思臉色一變，但是想要收回鐮刀已經來不及。光芒一閃後，鐮刀已經被楚天灌注了金剛蛻燚變的爪子扭斷，掉落於地上。

克羅思慘哼一聲，掉落地面，本來綠色的身子逐漸變成灰色。

剩下的螳螂一見如此可怕的場景，頓時四下逃竄，只恨爹媽怎麼就只給自己生了一對翅膀。

獨眼天牛見勢不妙，拍著他那笨重的翅膀飛到克羅思面前，阻住楚天的步伐。

楚天乘機停了下來，剛才憑藉變身後的一鼓作氣，險勝克羅思，但是也耗盡了他全身的力氣。他的頭腦也漸漸清醒過來，看著地上屍體，胃裏一陣翻騰，還好他肚子裏本來就沒東西，否則只怕要吐出來了。

「獨眼龍，我這人一向恩怨分明，看在你剛才幫我說過一句好話的份上，我不會對你們天牛出手的，你們走吧！」

獨眼天牛在明知可能不敵的情況下，還敢過來搭救同伴，楚天心裏就對他頗有些欣賞了。以前他做大盜的時候，最看重的就是義氣這兩個字，而且他已經殺了那麼多螳螂，心裏的怒氣也平息得差不多；加上他自己的能量損耗過大，是不是這數以百計的天牛的對手還是未知數。

「那……你能不能也放了……克羅思大哥？」獨眼天牛怔怔地問道。

誰知楚天根本就沒在意獨眼天牛說什麼，他一直在盯著月亮看，同時思考一個問題：老子又能變成人身了，記得那天在牢裏變身成人的時候，牢房外面的月亮好像也成了這個樣子。難道老子變身成人跟這三個月亮有關係？

他想得出神，一時居然把克羅思和獨眼天牛忘到了一邊。

可是，在獨眼天牛的眼中，楚天的臉色陰晴不定，他心裏還以為這隻禿鷹一定是在想怎麼樣處置他們，不由緊張道：「克羅思大哥已經殘廢了，我希望你能放過他！」

楚天回過神來，奇怪地望了獨眼天牛一眼，心想：老子還不知道能撐多久，也許很快又要變成鳥，到時若是力量削減，還不被這群天牛給宰了，這隻獨眼天牛看起來倒是蠻順眼的，先糊弄糊弄他們再說。

楚天當下冷喝道：「獨眼龍，你是這些天牛的首領？」

獨眼被他的凌厲眼神看得心裏發冷，卻仍然點點頭。

楚天淡淡說道：「那也就表示你可以代表他們的立場嘍？」

獨眼對楚天的話不明所以，但仍然點頭說道：「我只能代表天牛，至於螳螂那邊我就不行了，還要聽克羅思大哥的。」

楚天搖搖頭，伸出一隻手指著克羅思說道：「他現在已經沒有資格說話了，既然你能代表在場的天牛，那麼……你就代表他們與我一戰吧！」

獨眼天牛已經見識過他的厲害，老實地道：「我不是你的對手，動手也是自取其辱罷了，我不跟你打。」

楚天見他憨直，心裏倒也有些佩服，不由暗忖道：這個獨眼龍倒是挺有意思的，像這種性格的還真不容易遇上，要是能收他當個小弟，保證一輩子忠心耿耿。老子現在沒兵沒將的，若能趁此機會將這支天牛隊收服，也爲日後打算一下。

想到這裏，楚天裝做很可惜的樣子，歎息道：「我看你們天牛也不像螳螂這麼兇殘，所以倒也不忍心殺你們。不過，我殺與不殺你們其實都一樣，你們的實力實在太弱小了，我現在又把你們的夥伴螳螂全部給滅了，以你們在這血虻沼澤附近的臭名聲，恐怕想將你們剝皮吃肉的種族應該不會是少數。」

獨眼天牛深以爲然地點點頭，自從他們天牛和螳螂在一起之後，確實幹了不少壞事。

「我從黃蜂族出來的時候，得知黃蜂女皇已經聯合了方圓數十里內的居民，準備對你們進行一次徹底的圍剿……」剛一說完，天牛群中頓時一陣譁然。

有隻天牛不以爲然道：「我們才不怕什麼黃蜂，他們剿了我們那麼多次，還不是連我們的牛屎都沒找到一顆！」

楚天指著地上的屍體道：「看到這些螳螂了沒有？是被我殺的！」然後他又指了指自己的屁股道，「再看看我的傷，是黃蜂螯的！」

一眾天牛都沉默下來了。

「以前，你們和螳螂聚在一起，實力也還可以，靠著螳螂的奸猾你們才能活到今天，如今，黃蜂女皇若真的聯合了周圍所有的村落圍剿你們……」說到這裏，楚天的話鋒一轉，「你看看你們這麼簡易的山寨，再看看你們低落的士氣！唉，你們危險了！」

獨眼天牛頓時緊張起來，看了一眼手下的天牛弟兄們，心裏想道：確實不能讓手下的弟兄們就這樣陷於危險之中！可是眼下該如何來保證兄弟們的安全呢？這隻醜鳥就夠我們頭疼的了……對了，這隻鳥，他不是也和黃蜂有仇？

「咳……剛才你好像說過，你和黃蜂有仇？」獨眼咳了一聲，小心翼翼地問道。

「是有一點過節！」楚天心裏開始偷笑了，不過表面上還是很一本正經的。

「那黃蜂應該是我們共同的敵人了，你不會讓黃蜂把我們逐個擊破吧？不如我們聯合起來，一起對付黃蜂啊？」獨眼天牛弱弱地問道。

「話是不錯。不過，你們和螳螂是兄弟，而我卻把他們殺得差不多了，我反而有些怕以後你們會找我報仇，那豈不是對我自己不利……」楚天用眼睛的餘光瞥了瞥獨眼，「所以，如果你們都被黃蜂殺掉的話，我以後也可以高枕無憂了。」

獨眼天牛急忙道：「我們不會對你不利的，你要是不放心的話，我們可以認你當大哥，只要你能帶著我手下這些天牛兄弟走出這次難關！」

楚天心中偷笑，嘴上卻道：「這恐怕不好吧，我還有別的事要做呢。而且我們分屬不同種族，你們認我當大哥，這算怎麼回事呀？」

獨眼天牛趕緊示意手下道：「我獨眼對於實力比我強大的人，向來都是十分佩服的，大哥的實力我們都看到了，我們願意跟著大哥這樣的靠山啊。」

眾天牛此時哪還聽不出來，忙齊聲道：「我們願意跟隨大哥！」

楚天勉爲其難地道：「也罷，誰叫我向來就心慈手軟呢！唉，我就幫你們一把吧！」

獨眼天牛瞥了地上呻吟的螳螂首領一眼道：「大哥你既然這麼心慈手軟，不如……」

楚天自然知道獨眼想說什麼，他斜眼看了克羅思一眼，揮揮手，靈禽力帶起一道紅芒，將不遠處的一塊石頭炸得粉碎。

天牛們都嚇了一跳，有幾隻不由自主地摸了摸自己的腦袋，心中對楚天更加佩服。

楚天見威懾作用已經達到，遂冷冷地看了螳螂首領一眼道：「克羅思，看在這些天牛的份上，我不想髒了自己的手，現在你可以滾了！」

克羅思掙扎著爬起來，怨毒地看了看楚天，由手下剩餘的幾隻殘廢螳螂攙扶著，一步一步往草叢裏走去。

獨眼天牛如釋重負，鬆了口氣道：「大哥，那我們該如何面對黃蜂族的圍剿呢？」

「這樣吧，我們先把這寨子修整一下。我們的人數比黃蜂族要少得多，戰鬥力也沒他們強，所以一定要將寨子修整得十分堅固，正面爭鬥既然不是他們的對手，那我們就只能利用地形、寨子進行被動防禦了，然後再不斷地增強你們自己的實力，到時候要風得風，要雨得雨，別說是區區幾隻黃蜂，我敢保證，就是整個這片流域也沒人敢得罪天牛戰士，甚至，用不了多久，天牛一族將在這個世界擁有極高的威名，到時候就再也不用窩在這個偏僻的地方了，而你們，將作爲種族繁榮昌盛的見證人和英雄……」

這些話確實不是天牛能想得出來的，而且符合實際情況，具有極強的誘惑力和煽動性，所以沒等楚天的長篇大論說完，天牛們已經對楚天佩服得五體投地了，整個場地都充滿了嘈雜之聲和擁護新老大的歡呼聲。

第十章 恐怖天牛

空曠的平野寂靜無比，寨子裏燈火通明，卻因爲螳螂們的離去而顯得空蕩異常。已經成爲天牛們新老大的楚天和獨眼吃過晚飯之後，就一起來到寨子後僅有的一塊草地上聯絡感情。

楚天看著發出淡藍色朦朧的光輝的三個月亮，心裏翻起的卻是驚濤般的念頭。

「老子變成人身居然還要靠月亮才行，怎麼感覺像是傳說中的狼人啊？看來上次倒是冤枉了貓頭鷹了，有機會再見面的話，得好好謝謝他。不過，依靠月亮的力量變回人形還是不太穩定，看來還是將力量提升變成人，才比較穩妥。」

楚天忽然問獨眼：「獨眼，你手下有多少弟兄？」

獨眼也是躺在草地上，聽到楚天的問話後撓撓腦袋，想了一會才說道：「除了我之外，有三百一十二隻。」

楚天對獨眼天牛報出的準確數字極其滿意，他大聲地說道：「好，以後我楚天就多了三百一十三隻天牛兄弟了。你們就好好地跟著老子混吧！」

獨眼天牛爬起來望著楚天，頭頂觸鬚搖晃不定，楚天倒躺在獨眼身旁道：「對了獨眼，你們怎麼會來到這麼個偏僻的地方呢？」

獨眼聞言，歎了口氣，說道：「其實都是因爲我的眼睛患了一種奇怪的眼疾，那時我爲了練天牛獨霸功，經常穿梭於污穢之地，結果一隻眼睛患上了眼疾。」

楚天差點沒把口水噴出來，心道：天牛獨霸功，就你這小樣還獨霸呢？

「這天牛獨霸功很厲害嗎？怎麼個獨霸法？」

「那是自然，自從我煉成後，就打遍整個天牛族無敵手了，所以才叫天牛獨霸功！」

楚天：「……」

天牛獨眼感歎道：「我雖然練成了天牛獨霸功，成爲這些兄弟的首領，但是眼睛卻越來越模糊。所以我才帶家族的五百戰士出來尋找黃蜂家族。」

楚天不禁好奇地問道：「找黃蜂家族？」

獨眼搖晃著觸鬚，說道：「我聽旁族的一名老者說，我患的眼疾只有黃蜂家族的沁香蜜才能治好，而黃蜂家族自從你們鳥族掌握著絕對的制空權之後，就不知所蹤了。所以我才會率領族中的戰士出來，一方面是尋找黃蜂家族的下落，另一方面也正如老大你看破的那樣，我們不想看到天牛家族日漸衰落，希望通過這次在外的歷練找到使家族重新繁榮起來的契機。」

楚天打斷他的話，說道：「那你又怎麼會跟螳螂他們混在一起呢？」

獨眼沉默了一會才說道：「就在我率著手下的弟兄，在各地的森林裏四處尋找著黃蜂家族的時候，遇上克羅思率領的螳螂家族，他力邀我們加入他們，並跟我保證說一定會幫我找到黃蜂家族。於是我們就在一起了。」

楚天不解地問道：「我聽沼澤村落裏的一隻老蟋蟀說，你們來這裏也有幾年了，怎麼你的眼睛還沒好？」

獨眼歎口氣道：「我們在這裏那麼久，每次去找黃蜂討要沁香蜜，可是他們太小氣了，說什麼也不肯給。」

楚天笑著說道：「你們不是強盜嗎？居然還去討要，直接搶不就得了？」

獨眼說道：「黃蜂家族的實力還是很強悍的，我們也試過去搶，但是沁香蜜放在育幼室裏，那裏有威力巨大的蟲器法寶守護，所以沁香蜜一直都沒有到手。」

楚天驚訝道：「蟲器法寶？很厲害麼？」

「是啊，我們第一次闖進去的時候，因爲不知那法寶的深淺，結果手下的兄弟傷亡慘重。所以克羅思也不想手下的螳螂弟兄受到損失，我們才一直在附近打轉，想看看有沒有別的機會。」

楚天心道：這個什麼蟲器法寶倒是蠻不錯的，看來老子於公於私都得再去一趟黃蜂老巢了。於公的話，得為獨眼去搶沁香蜜；於私的話，今天黃蜂對老子的羞辱之仇一定得報。當然，如果能順手將那個什麼蟲器法寶拿來用用的話，感覺一定會很爽！嘿嘿……

「照你這麼說，你豈不是被螳螂給騙了？」

獨眼臉色很嚴肅道：「不管怎麼說，克羅思他帶著我們找到了黃蜂家族，也算是實現了他的諾言。」

楚天的心中卻已經開始形成一個極為大膽的計畫。「現在也很晚了，你去睡吧，天亮的時候把所有弟兄集合起來，我有事要宣佈！」

獨眼拍著翅膀應聲而去。

楚天端坐在草地上，將體內的靈禽力不斷運轉，變成人身之後的那一場打鬥，讓他對體內的靈禽力更加熟悉，引導起來也更加容易，不多時他就進入不滯於外物的狀態，力量開始迅速往上攀升。

當凌晨的第一縷陽光撒在楚天的身上時，楚天睜開眼睛，只感覺體力充盈，傷口早已經結痂，就連原本紅腫的屁股也消退了。

他懶洋洋地動了動身子，瞇著眼睛看著東方的那一抹朝陽。

「也不知道吉娜這丫頭有沒有想我，還有伊莎那小妮子，現在肯定又在家裏惦記著我了，嘿嘿……不對啊，媽的，老子現在越來越像一隻鳥了，居然還想著一隻鴿子和一隻燕子，真是色心不改啊！」楚天對著一線朝陽自言自語道。

遠處是群山高聳，深紅色雲霧將山襯托得縹緲而神秘，朝陽徐徐升起，光芒暖而不烈。寨子兩邊的大土坡上光禿禿的，遍佈怪石，晶瑩的石頭在陽光下閃爍著柔和的光芒。

殘缺不全的屋頂原來是用透明的怪石支撐而起的，對著四個方向具有反射作用，能夠集中最強的光線，照射由外向裏飛的攻擊隊伍。

楚天十分驚訝，這種石頭居然能把一處的光線集中向各個方向發出加倍的光芒，要是好好利用起來的話，倒不失爲一種很好的防禦工具。

整個寨子都是以泥土混合製成，其內有四根龐大的柱子支撐起，而正中間的練兵地呈現出大幅度凹凸不平，在柱子後面是一排排橢圓的房子，這是天牛們住的地方。

楚天飛起，一股強光照進他的眼睛，他條件反射地閉上眼睛。

「砰」的一聲，鳥頭一把撞在龐大的柱子上，楚天暈乎乎搖晃著腦袋順著柱子滑下。

獨眼小跑著過來時看到楚天抱著柱子坐在地上，一隻翅膀揉著眼睛，另一隻揉著屁股，嘴裏咒罵道：「媽的，不用這麼倒楣吧？」

獨眼強忍著笑，大聲吼道：「老大，我已經把弟兄都叫起來集合了。」

楚天一肚子火，用更大的聲音吼道：「吼個屁啊？顯得你聲音大是不是，你是老大還是我是老大？居然敢沖老子吼這麼大聲！」不過吼歸吼，他還是斜眼向練兵場望過去。

所有的天牛戰士散亂地站在凹凸不平的場面，都瞪著小眼看著柱子後的楚天，臉上的神情都是憋著笑。

楚天惱怒地瞪了獨眼一眼，拍拍屁股站起來，走到平臺上，對天牛戰士道：「你們要是想笑就給老子笑出來，這麼憋著算什麼男子漢？老子還丟得起這個臉。」

獨眼終於忍不住哈哈大笑起來，場上的天牛也都放聲大笑，本來嚴肅的局面一下子輕鬆起來，也將眾天牛與楚天的距離再次拉近。

楚天咳兩聲，止住大家的笑聲，說道：「我聽說天牛家族一向是最團結的，現在我想知道到底是不是？」

場上所有的天牛搖晃著觸鬚，整齊劃一地高聲喊道：「是！」

楚天滿意地點點頭，接著說道：「你們出來的目的是什麼？是沁香蜜！可是呢，眼下黃蜂女皇卻要圍剿我們，我們能不能坐以待斃？」

「不能！」眾天牛撕聲力竭地吼道。

「所以我決定要主動出擊，替獨眼搶奪沁香蜜，現在就出發了，你們願不願意去？」

場上的天牛更是群情激昂，紛紛說道：「願意去。」「當然願意去。」

獨眼畢竟還是有點理智的，他趕緊阻止沸騰起來的天牛，然後對楚天道：「老大，雖然我很想去搶沁香蜜，可是以我們的實力去和黃蜂族硬碰硬，無疑是去送死！」

楚天給了他一個白眼，心中暗道：誰說老子要去硬碰？你以爲老子會比你還蠢啊？楚天運起體內的靈禽力，將所有的聲音全部壓下去：「我希望大家謹記一點，不能做無謂的犧牲，所以我們這一次去搶沁香蜜，一定要講究策略，絕不能和黃蜂們硬拚，否則就算以犧牲兄弟生命爲代價而取得沁香蜜，你們的獨眼大哥也絕對不會安心的！明白了沒有？」

「明白！」

「所以你們一定要聽我的指揮，我希望我們三百一十三隻天牛兄弟去，同樣還是三百一十三隻天牛兄弟回來！」

獨眼覺得唯一的一隻眼睛都有點濕潤了，他大聲吼道：「聽從老大的指揮！」所有的天牛都大聲附和，聲音響徹寨子，連太陽也隱去了半邊臉，似乎也懼怕這種團結的力量。

「好，那現在我們就出發！」

楚天率著天牛飛到蜂巢外面不遠的樹叢裏。

「獨眼，你說你以前曾經闖入過黃蜂族的育幼室？」楚天拉過獨眼問道。

「在蜂巢的西北角有個地下通道，黃蜂的幼蟲和沁香蜜……」獨眼突然反應過來，一臉驚駭地看著楚天，「老大，你不是想直撲育幼室吧？那太危險了！」

楚天微笑道：「你放心，我不會拿兄弟們的性命開玩笑的！這件事只有我們兩個去辦，先派幾個兄弟引開黃蜂守衛的注意，其餘的兄弟則隱藏在週邊的樹叢裏，到時候準備接應我們就行了！」

獨眼怔怔道：「就憑我們兩個？都不夠替那蟲器撣灰塵的！」

「你爺爺的，你什麼時候變得這麼膽小了？」楚天罵道，「不去老子一個人去！」

獨眼一見，只得咬咬牙跟了上去。

守在門外的黃蜂侍衛發現了空中那幾隻天牛，立即飛向空中去查看。

楚天和獨眼趁機向著蜂巢西北角掠去，靠近以後，果然看到一條通向地下的通道，這一鳥一蟲輕鬆地進入了通道。

通道內黃褐色的洞壁被一層蜂蠟塗抹過，顯得異常乾燥，溫度遠比地面要高出好多。

「真是怪了，居然連個守衛都沒有，這也未免太反常了！」楚天不解地道。

「再往裏面走就是黃蜂的育幼室了，有蟲器的防禦，外人根本就進不去，所以黃蜂才沒有在通道裏安排守衛。」獨眼解釋道，他越是這樣說，楚天就想看看這個什麼蟲器到底是怎麼回事。

沿著通道，楚天和獨眼漸漸深入蜂巢的地下，來到育幼室的入口，出乎楚天意料之外的是，這裏居然連扇門都沒有，裏面花白色的蜂卵清晰地落入楚天的眼簾，醇厚的蜜香也源源不斷地散發出來。

楚天正要衝進去，卻被獨眼一把拉住道：「老大！小心蟲器法寶！」

「怕什麼？」楚天的聲音提高了不少，這時，異變突生。他和獨眼所在的地方現出極淡的一道青螢光影，隨著他們的身體移動，這一道青螢光影的顏色越來越濃，變成青紫色的光芒，將楚天和獨眼團團圍住，好像一道屏障，越收越緊。

「不好，蟲器發動了！」獨眼的臉色都變了。

楚天也不敢大意，將體內的靈禽力提升到極至，同時施展出金剛蛻焱變，猛地向那道青紫色的屏障上撞去。

「啪……」楚天的身子無力地貼在半空中，竟然沒有對青紫色的屏障造成任何損傷。

「老大，你沒事吧？」獨眼不無擔心地道。

「靠，這鬼東西還真不是一般的牢固……」楚天訕訕地道。

獨眼心道：廢話，要是不牢固，黃蜂怎麼會安心不派守衛，這裏可是育幼室！

忽然間，被楚天撞動的屏障上晶芒四射，發出藍紫青三條奇光，以青光為軸，結成一個青紫色相間的飆輪，轉風車一般向楚天和獨眼絞過來，所到之處帶起凌厲的勁氣，堅硬的石頭地面被劃出一道道半尺深的溝來。他們兩個也是灰頭土臉，衣服被橫飛而來的碎石擊打得破爛不堪。

楚天嚇了一跳，沒想到這什麼蟲器真的這麼厲害，趕緊拖著獨眼天牛一個翻身，滾出去老遠。

這時，蟲器法寶才在半空中顯現出來，這是一件紫色與青色藤蔓編成的鎧甲，散發著淡淡的光澤。

獨眼的臉色當時就青了，大聲道：「老大，我們走吧，這是件中級的蟲器鎧甲法寶，不是我們能對付的了的，再過一會肯定會被黃蜂族發現的，到時只怕想走也走不了了！」

他不說還好，一說反而激起了楚天心中的怒火：「什麼中級低級的，老子偏不信邪！」說著楚天將靈禽力佈滿了雙翅，搧出兩道弧形的光刃，向那青紫色的飆輪撞去。

那飆輪的光芒不斷縮小，但是楚天的靈禽力也在不住的耗損。

那蟲器鎧甲竟似有靈性一般，乘著他靈禽力損耗巨大的間隙，帶起一帶絢麗奪目的光芒，以迅雷不及掩耳的速度猛地穿入他的身體，而四周青紫色的刃形光芒，也在一瞬間如同被壓縮般進入楚天的體內即便楚天有金剛蛻焱變的守護，卻也抵抗不了如此強大的威力，噗的一聲，一口鮮血從楚天口中噴出。

獨眼大驚，上前想攙扶住他，卻不料被他體內傳來的巨大力量撞得彈跌出去，還好他皮甲很厚，才沒有受傷，不過也足夠他驚得目瞪口呆了。因爲楚天身上突然散發出強烈的光芒，一道碧綠的絲線沿著他身體的每一根羽毛開始快速地向外蔓延。

其實此時楚天體內已經變成一個戰場，從強盜首領身上得到的那根神奇的羽毛正和蟲器鎧甲法寶進行拉鋸戰。

楚天最先感覺到的是一股灼熱，那種感覺瞬間蔓延到全身。

隨後灼熱的感覺消退，開始湧上來一股冰涼，四周的潭水此時無浪自湧，不斷的向楚天擠壓過來。

「真是舒服啊！」楚天呻吟一聲，感覺比按摩還要舒服上百倍。

就在這時，聽到動靜的黃蜂女皇身穿金黃色盔甲，帶著手下的那些身穿六種不同顏色衣服老黃蜂衝了過來，在他們身後是一群黃蜂侍衛出來。

獨眼看了看楚天，一時也不知道剛才到底發生了什麼事，不過此時形勢危急，也不容他多想，遂在楚天耳邊說道：「老大，黃蜂女皇伊利莎和手下紅、橙、綠、青、藍、紫六大黃蜂將軍都來了。」

楚天卻一點反應都沒有。

伊利莎女皇對四周凌亂的場面視而不見，十分驚訝。不過此刻她只是看了看楚天，冷冷地一言不發。

一隻下巴長滿白鬚，穿紅色戰甲的老黃蜂飛上前來，厲聲喝道：「獨眼惡賊，你竟敢前來送死，克羅思呢，怎麼沒跟你一起來？」

獨眼大聲說道：「伏特斯將軍，這次我們前來，並沒有惡意，也不是想來挑釁，只是爲了討要一些沁香蜜。」

穿紅色戰甲的伏特斯將軍怒火中燒道：「討要，有你們這樣討要的嗎？下流的盜賊！還有你這隻醜鳥，昨天讓你給逃脫了，今天你居然帶著這些強盜來黃蜂家族鬧事，簡直是不知死活！」

挨罵的楚天總算有點清醒了，迷迷糊糊地睜開眼睛，驚訝地打量著場中的情形，然後突然訕訕地冒出來一句：「你們都來了啊？」

獨眼差點跌倒，忙輕聲對楚天說道：「最前面這個老傢伙就是紅將軍伏特斯，是黃蜂家族最年長、地位崇高的黃蜂長老。」

楚天微微點頭，卻瞇上眼睛：黃蜂女皇還是那麼風情萬種，走起路來，纖細的腰肢彷彿隨時都會折斷一樣，而那小翹臀……想到這裏，楚天忍不住又咽了咽口水。

身穿藍色盔甲的黃蜂怒哼一聲，說道：「快滾，否則別怪我斯達虎對你們不客氣！」

楚天瞥了他一眼道：「這隻一臉橫肉，九成九是個蠻夫。」

獨眼點點頭道：「這藍將軍斯達虎乃是黃蜂家族中最強悍的一個，他尾後的蜂針是除了伊利莎女皇之外最堅硬的。」

楚天拍著翅膀飛上前道：「女皇陛下，我想跟你討要些沁香蜜。」

藍將軍斯達虎怒聲道：「哼，好大的口氣！也不怕大風刮斷你的鳥舌頭！」

楚天不禁怒氣上湧，說道：「當然，如果女皇陛下太小氣的話，我們也不排除動手強搶的可能。」

斯達虎冷笑道：「黃蜂勇士聽令，將這隻醜鳥拿下，生死不論。」

黃蜂侍衛排成一列一列的飛在空中，振動著翅膀翹起尾後刺，迎面而上。

紅、橙、綠、青四隻老黃蜂也齊齊飛起，向楚天迎面撲去。

楚天聚起體內的靈禽力，爪子上附著紅芒，一抓之間，撕裂開強勁的風嗚聲，逼得四隻黃蜂不能近身。

獨眼的雙翅展開到極致，從本來厚厚的翅膀下又伸出一對幾乎透明的翅膀來，他頭頂的觸鬚倏地暴漲幾米，橫掃向上下翻飛的黃蜂侍衛。

楚天一邊從容應付四隻黃蜂的攻擊，一邊鳥眼飛轉，思考應對之策。這個地方是地下通道的盡頭，空間本來就狹小，所以楚天和獨眼並不擔心被圍攻，但是黃蜂的數量實在是太多了，就算是車輪戰也夠他和獨眼受的了。

想到這裏，楚天瞥了瞥身後的育幼室，那白花花的卵讓他怦然心動起來。於是長嘯一聲，沖天而起，在空中轉折變向後飛進育幼室。

所有的黃蜂都驚呆了，一時之間都失去了思考的能力，他們不知道楚天是怎麼進入育幼室的，因爲在他們看來育幼室是有蟲器法寶守護的，楚天怎麼能進去的呢？

育幼室的空間並不大，裏面共有近十隻半透明的蜂蠟容器，每只一米多高，蜂卵全部都用這些蜂蠟容器承載著，每只容器裏面足有三十顆卵。在牆角不起眼的角落裏擺放著幾塊拳頭大小、散發著香味的蜂蜜結晶。

楚天用爪子抓起兩隻容器，飛到空中。

此時，每隻黃蜂都露出驚駭之色，斯達虎色厲內荏地喝道：「楚天，你想做什麼？」

獨眼也對楚天這樣拿蟲卵來威脅人家的行爲也頗不以爲然，詫異道：「老大，這樣似乎不太……」

楚天一副正義凜然的樣子道：「我只是想試試這些蜂卵是不是結實！而且這些蜂卵放在這樣的溫室裏，怎麼可能健康成長？我看是有必要幫他們運動一下才好，將來才有可能長得更健壯。」

「快放下！」伏特斯將軍的胸口不斷起伏，白鬍子不斷顫動，看樣子隨時都有可能一口氣接不上來。

伊利莎女皇漸漸走上前來：「我們都太小看你了，沒想到你居然能突破黃蜂族守護幼峰的蟲器法寶青蜂紫靈鎧。你放下蜂卵吧，我帶你去取沁香蜜！」

楚天嘿嘿笑道：「女皇陛下，我還沒蠢到這個地步吧！你看看我身上的衣服，剛才已經被你們那個什麼破法寶撕爛了，我要是放下這些蜂卵，你手下這些狂熱的黃蜂武士蟄過來的時候，我豈不是連個抵擋的東西都沒有？」

「好，本女皇答應你！」

楚天反而愣住了：這麼容易就鬆口了？

「咳……這個，女皇陛下，你不是有什麼陰謀吧？」

伊利莎女皇眼中寒芒一閃而過，揮手道：「去取一桶沁香蜜來。」

一隻黃蜂武士應聲而去，很快就提著一桶香氣逼人的蜂蜜回來放在女皇面前。

「蜂蜜已經給你拿來了，快放下蜂卵！」伏特斯將軍喘著粗氣吼道。

「哪有這麼便宜的！如果你們擔心我搞破壞的話，可以留下一兩個監視我，但是其餘的所有人都必須給我退出通道。」

作爲一個職業大盜，以前他也沒少被員警和黑道圍堵，那一兩個人說是留下來監視，其實是做人質的，否則只要伊利莎女皇在地面上布下天羅地網，自己豈不是肉包子打狗！所以說起這番話來的時候，楚天不免又有了一些恍若隔世的感觸。

經過簡單的眼神交流之後，伊利莎女皇帶著手下的黃蜂武士離開的通道，只留下了藍將軍斯達虎和他手下的兩個黃蜂親衛。

楚天示意獨眼過去將沁香蜜提起來，順便制住斯達虎，這時他才將蜂卵放回了原處，不過卻趁著斯達虎的視線有盲區時，偷偷將牆角的幾塊蜂蜜結晶塞進翅膀下的羽毛裏。

通道外，烈日當空，沒有一絲雲彩遮掩，天空顯得湛藍而清新，偶爾刮起的風，吹起地面的灰塵，快速旋轉起來。

楚天拍著翅膀，走進意料之中的包圍圈，不過他的爪子下還抓著藍將軍斯達虎，他打量著周圍的情況之後，笑著對伊利莎女皇說道：「女皇陛下，斯達虎將軍一把年紀了，對黃蜂家族沒有功勞也有苦勞，不如這樣，我放了他，大家就此罷手，如何？」

伊利莎女皇一身金黃色的盔甲在陽光下褶褶生光，而半裸在外的白皙肌膚就顯得格外的誘人。

只是此刻她的表情卻顯得十分冷漠，並透出一絲嘲諷。只見她舉起雙手，口中念念有詞起來。

楚天驚詫莫名地看著這奇怪的一幕，心道這小妞這是怎麼了？

不過很快他就知道伊利莎女皇是在做什麼了？因爲他發覺自己的身體不能動了，一股寒氣自他身邊冒起，藍將軍斯達虎從他爪下跌落下來。

伊利莎女皇一聲嬌喝：「紫曲青靈，展！」

楚天感覺到一股巨大的吸力開始拉動融入他體內的鎧甲，漸漸重新凝聚成形，並變得清晰起來。原來鑽入楚天體內的蟲器法寶青蜂紫靈鎧居然是可以被召喚的！楚天不禁感到一陣膽寒，難怪伊利莎女皇剛才的表情那麼奇怪了。

但是，伊利莎女皇心中的驚駭絕對不比楚天少，這青蜂紫靈鎧是一件中級的蟲器，是黃蜂一族用來守護幼蟲的鎮族之寶，威力巨大，平日裏只要用咒語召喚，頃刻間就能展現出現，可是眼下她費了半天勁，也沒見動靜，只是隱隱感覺到它在楚天體內成形，不過似乎有什麼東西在壓制著它。

一股暖流從楚天心底緩緩升起，正是那根奇異的羽毛。兩股力量重新在他體內你來我往的相互攻擊。

楚天煩躁起來，強行運起體內的靈禽力，向那青蜂紫靈鎧和神奇羽毛同時施壓。

然而，這麼一來，兩股力量同時向楚天的靈禽力發動反噬。

楚天只覺得身體劇震，一股巨大的能量透體而出，靈禽力在一瞬間完全枯竭，他的胸口也如同被狠狠捶了一下，一口黑色的鮮血噴出。楚天整個人從天空重重地摔倒在地上。

但是，透體而出的青蜂紫靈鎧卻沒有聽從伊利莎女皇的召喚，逕自向遠方飛了出去，很快就消失得無影無蹤。伊利莎女皇和手下的六大黃蜂將軍不禁面面相覷，一時不知道該如何面對。

獨眼乘機扶起楚天，向著空中就飛。

黃蜂軍隊自然不會輕易放過這一鳥一蟲，紛紛上來堵截。

獨眼的速度本來就不比那些兇悍的黃蜂快多少，何況現在還拖著一個又肥又重的楚天，眼看就快被那些黃蜂追到了。

看著那些明晃晃的蜂刺，楚天和獨眼一陣眼暈。

好在這個時候，外面的樹林裏突然風聲大作，吹起灰塵漫天飛舞，預先埋伏在這裏的天牛戰士統統現身，頭頂的觸鬚紛紛飛射出來，在楚天、獨眼與黃蜂武士之間交織出一條寬闊的觸鬚網。

伊利莎女皇也沒想到對方居然有埋伏，一時也不知道對方有多少人。臉色微變，當即嬌喝一聲道：「停！不用追了！」

藍將軍斯達虎心中怒氣還沒消，見狀忙道：「女皇陛下，他們已經是強弩之末了，為何不追？」

「他們預先有埋伏，而且一直和天牛形影不離的螳螂居然沒有出現，如今守護的蟲器青蜂紫靈鎧又自動飛走，只怕不是什麼好徵兆，我們不宜輕舉妄動。」伊利莎女皇憂心忡忡地道。

藍將軍斯達虎雖然不忿，但是也只好無奈地看著楚天和獨眼逃走。

回到寨子已是正午，楚天用沁香蜜製成藥膏，爲獨眼天牛塗上。

沁香蜜雖說能醫治獨眼的眼疾，但也不是一時半會兒就能見效的，趁著獨眼還在養傷，楚天開始著手訓練這一支天牛近衛軍隊。

因爲這次在黃蜂巢穴的經歷，讓他對這個力量決定一切的世界有了新的認識，最主要的是，他發現法寶這個東西還真是挺有用。尤其是當他聽獨眼說，那件什麼青蜂紫靈鎧還只是一件中級的蟲器，中級上面還有更高級的法寶時，他簡直要抓狂了。

不過法寶這東西可遇不可求，所以楚天只能先退而求其次，他決定先憑著自己有限的知識來訓練天牛近衛軍。他將天牛編成十小隊，每隊三十人，每隊選出一隻體格與力量最強的天牛來擔任隊長，分則可以單獨爲戰，合則結成陣列，以觸鬚爲武器，對付空中飛行者尤有奇效。

獨眼天牛的眼疾逐漸好轉後，也參與到對親衛隊的訓練之中，楚天本就對這些比較愚笨的天牛很頭痛，再加上性格懶散，此時一見獨眼天牛已經好轉，忙將所有的事交給獨眼來做，自己每天悠閒的四處亂逛。

獨眼天牛見楚天如此信任他，也不推辭。就這樣訓練了十幾天，天牛們對陣形總算掌握嫺熟。

楚天召集所有天牛到寨子中的平地：「你們有沒有想過離開這個荒涼偏僻的沼澤，去其他更美好的地方生活？」

天牛們面面相覷。

「獨眼，你呢？」

其實獨眼天牛的眼睛已經好得差不多了，但楚天還是習慣叫他獨眼，理由是當獨眼將他的一隻眼睛擋住的時候，顯得特別的粗獷豪邁，特別有英雄氣概。獨眼因此死也不肯將遮掩的黑布摘下來。

獨眼吼道：「老子當然想，可是現在是鳥族統治，能飛的族類都被趕往荒蕪偏遠的地方，老子還能去美好的地方？」

楚天道：「這個世界是以力量爲尊的世界，只要我們有足夠的力量，我們就能生活在更好的地方。」

他一振翅，熱血沸騰地道：「只要我們擁有足夠的力量，就能讓鳥族刮目相看。我本來就是一隻擁有貴族血統的鳥，不過現在我還需要增強力量，一旦我成功了，就能在鳥族中揚眉吐氣，就能讓你們，」他話鋒一頓，掃視全場的天牛戰士，「我的第一支親衛隊，隨我一起在鳥族廣闊的天地肆意翺翔，得到你們想擁有的一切。」

天牛親衛隊一聽，頓時熱血沸騰。

「我們願意一直跟隨老大，誓死效忠老大。」

聲音整齊劃一，楚天瞥了瞥獨眼，知道肯定是他在搞鬼，不然這些蠢蛋哪能這麼厲害，獨眼這小子暗地裏不知道訓練多久了，老子還真沒看出來。難道眼睛治好之後，獨眼的智商也有顯著的提高了？

楚天接著說道：「那你們準備一下，一小時之後，我們就去尋找傳說中的丹姿城。」

第十一章　結晶異變

站在寨子的最高處，楚天拍著翅膀，望向天空，陽光帶著絲絲暖意普照著大地。世事無常！楚天心裏感歎，自從變成鳥以後，自己的心裏就從沒放棄過想要再回到原來的人類世界，可是現在想想，根本就沒什麼大不了的事情！就算回到原來的世界又能怎樣呢？還不是每天逃避著對頭的追殺，整日東躲西藏。既然是這樣，與在這些鳥類主宰的世界裏活著又有什麼分別呢？

大家肯定早已把我給忘了，哈哈，……最好大家都以爲我死在尋找寶藏的途中了！算了，想那麼多幹嘛，等著瞧吧。老子就算變成了鳥人，也一樣能在鳥人的世界裏混出點名堂來！楚天心裏默默想著，一股豪氣從心頭湧上。

獨眼飛到楚天面前，說道：「老大，都準備好了！」

楚天一揮翅膀，充滿豪氣的說道：「弟兄們，出發！」

「前面到哪裏了？」

獨眼回答道：「前面就快到血虻沼澤了。」

見楚天露出疑惑的神色，獨眼又繼續解釋道：「我們這裏只能算是血虻沼澤的週邊，只有一些小沼澤地帶。真正的血虻沼澤，完全是一片沼澤，聽說連鳥都飛不過去的。」

「既然這樣，讓兄弟們先停下來休息一下，吃點東西吧！」

剛說完，就聽到背後一陣稀哩嘩啦的亂響，楚天回頭一看，不禁愣住了。

後面的天牛們已經坐在地上了，並且有些已經開始津津有味地吃著東西，嚼得滋滋響。看到楚天回頭，有隻天牛喊道：「老大，過來一起吃啊！」

楚天徹底無語：「靠，需不需要這麼有效率啊？」

半晌之後，楚天也覺得腹中饑餓，他忽然想起自己身上還藏著幾塊從蜂巢裏偷出來的蜂蜜結晶，於是偷偷摸出一小塊塞進嘴裏。剛想著體驗一下蜂蜜獨有的香甜，沒想到這東西實在太甜了，而且是甜到發膩，燥的他的嗓子都有些疼。

天牛們卻聞到了從他身上傳出來的香味，一個個都瞪著他，眼中露出鄙夷之色，有幾個耿直的乾脆喊道：「老大，你真不夠意思，居然自己吃獨食？」

「老大，你到底吃的什麼？怎麼這麼香？」

楚天無奈地將蜂蜜結晶取出一塊來，交到獨眼手中。「這東西只能沖水喝，直接啃的話，估計誰也吃不消。」

獨眼遂找來一塊巨大的果殼，將那塊蜂蜜結晶泡成水，分給天牛喝。

吃飽之後，正準備出發，怪異的事情突然發生了，那些天牛一個個開始在地上打起滾來，口中呻吟不斷，身體表面的硬甲顏色開始變黑，越來越深。

楚天大駭，心中慌亂起來：難道說那些蜂蜜結晶有毒？可是自己也吃了啊，怎麼一點症狀也沒有？莫非是要溶到水裏才有毒？那豈不是自己害了這些天牛！

正想著，那些天牛忽然都安靜下來。

楚天更加驚駭：靠，到底是什麼毒，居然這麼快就把這幾百天牛給毒死了？

不過很快幾隻天牛爬起來了，而且看起來精神還不錯，只是他們的硬甲上卻散發著黑鍛一般的光澤，而且好像個子也長高了一些，甚至連他們頭上的觸鬚都變得更加粗壯。

漸漸地，所有的天牛都爬了起來。

獨眼不解地看著楚天道：「老大，你到底給我們吃的什麼東西，我怎麼覺得好像不但力氣變大了，身體也變得不太一樣了！」

「難道是那塊蜂蜜結晶讓這些傢伙進化了？那我豈不是撿到寶了？」

正當楚天胡思亂想之際，一道眩目的光芒刺入楚天的眼球，他順著光芒的來源望去，一個橢圓的球正貼著地面向天牛聚集的地方滾過來，球面色彩斑斕，在陽光照耀下呈現出五顏六色。橢圓球所過之處，地上的泥土紛紛被向兩側翻開。

楚天童心大起，伸出爪子擋在球前面的路上。

那球越滾越近，待楚天看清楚之後，將嘴裏還銜著的果子一口吐出，死命地盯著那球不放。

球撞到楚天爪子上以後，卻並沒有停下來，仍然不斷向前頂，力氣之大，差點就把楚天頂翻，地下的土不斷地翻轉上來。

半晌之後，一隻毛茸茸的腦袋露了出來——原來是隻鼴鼠，是他在後面推著球。鼴鼠似乎也覺得奇怪：怎麼推著推著就覺得怎麼不動了？

他抬起頭後，正好看到楚天這樣一隻醜陋的龐然大鳥站在他的前面，正滿臉詫異地盯著他看。

楚天回過神來之後，指著那隻鼴鼠大笑道：「這……這裏竟然還有戴眼鏡的鼴鼠，哈哈……笑死老子了。」

那鼴鼠見這隻巨大的醜鳥嘲笑他，站起來推推眼鏡，結巴地說道：「懂……懂得禮貌的……的人，看起來必定面目儒雅，你長得……這麼醜……哎……哎喲……喲！」

楚天見他說話結結巴巴，本來還覺得好笑，但一聽他居然罵自己長得醜，當即一腳將鼴鼠踹倒在地，卻已經引得天牛們一陣哄堂大笑。

鼹鼠見狀更加奇怪：他在這裏住了這麼多年了，什麼時候來了隻這麼兇悍的醜鳥了，看來是相當危險啊。當下想都不想，揉著屁股鑽進土裏回家向四鄰八鄉通報去了。

這時楚天才發現，原來那隻鼹鼠推著跑的不是一個球，而是一隻蛋。

楚天小心翼翼地將黏在蛋下面的泥土剝掉，呈現在他面前的竟是一團色彩斑斕。口水頓時順著他的鳥喙一直往下流，自從白林鎮那一次偷吃鳥蛋之後，那股新鮮美味的滋味至今記憶猶新……

「老大，你沒事吧？」

獨眼見楚天兩眼無神，目光散漫而空洞，不由擔心地叫了一聲。

楚天吸了口氣，將快滴到地上的口水又吸到嘴裏，指著球說道：「這是一顆蛋！」

獨眼愣了一下，說道：「是蛋啊，那也不用這麼激動呀。」

「不知道味道怎麼樣？」一隻天牛問道。

「那還用問？你真笨，沒看到老大流口水的樣子麼？」另一隻天牛道。

「……」楚天面無表情地盯著色彩斑斕的鳥蛋，「要是只有老子一隻鳥……哦不，是一個人在這裏的話，我絕對會吃了它。不過現在有了這麼一群小弟，怎麼說我現在也是一隻鳥，要是當著他們的面就把這蛋給吃了，那我在他們心目中的形象豈不是要毀於一旦。不過這鳥蛋的滋味也還真是誘惑人……吃掉還是放棄，這還真讓老子難以選擇啊！」

「咔咔咔……」一陣陣清脆的響聲打亂了他的思緒。

那顆蛋居然開始裂殼了，一時間七彩光華從蛋殼裏綻放，沿著裂縫不斷透出，閃現著柔和的光芒。

楚天喃喃道：「孵小鳥，不是吧？」

鳥蛋又開始有所變化，只見表層蛋殼浮現出一團刺眼的白光，將裂縫綻放的七彩光華盡數壓下，刺眼的白光讓眾天牛戰士紛紛遮住眼睛。

楚天也感到這蛋中似乎有一種神奇的力量，但卻並不畏懼，他湊得更近地看著鳥蛋。

不一會所有光芒盡逝，鳥蛋漸漸分成兩瓣，一團黑漆漆的肉球從蛋殼裏滾出來，一直滾到楚天的爪子前才被擋住停下。

獨眼見沒什麼危險就走了過去，盯著那小肉球，對楚天咋舌道：「老大，你出來的時候也這麼醜嗎?居然是一個肉坨坨，嘿，還長了一層黑毛。」

肉球一樣的小鳥，在地上猛撞了幾下，卻還是不能滾動，用力一掙，露出一個可愛的小腦袋，一雙翅膀也隨之而出，再拍打著蹬出兩個小爪子。他全身都裏在一團稀疏的黑色絨毛之中，尖尖的嘴巴和兩隻圓滾滾的大眼睛幾乎佔據了大半個臉龐，也難怪獨眼口不擇言，這小傢伙看起來確實像是一隻醜小雞。

楚天張大鳥喙，兩眼呆呆地看著從本來色彩斑斕的鳥蛋裏孵出的小鳥，心道：「天哪！這哪像是隻鳥啊？長得比老子還醜！」

小黑鳥睜開眼睛，滴溜溜地打量了一下周圍的環境，然後拍打著小翅膀，蹭上楚天的鳥腿，嘴裏含糊不清的叫道：「媽媽，媽媽……」

楚天當場摔倒在地，看著一干天牛小弟懷疑的目光和曖昧的眼神，頓時哭笑不得看著小鳥：「你可不是我下的崽，我也不是你媽媽。」

獨眼已經從地上爬了起來，拍著身上的灰塵，意味深長地看了看小黑鳥，那眼神讓楚天不寒而慄，只聽獨眼故作聰明地說道：「一樣黑，一樣醜，老大你就別不承……」

還沒說完，楚天已經飛起一爪將獨眼踹得飛出去，遠遠只聽到獨眼幾聲慘叫。

楚天惡狠狠地說道：「笑什麼笑，都不准笑！」

小黑鳥繼續蹭著楚天的鳥腿，楚天想一腳踢開終究還是不忍心，他蹲下用翅膀將小黑鳥抱起來。小黑鳥一連地摟著楚天的脖子，輕輕地蹭著，嘴裏喊道：「媽媽，媽媽！」

不知道爲什麼，楚天心裏忽然升起一種奇怪的感覺，那是他從未經歷過的。當他看著小黑鳥爬在他的脖子上蕩來蕩去的時候，他忽然覺得應該收留下這個頑皮的小傢伙，他心想：「有個便宜兒子也不錯，至少老子以後就不會這麼無聊了，面對這個小傢伙總比整天對著獨眼這隻粗魯的傢伙強。」

當下他抱著小黑鳥，對天牛戰士們說道：「咳……咳，你們這些懶鬼，休息夠了沒有，都給我起來，我們繼續前進！」

獨眼打量了一下四周的形勢，立即對楚天道：「老大，估計我們短期內出不了血虻沼澤了。」

楚天將小黑鳥摟在懷裏，奇怪地問道：「怎麼就過不了了？」

獨眼指著前面不遠處道：「大家看前面。」

「哇，好大的霧氣啊，隔這麼遠都能看到。」一隻天牛驚奇地喊道。

楚天順著望去，盡頭是一片若有若無的紫色霧氣，他不在意地道：「確實是好大的一片霧氣，不過這跟我們穿越血虻沼澤有什麼關係？」

獨眼鄭重地道：「血虻沼澤每隔一段時間就會出現劇毒的霧氣，我們看到的那一片霧氣所處的位置，差不多應該就是血虻沼澤所在的地方。」

小黑鳥輕輕地抓著楚天胸前的羽毛，嘴裏哼唧著。

楚天心中嘀咕著：「這樣也好，老子還得照顧著養這個撿來的兒子呢，天牛近衛軍恐怕還得多加訓練才行，既然這樣的話反正也不急在一時了。」

於是他點點頭說道：「好，我們現在回寨子，等霧氣退了再出發。」

楚天將小黑鳥放在背上，拍著翅膀向寨子飛去，獨眼在一旁嘟嘟囔囔地嚷嚷道：「這麼醜的一隻小鳥，老大，你還真認他做兒子啊？」

楚天一瞪眼，獨眼驚恐地左右擺頭，嘴裏忙道：「當我沒說，當我沒說！」

小黑鳥親昵地爬在楚天的背上，抱著他的脖子，閉上眼睛很享受地蹭著。陽光灑在他的身上，小黑鳥的身上竟然閃現著一圈淡淡的光芒。

這小黑鳥好奇地打量著周圍的一切。

「是不是該給他起個名字？」楚天喃喃自語道，以前在地球上的時候，雖然他身邊從來沒少過女人，可是卻從沒想過要生個兒子。

獨眼搖晃著腦袋上的觸鬚，說道：「老大，這小子這麼黑，老子覺得應該有個霸氣的名字，不如就叫他黑天吧，多有氣勢……啊……好疼！」

他湊上去原本是想仔細打量一下這小鳥，卻沒想到小黑鳥見他頭頂的觸鬚好玩，竟是一把拽起，拚命往死了拽，更沒想到的是他才出生這麼一會兒，就有那麼大的力氣。

小黑鳥笑著叫道：「媽媽，媽媽，這好好玩。」

楚天強忍住笑，說道：「崽崽乖，好玩就多玩一會啊，這位叔叔不會介意的。」

旁邊的天牛們趕緊將頭頂的觸鬚縮回，躲開很遠之後才猛地點頭。

獨眼淚流滿面道：「老子怎麼就有你們這麼一群沒義氣的手下，怎麼就認了這麼一個沒鳥性的老大啊！」

楚天笑罵道：「哪來這麼多廢話，你是老大還是我是老大，我決定了，就叫他崽崽，挺有感覺的一個名字！」

一眾天牛心裏同時升起一個想法：「老大整個一粗鳥！」

楚天自然不知道眾天牛心裏的想法，還在那裏說道：「我要讓我兒子變得很強壯、很厲害，哈……」

獨眼哭道：「大哥，他已經很強壯了，求求你，讓他先鬆手吧！」

接下來的幾天，一眾天牛才算是見識到了什麼叫做厲害，別看崽崽出生才幾天，很快就將整個寨子弄得是雞飛狗跳，蟲心惶惶，大有使天牛們聞「崽」色變的威力！

獨眼瞅著楚天抱著崽崽一臉的得意，顯得十分無奈道：「這黑崽子真是個怪胎，老子的山寨再被他折騰幾天，不垮才怪。不過，看得出來老大確實挺喜歡這小傢伙的，嘿嘿，老子要是也有個這麼可愛的兒子的話也不賴！」

整個寨子因爲崽崽而變得熱鬧起來，所有的天牛戰士對這隻既淘氣又喜歡惡作劇的小黑鳥又愛又怕——誰知道他會不會將一桶黑糊糊的蟲糞突然往你頭上扣，或者是笑嘻嘻地抓著你頭上的觸鬚一頓猛扯，又或者是趁你睡覺的時候，把你的整個床搞得塌陷下來……

在楚天和獨眼驚異的目光下，崽崽的成長只能用神速來形容，才幾天的工夫，崽崽就長到有楚天三分之一高了，雖然與眾天牛相比之下還是顯得很小，但他強悍的身體卻與楚天相差不多。

獨眼私底下問楚天：「老大，你說崽崽才幾天呀，怎麼就長得這麼強悍呢，是不是你們鳥族都這樣啊？」

楚天一臉驕傲地說道：「除了崽崽這個小傢伙，再沒有其他鳥能這麼快成長了。」其實他自己心裏也在打鼓，這小傢伙確實長得太快了，可別長成一個怪物才好！

獨眼撓撓腦袋，自言自語說道：「果然是什麼樣的鳥帶什麼樣的崽，都是怪胎！」還沒等說完就被楚天「溫柔」地一爪踢飛。

在崽崽慢慢變化的這段時間裏，獨眼忙於訓練天牛近衛軍。

楚天則是整天帶著崽崽閒逛，不時讓崽崽去作弄一下那些訓練不認真的天牛戰士。

殘陽一片血紅，映著天地交接的那一片，淺藍的天空彷彿破開了一線，使得天地分外清晰起來。

楚天懶散地躺在小山坡上，伸著鳥腿攤開翅膀接受陽光的沐浴。崽崽拍著翅膀飛到楚天的頭上，奶聲奶氣的說道：「媽媽，教我練天牛叔叔們的絕招！」

楚天幾乎是哀求著說道：「崽崽，我跟你說多少次了，以後你能不能叫我爸爸。」

崽崽輕輕地落在楚天的胸膛上，點著頭說道：「好的，媽媽。」

楚天大怒，揪起崽崽頭上的小絨毛吼道：「是爸爸，不是媽媽！」

崽崽無辜地看了他一眼，怯怯地應了一聲：「好吧，爸爸！可是爲什麼媽媽你一定要讓我叫你爸爸呢？」

楚天頓時無語，最後也只好無奈地搖搖頭，靠著一根枯木坐下，任由崽崽落在他的胸口坐下。

崽崽的爪子是灰白色，不過很短，他身上的絨毛稀少而短小，都能隱隱地看到裏面的肉色，看起來就像是一個大一點的肉球。

楚天無奈地問道：「崽崽你學那些笨天牛的絕招幹嘛？老爸我會保護你的。」

崽崽用稚嫩的小翅膀拍了拍胸膛，眨著眼認真說道：「老子要學會自己保護自己！」

楚天聽完崽崽的話，頓時暈倒：「這渾小子，居然在他老子我面前自稱起老子？」

不過楚天對崽崽這麼小就這麼有志氣還是十分讚賞的，他開始盤算自己要不要把九重禽天變的心法傳授給崽崽，可是不知道崽崽能不能練。

於是他對崽崽說道：「崽崽，老爸現在教你保護自己的本事好不好？」

崽崽聽話地點點頭，一面催促道：「媽媽，快教我，快教我。」

楚天於是將九重禽天變的心法教給崽崽，一面在旁邊演示，楚天練著練著居然還真的就進入狀態了，全身上下泛起陣陣褐色的光芒，一股巨大的排斥力緩緩向四周滲透出去，居然將崽崽也推得滾了出去，看來他即將要突破金剛蛻焱變進入嶄新的境界了。

崽崽見楚天修煉起來這麼厲害，頓時也開始閉上眼睛練起來。

過了好久，崽崽才睜開眼睛。一睜開眼睛就看見楚天那對銅鈴般紅黑分明的眼睛正瞪著他，崽崽一驚之下，猛地啄過去。

楚天嚇了一跳，捂著眼睛罵道：「你個小兔崽子，你老子你也敢啄。」

開始他還以爲是練功練出問題了，不過後來見崽崽沒什麼事，他才抱起崽崽問道：「崽崽，練了之後身體有什麼反應沒？」

崽崽斜著腦袋想了會，大大咧咧地道：「你個肉蛋蛋，狗屁反應都沒有！」

楚天只覺得兩眼一陣發黑，這小子學髒話的天賦確實太高明了，不但學會了自己的口頭禪，連獨眼那廝的口頭禪都學會了。

不過他也知道崽崽並不適合修煉九重禽天變，雖然有些失望，但是也不再強求，父子倆幾乎每時每刻都膩在一起，楚天居然沒有覺得煩。

沼澤上方的霧氣漸漸退去，楚天覺得在這個鳥不拉屎的地方，他實在待不下去了！於是就帶著崽崽和天牛，準備穿越血虻沼澤。

日出東方，帶起萬丈紅芒給予大地光明，雲朵翺翔蒼穹，幻化無方，湛藍的天空如剛洗過一般明亮。

黑壓壓的一群天牛，在一隻大禿鷹的帶領下，浩浩蕩蕩地飛到血虻沼澤的邊境。風夾雜著一陣陣刺鼻的怪味吹來，幾棵弱小的小樹在風中搖擺，發出吱吱的響聲，偶爾可以看到草叢裏出現的骨頭，發出慘白刺眼的光澤。

獨眼感覺有些陰森森的，他飛到楚天身旁道：「老大，這地方好像有點不對勁啊，讓弟兄們先休息下吧，血虻沼澤裏恐怕沒什麼地方落腳。」

楚天想想自己的飛行能力，確實不能不停歇地飛太久，何況這些天牛呢，加上路上的枯骨越來越多，雖然說不上害怕，但是做慣大盜的他覺得還是有必要謹慎些，於是也就點頭同意了。

楚天讓獨眼先安排手下休息好，自己則去探探地形，他拍著翅膀低低地向血虻沼澤深處慢慢飛著。

血虻沼澤地如其名，一眼看不到邊際的泥沼，表面漂浮的髒汙在陽光的照射下呈現出血一般的猩紅色，平靜的地帶不少蜉蝣生物爬行著，蕩出一圈圈綠色的波紋，枯亂的樹木裸露在外，樹枝上長滿油綠的蘚草，雜亂生長的水草隨風搖晃，淤泥時而浮起，翻騰著冒起一串串氣泡，橫七豎八的亂物漂浮不定，令人作嘔的氣味充斥在沼澤的上空。

楚天皺著眉，慢慢拍打著翅膀飛了一小段距離，忍受不了血腥刺鼻的味道，心裏一陣噁心，心想：「看來要飛得很高才能安全的飛過去，不然估計會被熏死。」

他轉身剛準備往回飛，突然一陣嘩啦水響，淤泥裏猛然躥出條一丈有餘的黑蝰蛇。黑蝰蛇的一雙眼睛就像是火紅的燈籠，口吐蛇信，咬向楚天。

楚天大吃一驚，卻臨危不亂，忙側身避過黑蝰蛇的血盆大口，利爪凝聚靈禽力，反過來抓向黑蝰蛇水桶般的腰身。

黑蝰蛇眼見一擊不成，扭動著蛇身後退幾米，整個蛇身完全露在外面——只見這蛇全身的黑皮透出冷碩的光芒，彷彿是生鐵鑄就一般，腹部呈現出黑白的紋路，最令人覺得怪異的是他的蛇腹之下居然還長著一隻獨腳，將他整個身子支撐在空中，三角眼裏閃爍著惡毒的光芒，吐著蛇信死死地盯著楚天。

楚天頓住身形拍著翅膀浮在空中，警惕地看著突如其來的黑蝰蛇。卻發現不一會他周圍的沼澤浮上十幾條黑蝰蛇，蛇腹下均有一隻獨腳，雖不如這條黑蝰蛇粗長，平均每條起碼也有一米多。

「獨腳的黑蝰蛇？」楚天驚訝無比，「居然是個怪物，難道是基因突變？喂，臭蛇，你有病啊？」

「我只是想要你的命而已！」那獨腳的黑蝰蛇平靜地道。

楚天怒聲地說道：「老子又沒招惹你們！」

獨腳黑蝰蛇陰惻惻地說道：「嘿嘿，這可真是一隻有意思的鳥，可惜命不久了。還是讓我來送你一程吧！」

楚天雙眼挾厲芒一掃沼澤裏幾條蛇，不怒反笑道：「就憑你這樣的小泥鰍也想要我的命？哈……」

黑蝰蛇眼中寒光一閃道：「留你不得！」

楚天大喝一聲：「獨眼，帶天牛近衛軍過來。老子遭到埋伏了。」

蛇群吐著蛇信，虎視眈眈地盯著楚天。

獨眼聽到楚天的叫喊聲，急忙率著天牛群向楚天飛去。

遠遠地，獨眼朝著楚天大喊道：「老大，發生什麼事了？」

崽崽從獨眼背後探出頭，說道：「媽媽，這個又長又粗的東西是什麼東西啊，怎麼這麼噁心，在髒水裏扭來扭去的。」

楚天看了眼沼澤裏的小黑蝰蛇群，大笑著說道：「崽崽乖，這是蛇……不過，你可千萬別學牠們在水裏打滾啊！」

崽崽興奮地尖叫道：「哇，真好玩！」突然他又指著天空叫道：「媽媽，你快看，天上好像有隻大鳥要落下來了。」

楚天抬頭望去，一個黑點越移越近，速度非常快地落在離楚天不遠處。這是一隻跟楚天身高差不多高的黑雕，全身羽毛濃密而整齊，翅膀底下有一圈白色，禿頭頂，啄尖而利，翅膀大開，胸前羽毛稀少，兩爪烏黑透亮，散發出金屬的光澤，穿著皮革軟甲。

那條黑蝰蛇一見又來一隻黑雕，以爲是伏兵，當下不敢大意，又縮回沼澤中去了。

楚天不禁笑道：「終於看到比老子還醜的鳥了。」

黑雕停下來後仔細打量著楚天，好一會兒才走過來。

楚天卻猛地湊過去，盯著黑雕穿著的軟甲，嘴裏嘖嘖說道：「這可是好東西啊！」

黑雕趕緊後退幾米，用翅膀護著上身，警惕地看著楚天。

「獨眼，你覺不覺得我跟那隻黑雕長得很像？」

獨眼諂媚道：「這傢伙這麼醜，怎麼能跟英明神武、風流瀟灑的老大相比呢！」

楚天一爪踹在獨眼的臉上，笑罵道：「老子問你實話，從哪學的馬屁。」

獨眼只好道：「老大，實話可是你讓我老獨說的——這隻醜鳥簡直就是你的鏡子。」

楚天哈哈大笑，拍著翅膀飛到黑雕面前，吼道：「看來主要是因爲我們長得太像了，估計那條笨蛇原本是想要襲擊你的，我說牠們怎麼莫名其妙地跑來攻擊我呢？」

「那也不見得，這些蛇族兇殘無比，經常襲擊周邊的種族和落單的鳥類。」黑雕平靜地道，「我是黑雕城神殿派來探查血虻沼澤動靜的格古達羽爵，不知道你們是……」

楚天微怔了一下道：「黑雕城神殿？黑雕城也是和丹姿城一樣的天空之城嗎？我叫楚天，剛才正想穿越血虻沼澤，沒想到卻被蛇襲擊，正準備退回去就碰上你了。」

格古達羽爵似乎很奇怪楚天不知道黑雕城，於是道：「黑雕城和丹姿城都是鎮守血虻沼澤的天空之城，血虻沼澤的面積很大，而且在其西南一隅盤踞著一條巨型的黑蝰蛟，他是突破九級的蛇化身而來，兩萬年前我們鳥族與獸族大戰，將獸族和蟲族全部驅逐了，沒想到這孽畜躲過一劫，潛藏在此修煉……所以你們想要穿越的話，只怕很難啊！」

楚天不禁好奇地問道：「既然已經知道了什麼黑蝰蛟的存在，再滅他一次不就得了，何必這麼大費周章，一直拖到現在？」

格古達苦笑道：「哪有那麼容易，那孽畜千年前就修煉成九級之身，在這片沼澤盤踞多年，每日吞吐出毒氣，早已將他的老巢周圍方圓幾十里之內全部籠罩在一片毒氣之中，血虻沼澤這個名字就是這樣來的。就算是傾盡黑雕丹姿兩城之力也不見得能行。」

楚天咋舌道：「乖乖，這麼強？一旦這傢伙殺出來的話，那還了得。」

格古達說道：「這就是黑雕、丹姿兩城建立的目的，當年得知黑蝰蛟盤踞在這一片沼澤裏，我們鳥族就運用無上之力，在這片流域建立了黑雕丹姿兩城，雕鶴兩族本就是蛇族天敵。所以這幾千年來倒也暫時壓制得住這孽畜。不過經過這些年的經營，那黑蝰蛟在這片沼澤建立起了一支黑蝰蛇軍團，最近動靜頻繁，怕是有什麼大動作，所以神殿才會派我專程趕來這裏，查探血虻沼澤中蛇族的動靜。」

楚天問道：「黑蝰蛇軍團？很厲害嗎？」

格古達點點頭，說道：「沒錯！雖然我們雕鶴兩族是蛇族天敵，但黑蝰蛇一旦練到七級以上，就不會懼怕我們了。而神殿裏的銀羽祭司通過大占卜力，算出七級以上的黑蝰蛇應該至少有九條。」

獨眼不解地問道：「七級？剛才襲擊我的那隻破蛇大概是什麼級別？」

格古達卻苦笑著說道：「看不出來，因為給我的感覺，這條比較詭異！」

「對了，你剛才說你是黑雕城派來的？黑雕城也像丹姿城一樣，是浮在空中的天空之城嗎？」

格古達羽爵驚異地叫道：「咦，看你的樣子，根本就不像是個有爵位在身的貴族，你怎麼會知道這些？」

楚天指著他說道：「老子看你這一身黑不溜秋的毛，也不像是個有爵位的啊？」

黑雕看著楚天，大笑道：「難道你不知道我們黑雕在戰鬥形態的時候是要露出本形的？」說完，他仰天一嘯，整個身子就開始出現奇異的變化。

雙目閃爍著懾人的光芒，喙變成嘴，厚厚的嘴唇烏黑，右邊肩膀上斜擁著平滑的盔甲護肩，一條金屬鏈從右肩拉到左邊腰間，鑲嵌在皮革製的軟甲上，將他上半身的蓬勃肌肉展現無遺，裸露在外的紅色羽毛像火一般紅。

見楚天瞪大眼睛看著他，黑雕大是得意，說道：「怎麼樣，看到了吧！」

那條黑蝰蛇潛在暗處，掂量了一下格古達羽爵的力量，偷偷盯了這兩個傢伙半天，終於又悄悄探出頭來。

楚天一直都有留意，此刻見黑蝰蛇探出頭來，瞪了他一眼道：「沒看到我們正忙著嗎？不知死活！你父母在這樣一個鳥族橫行的時代把你養這麼大，想必也非常的不容易，你又何必急著來送死？」

黑蝰蛇陰沉地冷笑道：「你將會爲你說的話付出代價。」說著猛地一敲沼澤的水面，數十條小型的黑蝰蛇紛紛游出來，場面倒也十分壯觀。

楚天回頭望了望身後黑壓壓的一片天牛戰士，不由哈哈大笑：「這小子說讓我們付出代價？獨眼，你們聽到沒？給老子狠狠地扁那些小個的，不要留一個活的！」

眾天牛應聲而上，沼澤裏的天空瞬間灰暗下來。

黑蝰蛇張口吐出一團紫氣，同時蛇腹下的獨腿猛地抬起，整條蛇凌空而起，獨腿踩向楚天。

楚天心知黑蝰蛇所吐的紫氣必然有毒，不敢大意，忙將靈禽力灌注雙翅，向左邊躲閃。黑雕羽爵格古達大約也想看看楚天的實力，遂閃到一邊，並不動手。

獨眼則率著天牛戰士一擁而上，以三十隻天牛對一隻小黑蝰蛇的巨大優勢狂扁，那些小黑蝰蛇兇悍無比，吐著蛇信，擺動著蛇尾時時掃向低空飛行的天牛戰士。

不多時，幾十條小黑蝰蛇已是精疲力竭，躲在獨眼背後的崽崽突然拍著翅膀猛地向其中一條小黑蝰蛇撲去。

獨眼想阻攔已是不及，只見一道黑影閃過，空中竟出現幾隻崽崽一齊向那蛇飛去，待到蛇身附近十幾釐米，幾隻崽崽重疊爲一體，爪子抓向蛇的兩隻眼睛。

被抓掉雙目的蛇一聲淒慘的叫聲過後，扭曲著身子重重地倒在沼澤裏死去。

崽崽得意的拍著翅膀圍著死的蛇轉圈，對著楚天大聲喊道：「媽媽，你看我殺了這條比老子還醜的小黑蝰蛇了。」

眾天牛哄然大笑！獨眼更是笑得喘不過氣，抱著崽崽一陣猛親。

第十二章 血虻沼澤

楚天見天牛近衛軍如此迅速地解決掉對手，心神大振，金剛蛻焱變施展出來，鋼爪閃著寒光，抓向黑蝰蛇的雙眼。

黑蝰蛇一見手下的蛇兵死傷殆盡，心裏發慌之下，被抓傷背部，一道深深的爪痕迸射出鮮血。黑蝰蛇的凶性頓時被激發出來，獨腳一縮一伸，猛地彈起到空中，帶起層層污水枯木凌空直撲楚天，大嘴張開，誓要使楚天成為其腹中之物。

楚天冷笑一聲，正待向黑蝰蛇最為軟弱的腹部衝去。

然而，令他驚駭的事情發生了，黑蝰蛇的腹部發出一道眩目的光芒。從他的獨腳處脫落出另一條黑蝰蛇來，這條蛇見風就長，一晃眼的功夫就長得比原先那條還要粗壯，渾身上下散發著令人作嘔的腥臭味道。張開大嘴，一團黑霧吐向楚天。而原先的黑蝰蛇則像是一張蒼白的紙一樣緩緩飄落下來，動也不動。

黑雕羽爵格古達大驚失色，趕緊向楚天衝過去道：「小心，這是條腹子蛇！他的等級比原先的那條高很多。」

楚天大驚，體內靈禽力驀地勃發出來，一道若有若無的黑色光環將自己籠罩其中。黑氣撞上靈禽力，濃濃的臭味四散開來，空氣有如實質般下沉，待到沉到沼澤水面上，污水竟翻騰著蒸發成一片黑色霧氣浮在沼澤表面。

格古達羽爵和楚天對視一眼，心裏均是驚駭莫名，這條大黑蝰蛇足有五六米長，蛇背上黑色紋路遊走，散發出金屬般的陰冷光芒，腹部呈現出慘白之色，蛇眼之中冷光聚集，陰毒的眼神盯著空中的格古達和楚天。

「看來至少有七級的實力，而且居然修煉成腹子蛇，這實在太出乎意料了，看來神殿對蛇族的實力還是低估了，我得及時將這消息帶回神殿去！」格古達憂心忡忡地道。

「腹子蛇？什麼東西？難道剛才那條小的是他兒子？如果是他兒子的話，應該是他生出他兒子，而不是他兒子生出他呀？」楚天不解道。

格古達羽爵道：「腹子蛇是指黑蝰蛇修煉的一種法門，可以像冬眠一樣躲進等級比他低的蛇腹之中，這樣別的蛇修煉的同時能給他聚集兩倍以上的功力，乃是實實在在的事半功倍——而更關鍵的一點是，當他破腹而出的時候，宿主的全部功力和能量都會被他吸收！可說是非常詭異霸道的一種修煉法門！」

巴斯滕蛇顯然沒耐心聽格古達解釋，尾巴猛地擺動起來，帶起沼澤裏的淤泥，淤泥上表層有一團黑色霧氣，挾著風鳴之聲，如利刃般削向格古達和楚天。

楚天冷哼一聲，靈禽力提升到極至，最近他的九重禽天變有了很大的進步，他正想試試看威力呢，金剛蛻焱變施展後，利爪如黑色魔影抓向淤泥。

格古達的巨翅不斷地搧動，帶起陣陣飆風，激得空中淤泥點點飛散，像是下了場泥雨，淤泥點一旦落到地面，便立刻將地面腐蝕。

楚天心裏想道：你爺爺的，果然有毒，老子要不是想在這黑雕身上知道神殿所在，早就拍著翅膀跑路了，這怪蛇太他娘的恐怖了。

巴斯滕蛇見一尾無功，遂又潛伏在沼澤裏，只露出小半截蛇身，蛇信伸縮，嘴裏不斷吐出一團團黑霧，才一會兒的工夫，一大片的沼澤就瀰漫在黑霧之中，污水翻騰，不斷蒸發凝結成濃濃的霧氣。

沼澤裏淤泥翻騰，那數十條小黑蝰蛇開始向岸上遊走，空氣中瀰漫著嘶嘶的細碎聲響，就算是隔得比較遠的天牛也能感覺到絲絲寒意。

格古達大驚道：「不好，他們想上岸！」

說完俯衝而下，凝聚了靈禽力的雙爪錯開，按住一條小黑蝰蛇，猛地撕成兩半，鮮血濺到沼澤上的黑霧之中。

楚天體內靈禽力彷彿也受到血腥味的誘發，嗜血的衝動讓他發出一聲長嘯，聲音尖銳刺耳。

「蓬」的一聲，又一條小黑蝰蛇斷成兩截，血霧飄灑。

巴斯滕蛇見手下還沒上岸就死了兩條，他怒吼連連，獨腳一震，整條蛇身平行著衝向格古達。

格古達的雙目之間忽然幻化出一道湛藍的圓環，將空氣扭曲，地上的泥土變成豎起的藍色尖刀，阻擋著小黑蝰蛇上岸。

巴斯滕臉色微變道：「居然是中級羽器法寶！難怪這麼囂張！哼，不過區區的中級羽器，本將軍還不看在眼裏！靈蛇破！」

隨著巴斯滕的這一聲斷喝，偌大的泥土尖刀就摧枯拉朽地一層層破開。

楚天早已經看得目瞪口呆，心中對格古達的法寶垂涎不已。

格古達已經將全部的靈禽力凝聚在那件湛藍的羽器法寶芥羽環上，他雙翅撐開到極致，兩眼閃爍著懾人的藍芒。

「芥羽火海！」一道破空而出的紅芒，在半空中化作一團茫茫的火海，向小黑蝰蛇聚集的地方燒下來，十數條小黑蝰蛇在一瞬間化成飛灰。

巴斯滕大怒，張開大嘴噴出一顆珠子，挾著陰冷的黑芒，撞到芥羽環上。

轟的一聲過後，芥羽環的藍光消逝，那顆珠子飛回巴斯滕的嘴裏，巴斯滕的臉色稍微顯得有些蒼白，而格古達的鳥嘴裏卻溢出血來，輕咳道：「蛇靈珠！」

楚天趁機向巴斯滕堅厚的蛇皮抓下去，他的爪子凝聚了金剛蛻焱變的力量，尖利無比，頓時在巴斯滕身上掀起一塊蛇肉。

巴斯滕痛得蛇頭一扭，怒吼一聲，蛇尾彎曲，由上而下帶起一道黑色旋風劈下來。

楚天和格古達都不敢輕纓其鋒，紛紛閃避。

巴斯滕獨腳一跺，蛇身退入沼澤，受傷的後背上，黑色的血液將沼澤的污水染成恐怖的玄黑色。

遠處的獨眼正指揮著手下的天牛戰士用觸鬚結網，每當網住一條小黑蝰蛇之後，就一擁而上，將小黑蝰蛇亂棍打死。

格古達喙邊再次溢出血來，道：「巴斯滕雖然已經受傷，不過只是皮外傷，而且沼澤對他們蛇族的傷勢有極強的恢復作用，不過以他謹慎的性格，肯定會在沼澤裏完全恢復才出來。所以要動手的話，就得趁現在！」說著，他的中級羽器芥羽環發出的藍色光環時隱時現，向那些小黑蝰蛇殺過去。

一時之間，沼澤污水裏夾雜著淤泥四下飛濺，枯枝爛葉激起旋轉著拋上空中，無數的小黑蝰蛇被絞爲粉末融入淤泥之中。

也許是聽到小黑蝰蛇的慘叫聲，雙眼血紅的巴斯滕保持著騰躍之勢，飛出沼澤，尾巴猛地擺動起來，整條蛇以獨腳爲支點，旋轉一圈，蛇尾帶起沼澤裏的淤泥，淤泥上表層有一團黑色霧氣，挾著風鳴之聲，如利刃般分別削向格古達和楚天。

格古達的芥羽環，發出一片瑩瑩的藍光，護在身前。

卻不料巴斯滕再次張開大嘴噴出兩顆蛇靈珠，一顆帶著黑色的妖芒向格古達襲來，另一顆則帶著淺紅色的光芒直奔楚天的鳥頭。

格古達促不及防之下，竟被蛇靈珠貫穿身體。蛇靈珠帶著格古達的血跡和一片鳥羽，飛回巴斯滕的口中。

那顆淺紅色的蛇靈珠的速度似乎要慢上很多，楚天才得以及時閃開，來到格古達身旁，一把將他扶住道：「你沒事吧？」

格古達喘著粗氣，對楚天說道：「楚天，今日能跟你並肩一戰，也算是一件快事！不過你恐怕不是巴斯滕的對手，趕緊帶著你的手下逃吧！」

楚天的眼中透出堅毅之色道：「我是不會將與我並肩而戰的兄弟扔下獨自逃生的。」

格古達只能苦笑。

獨眼眼尖，見楚天與格古達都已受傷，大喊著說道：「所有天牛戰士弟兄們，結天牛大網，將老大跟那隻黑雕拉出來。」

獨眼大喝一聲，腦袋搖晃愈烈，倏地頭頂的兩根觸鬚帶著觸鬚結成的網，分別飛向楚天和格古達。

眼看小黑蝰蛇群蠢蠢欲動，楚天和格古達兩鳥均難以飛起，更不可能有力量帶著另一鳥從蛇群之中高空飛走，兩鳥背部碰了碰，彼此心照不宣，準備做最後的一搏。可是卻突然只覺得頭頂一黑，接著就被網罩住。格古達臉色蒼白，目光渙散，呼吸也慢慢急促，全身無力地癱軟在網裏。

楚天忙喊道：「獨眼，你搞什麼鬼？」

獨眼吃力地說道：「你們兩個別動，我拉你們出來。」他迅速飛到高處，找了個粗壯的樹枝借力，鼓足全身力量，頭向後猛地一拽，楚天和格古達在網裏騰空而起。

巴斯滕眼見這兩隻鳥想要逃走，當時已經跳起來，不過卻沒想到天牛會想出用網撈這樣一招，只能甩動蛇尾，繼續向前躍出，張開獠牙大口，撲向離地飛起的網。

可是獨眼的一張臉卻逐漸變成了紅色，又由紅色變成了黑色，他心裏暗暗罵道：「有沒有搞錯，這兩隻鳥怎麼能這麼重？老子快撐不住了。」而巴斯滕也已經快咬到網了，如果被咬到，只怕楚天和格古達只好跟這個世界告別了。

一陣翅膀撲打的聲音吸引了獨眼的注意，原來是崽崽飛到了他身旁。崽崽咧嘴一笑，奶聲奶氣地說道：「獨眼叔叔，你頭頂的觸鬚變得好大哦，好好玩，我來拽你。」

獨眼一陣無力，現在都什麼時候了，你這小混蛋還來玩！

崽崽一隻爪子抓住一根觸鬚，翅膀猛拍，身子向後傾，嘴裏還含糊不清的嚷嚷著。

獨眼只覺自己一下子輕鬆起來，網居然被崽崽拽得加速過來。

巴斯滕咬了個空，恨恨地向下落去。

楚天本來很愜意地看著獨眼，突然感覺速度驟地加快，接著他就掠過獨眼身邊，看到一臉驚訝的獨眼。

一聲悶響，楚天和格古達摔落在不遠處的淤泥潭裏，楚天掙開網，吐著嘴裏的爛泥，邊怒罵道：「獨眼，你就不能溫柔點，老子都快被這泥漿餵飽了！」

突然背後傳來一陣怒吼，沼澤裏滔天的淤泥形成一道沖天的柱子，四周飛濺著水珠，紅色的霧氣縈繞在柱子的周圍。巴斯滕昂然立於柱子上方，仰著蛇頭怒吼連連，隔得這麼遠，似乎還能看到他雙眼散發的陰冷光芒。

格古達抓了抓楚天，虛弱地說道：「快叫你手下的天牛撤走，巴斯滕……」

楚天一驚，巴斯滕可不是天牛能對付得了的，弄不好就要傷亡慘重了，於是他馬上拚盡全力，大聲喊道：「天牛近衛軍聽著，不准戀戰，馬上給老子撤退。」

天牛戰士早已經跟小黑蝰蛇群纏鬥在一起。小黑蝰蛇雖在數量上占下風，可無一不是高手，而天牛戰士雖戰鬥力不強，但蟲數眾多，加上近來訓練的都是合圍戰術，一上來就默契地以二十幾隻圍攻一個，這樣一來，兩邊倒也打成了平手。

聽到格古達的話之後，獨眼臉色一變，此時天牛戰士與小黑蝰蛇群戰成一團，小黑蝰蛇雖然只剩八九條，且被逼在中央，卻依舊苦苦掙扎，蛇尾不斷掀起淤泥。天牛戰士雙翅展開，低空翱翔著不放過任何攻擊小黑蝰蛇的機會，雖然蟲數眾多，卻始終是有條不紊地組織著進攻。

獨眼見場上形勢，心知天牛戰士怕是不好退了，他眼睛裏厲芒劃過道：「老大，我去阻擋小黑蝰蛇。」

他俯衝而下，黑色堅硬的翅膀下那一對透明的翅膀再次張開，在陽光閃爍著妖異的光芒。他大聲吼道：「所有天牛戰士全部撤走，老子來斷後。」

楚天自然不能讓獨眼獨自去冒險，立即跟了上去。「獨眼，老子還指望你以後能給我訓練出一支最強勁的天牛近衛軍，你要是這麼快就完了，豈不是打亂了老子的計畫，毀了老子的前程！」

獨眼心裏一暖，那對透明的翅膀驀地暴漲出一圈白色的光芒，側身劃向一條小黑蝰蛇的七寸之處。鮮血濺了獨眼一身。

巴斯滕已經趕到，三角眼裏閃爍著陰冷的光芒，蛇信嘶嘶地不時吐出，下顎的兩顆獠牙夾雜著寒光咬向楚天。

楚天劃出兩道紅色的爪影，吼道：「快走！」

不過巴斯滕比他預料的還要快，他的話音剛落，巴斯滕粗壯的尾巴已經掃中他和獨眼，將他們兩個都打得橫跌出去。獨眼因爲離得比較近，當場就被掃得吐出一口青色的血，倒在地上一動不動。

楚天也不好受，但是他畢竟有九重禽天變護體，但是獨眼的受傷卻令他肝膽欲裂，這些日子以來，他與獨眼已經建立起相當深厚的友誼。

他猛地爬起來，在靈禽力的催動下，全身的羽毛根根倒豎起來，楚天抓起身旁一塊巨大的石頭向巴斯滕砸過去。

巴斯滕冷冷地看著他，口中噴出蛇靈珠，輕輕劃過，轟的一聲，那巨石瞬間爆炸開去，化做漫天的粉屑散開。

然而，一團紅色的火焰卻出現在巴斯滕的身邊，漸漸變得猛烈起來，呈現出深深的紫色，好像有無窮的力量在燃燒一般——原來是格古達拚盡全力再次召喚出芥羽環。

但是火焰也令楚天無法對巴斯滕近身攻擊，他的裂空爪也無法施展，憤怒的楚天居然拔下身上灌注了靈禽力的鋼羽，向巴斯滕射過去！

巴斯滕根本連閃避的興趣都欠奉，那些鋼羽砸在他身上不過是幫他撓癢罷了，於是他鄙夷地看了楚天一眼，心道：你以爲你身上的是飛鏢啊！

不過他忽然覺得身上一疼，腦袋一陣發暈，仔細一看，在他的蛇身七寸附近赫然插著一支奇怪的羽毛，閃閃發光，正在一點一點往他的身體裏面鑽。

巴斯滕發出一聲驚天怒吼，然後眼中就流露出深深的恐懼和絕望，因爲他的意識已開始逐漸流失，他極不甘心地倒在地上，直到臨死那一刻，他都沒搞清楚自己是怎麼死的。

楚天也蒙住了，他扔羽毛只是爲了發洩，沒想到居然真的把巴斯滕給射死了，他甚至以爲巴斯滕是在裝死。

不過巴斯滕的屍體很快就被芥羽環發出的烈火焚化，只剩下一張薄而透明的蛇皮。兩顆圓潤的珠子在烈焰中呈現出來，楚天眼尖，正準備飛過去抓起來，崽崽這個小傢伙已經帶起道道殘影直撲過去。楚天頓時目瞪口呆：這小傢伙居然絲毫不懼芥羽環的烈焰。

崽崽將蛇靈珠從蛇皮中取出來，仔細打量著。蛇靈珠在陽光下閃爍著白色的光芒，柔順而微弱。

楚天拿過來往嘴裏塞了一個，將另一個扔到崽崽的嘴裏，說道：「崽崽，嘗嘗這蛇靈珠的味道怎麼樣？」

崽崽吃完蛇靈珠之後，拍著翅膀飛到楚天面前，仰著頭咯咯直笑：「真好吃！」

楚天只覺得有一股暖流緩緩地在心裏燒，然後沿著腸胃一點點往外滲透，直到將他的身體全部變得熱烘烘的，最後灼熱無比。

他隱隱感覺自己的境界已經有所提升，彷彿已經進入了九重禽天變的第二重心法——琉影御風變。但是卻沒有感覺到有太多的變化，唯一有感覺的好像是腸胃更通暢了一些，否則也不會放屁了。你爺爺的，難道說這九重禽天變的第二重心法是通腸胃用的？

楚天正在胡思亂想之際，忽然聽到嗖的一聲響，那根插在巴斯滕身上的羽毛又飛回了他自己身上。他趕緊低頭找，心道下次也許還能用上，結果找了半天愣是沒找著。

他的目光落在巴斯滕的透明蛇皮上，爪子碰了一下，發現這蛇皮不但透明，而且韌性十足，當下心喜道：「雖然天牛隊現已經成形，但還缺少護身的盔甲，嘿嘿……老子正好把這些蛇皮拿回去給他們做成盔甲，既輕又有韌性……」

他招呼獨眼道：「獨眼，等下讓兄弟們把蛇皮扒下來。」

獨眼一愣一愣的，拍著腦袋問道：「要蛇皮做什麼？」

楚天笑道：「當然是做盔甲！」

獨眼這才明白過來，連連點頭大喜道：「那蛇肉要不要？」

楚天白了他一眼：「你要是餓了，就煮來吃好了！老子反正不吃！」

他急忙飛到天牛隊伍中，大聲說道：「弟兄們，把蛇皮都給扒了，肉煮了！」眾天牛紛紛開始扒蛇皮，血腥味瀰漫著這一片沼澤的上空。

烈日當空，光芒四射。

太陽周圍的光暈一圈一圈地蕩開，地上橫列著幾十具屍體，陽光的照耀下，鮮血流淌後的地面彷彿變成一個猙獰的嘴臉。

退到一邊的獨眼只覺得眼睛裏一陣酸麻，悲傷地說道：「這些兄弟再也回不去了。」

楚天身子一顫，強忍住傷勢，抬起頭長嘯一聲道：「我會爲他們報仇的！我們兄弟大難不死，必有後福！」

此刻的楚天已經徹底地融入了這個世界，即使在之前的一天裏，他都還沒有意識到這群天牛在他心裏已經佔據了非常重要的位置，他已經對天牛有了兄弟之情！

「媽媽，你好厲害啊！」不知什麼時候，崽崽親昵地蹭著楚天的脖子，輕聲說道。

楚天苦笑道：「崽崽，老爸現在渾身無力，你能不能不要再撓老爸癢癢啊？」

獨眼對崽崽道：「小傢伙，到這邊來，老獨背你。」

崽崽非常聽話地從楚天的脖子上跳下來，飛到獨眼的背上，揪著兩根觸鬚，像騎馬一樣跨在獨眼的脖子上。

「獨眼，讓幾個弟兄幫忙把格古達扶到安全的地方，還有，別忘記那些蛇皮。」

獨眼應了一聲，對著天牛戰士集合的地方喊道：「過來幾個兄弟，幫忙把那隻黑雕抬到安全的地方。」

楚天憑著本能想向前飛，但是不知道爲什麼，突然間感覺到耳邊的風聲不斷地增大，無力地一頭栽下去。他心道：完了，難道是吃了蛇靈珠留下後遺症了？

獨眼大驚，俯身向下飛，想去接住楚天，卻只覺得脖子上一鬆。崽崽已經向楚天飛去，空中帶起一列殘影。他飛到楚天的腹部，撐起楚天的身子，嘴裏哼唧著，小爪子一上一下的亂踢，兩隻翅膀搧得飛快。

獨眼看到崽崽毫不費力就將楚天碩大的身子扛起來，而且居然還能飛行，不禁咋舌道：這小子才這麼點大就有那麼大力氣，真是個怪胎！

「獨眼，先找個安全一點的地方讓弟兄們休息一下。我看格古達撐不了太久。」楚天虛弱地道。

夕陽殘照，懶洋洋地奉獻著餘輝，整個沼澤地帶籠罩在陽光下，靜謐而孤寂。

楚天體內一股力量在遊走，觸碰即痛的身體很快復原，大腦一片寧靜，清涼的感覺遍佈全身。

他只覺得自己彷彿溶在一大片冰塊裏，全身都是涼颼颼的，那種清爽而柔和的感覺就像是自然吹拂過的微風。

他睜開眼睛，映入眼簾的是崽崽烏黑的眼睛，裏面夾雜著擔心和好奇。他搖搖頭，接著又看到獨眼疲憊而焦急的眼神。獨眼正擔心地看著格古達和楚天，眼見著這兩鳥都昏迷不醒，這片沼澤裏也沒有什麼藥物，所以只能束手無策地看著。

楚天輕聲說道：「獨眼，大家都安全了沒？」

驟然聽到楚天的聲音，獨眼本能地說道：「安全了！」他盯著楚天虛弱無神的眼睛道：「老大，你他娘的總算是醒了，我老獨都準備派兄弟們去找棺木，來給你下葬了。」

楚天好不容易聚起的幾分力氣被獨眼給搖散了，他兩眼翻白，罵道：「老子才睡那麼一會，你就急著去給老子找棺材了，等老子好了，看怎麼收拾你！」

崽崽猛地趴到楚天身上，吧唧親了楚天一口：「媽媽……」

楚天柔聲道：「崽崽乖！」

他費盡全身的力氣才爬起來，歪歪斜斜地站著，看了下周圍。

這是一個洞穴，地上鋪滿了雜草，乾燥的土壁上不時地掉落泥塊，一縷金黃色的陽光順著洞口照射進來。

格古達突然發出一聲呻吟，他現在已經恢復到原始形態，臉上因爲痛苦而不斷地抽搐著，呈現出一種異樣的蒼白，一團黑氣正在他臉部的皮膚裏如蛇一般遊走，眉角的羽毛劇烈地顫動著，渾身發抖。

格古達的身上散發著一股徹骨的寒氣，讓在一旁蹲著的楚天都覺得冰冷異常。

格古達努力睜開眼，看到楚天後，勉強笑了一下，示意楚天把他扶起來。

楚天拖著格古達的身子，抓了些雜草墊在格古達的背後，好讓他更舒服一些。

格古達不停地喘著氣，拉著楚天道：「楚天，我……快要去見萬能……的鳥神了。」

楚天從格古達的眼睛裏看到死亡的氣息：「別說這種喪氣話，格古達！你只是中毒了而已！」

格古達擺擺翅膀，臉上露出一絲笑意：「我格古達能遇到你，也算是死而無撼了。黑雕城神殿派我來探查血虻沼澤動靜，可惜我現在已經不能完成任務了，你……能不能幫我將收集到的情報，送到……黑雕神殿，交給銀羽大祭司德努嘉大人……」

楚天打斷他的話道：「等你傷好了，我送你回黑雕城……」

格古達搖搖頭，從羽毛下的暗囊中取出一疊奇怪的葉子，葉子的兩邊鑲有乳白色的葉邊，中間是一條縱形的條紋，一直延伸到葉柄。看起來質地很柔軟的樣子，上面密密麻麻的寫滿了奇怪的文字。

「我恐怕不能撐……太久，這些猀芘樹葉上記著的……我近來收集的情報，麻煩你……幫我送去黑……黑雕神殿，交給銀……銀羽大祭司德努嘉大人。」

楚天眼見格古達臉色越來越蒼白，顯然活不了太久了，他心裏一陣悲傷，順翅接過那一疊奇怪的葉子道：「我答應你！」

格古達一喜，將情報遞到楚天的身上：「這些猀芘樹葉至關重要，絕對不能落到……

別人手中，你一定要親自交給大祭司大人，另外……記得跟他說，格古達無能，不能再爲鳥神效力了。我死後……麻煩你將我的屍體火化帶回神殿。」

楚天苦笑著把紗芘樹葉藏好，說道：「可是我還不知道該怎麼去黑雕城，連方向朝哪個位置都不清楚。」

格古達說道：「黑雕城的入口……在格……格里爾山脈中，哪裏有一群巨大的石林，非常壯觀，你……只要進入石林，就會看到旋轉颶風，颶風裏就是通往黑雕城的階梯。」

楚天張著鳥嘴，說道：「格里爾山脈，那石林豈不是在群山之中？那不是很難找，還有，石林裏有颶風？」

格古達吃力地說道：「所有的天空之城都是這樣的進入方式，你順著血虻沼澤的邊沿向西北方向走，到了格里爾山脈的時候就會看到一個很大的峽谷，那裏常年都是雲霧繚繞，你進去之後就能聽到颶風的聲響了，這聲音在峽谷外是不能聽到的。所以你一找到峽谷，進去就行了。」

楚天點點頭。

格古達眼睛裏閃過感激之情，說道：「我……撐不了多久了，你拿著這件羽器作……爲信物，交給銀羽大祭司德努嘉。」他從胸前的軟甲裏拿出一根灰色的羽毛，用無力而顫抖的翅膀送到楚天面前。

楚天體內升出一股奇怪的感覺，似乎身體對眼前的灰色羽毛很熟悉，體內遊走的冰涼氣息像是遇到老熟人一般歡喜雀躍。

「羽器？」

「這是一件中級羽器天綾羽，是我從神殿下來時，德努嘉大人交給我的。天綾羽據說是數萬年前的一件神級羽器分裂而來，裂成數片之後仍然有中級羽器的威力……可惜，我還沒什麼機會使用，咳……」

楚天想起自己身上也有一根差不多的灰色羽毛，現在的這種感覺，就跟那時灰色羽毛進入他身體時一樣。

「難道說，老子身上原本就有一件羽器？對了，殺死那條蛇的莫非就是我那根灰色羽毛？怪不得這麼厲害了，原來也是羽器。哈，老子撿到寶了！」

這時，奇變陡生，格古達翅膀端著的天綾羽突然發出柔和而強大的藍色光芒，將整個洞穴都映得通藍，格古達蒼白的臉在藍光下緩緩地閉上眼睛。

楚天雙眼中紅芒大盛，想動卻動不了，紅色的光芒將他團團包裹著，紅芒與藍光相接觸之下，迅速地融合，霎時整個洞穴紅藍兩光夾雜不斷變換。

天綾羽旋轉著飛向楚天，在楚天驚異的目光下鑽進他的翅膀。

一陣酸麻的感覺過後，整個洞穴的光芒瞬間鑽進楚天的體內。開始沿著楚天身體的每一根毛細血管緩緩地流動，好像所有的光芒都化成了流質，成爲了楚天體內的血液。直到楚天覺得自己的血管變得透明，才漸漸消失。

有了上次羽毛融合的經驗，楚天也懶得在翅膀上尋找。

獨眼在洞外驚異地注視著洞內，時而藍光時而紅光，到最後紅藍兩色糅合在一起，而那兩根似乎也漸漸融合在一起。楚天只覺得體內充滿了力量，身體的疼痛完全消除，取代的是澎湃的力量感。

他仰天一嘯，震得洞頂泥土紛紛下落，楚天翅膀橫掃，如切豆腐般在土壁上留下深深的一道痕跡，看來現在他已經至少擁有了羽爵的實力。

他爪子抓起格古達的屍體，翅膀微動，向洞外飛去。

獨眼只覺得一股大力將他向旁邊推，緊接著楚天振翅而出，將格古達的屍體輕輕的放在洞外幾米處。他的速度有了大幅度提升，身體也明顯變得更爲堅韌。

「轟！」洞穴坍塌。

楚天雙翅展開到極致，長嘯不絕，周圍的天牛戰士紛紛後退。

良久之後，楚天只覺得酣暢淋漓，獨眼卻抱著崽崽走過來，低聲地問崽崽：「小傢伙，你確定這隻鳥是你老爸麼？」

崽崽伏在獨眼的懷裏，說道：「我媽媽比他長得醜多了。」

媽的兄弟？」

這崽崽，連老爸都不認得了，楚天笑著罵道：「崽崽，到老爸懷裏來，老爸抱抱。」

崽崽一聽，點點頭，對獨眼說道：「他說話的樣子倒是跟媽媽一樣，他會不會是我媽媽的兄弟？」

楚天再也按捺不住，對著獨眼吼道：「獨眼，你個肉蛋蛋……」

獨眼憨笑道：「老大你現在變得沒以前那麼恐怖了，就……就像格古達一樣的頭，也不是……哎呀！老子也說不清楚，你去那邊泥潭水面照著自己看吧。」

楚天莫名其妙，抱起飛身過來的崽崽，向泥潭走去，嘴裏說道：「你先把格古達的屍體火化了，我要把他的骨灰帶到黑雕城的神殿裏。」

獨眼應了一聲，叫了幾隻天牛戰士一起抬走格古達的屍體去火化。

楚天來到泥潭邊，將崽崽放在一邊，低著頭看自己在水裏的倒影。

楚天怔怔地看著渾濁的水面自己的頭像：「跟格古達差不多啊！」他愣了一會兒，突然歡呼道：「老子終於有個人臉了！」

除了嘴巴還是鋒利的鳥喙之外，他的整個頭部已經顯出人形。

然而，他隨即又黯然自語道：「怎麼覺得比原來的鳥頭還難看？」

第十三章 琉影御風變

大火將格古達的屍體覆蓋，楚天抱著崽崽站在火堆旁，火光映在楚天的臉上，照著他的堅決神情。格古達死後，他曾經想到過那件芥羽環，不過卻始終沒有找到。

不知何時，一大兩小的三個月亮悄悄地爬上蒼穹，將整個大地籠罩在一片朦朧之中。

獨眼站在楚天旁邊，兩弟兄並肩站在寨子大門的燈塔上，以楚天現在的實力，黑夜和白天對他來說已經沒什麼分別。

外面的天空，繁星無盡，數不盡的亮星交錯，環繞在月亮的周圍，不離不棄。

楚天靠在欄杆上，想著心事道：「我希望能讓自己身邊的弟兄都能快活！可是在這樣一個世界，永遠都要靠實力說話。只有當我們擁有強大的實力，才能保護自己。」

獨眼覺得有些奇怪，不知道他為何會突然有那麼多的感慨：「老大……」

楚天歎了口氣道：「獨眼，自從我見識了蟲器和羽器的威力之後，我對這個世界反而充滿了期待，所以我要帶著崽崽去一個你們都去不了的地方。」

獨眼突然怒道：「他媽的，老大，你不是想就這樣把老子們全部扔下，自己走吧？」

楚天神情複雜，卻沒有表示反駁，只是輕聲道：「雖然近一段時間我的境界有了很大的提升，基本擁有了羽爵的實力，但是就憑這樣的力量就想在這個世界立足還遠遠不夠，所以我一定要去黑雕城，一方面是幫格古達完成他的遺願，另一方面我也想看看能不能從神殿裏找到一些有用的東西。」

獨眼愣愣地看著楚天，說道：「黑雕城，就是你們說的天空之城？我們天牛也能飛呀，怎麼就不能去了？」

楚天翅膀猛地一搧，說道：「哪有你說的那麼容易，對於鳥族來說，你們畢竟是異類，我若是現在將你們帶在身邊，一不小心就會容易惹來災禍。」

獨眼粗暴地打斷他的話，怒道：「你的意思就是說，我們天牛是低下的種族，根本就沒有資格去黑雕城？」

楚天歎道：「獨眼，老子怎會瞧不起你們？你們都是我的好兄弟。我去黑雕城固然是爲了格古達和我自己，但是也是想讓你們這群好弟兄，能擁有跟著我橫行世界的資本。」

獨眼看著楚天眼裏的堅決，意識到楚天是因爲手下天牛戰士和格古達的死，而痛恨自己力量的不強大。

「讓兄弟們好好休息一晚上，明天我教你們怎麼樣把蛇皮做成軟甲。巴斯滕那妖蛇害死我們不少兄弟，咱們就用他的皮做成鎧甲，雖然不能食其肉，但是能寢其皮，也算是幫死去的兄弟出氣了！」

獨眼道：「這麼多弟兄，那些蛇皮怕是不夠。」

楚天笑道：「我計算過了，按照我的設計，足夠了。」

墨藍色的天空就像是大海一般，廣闊，平靜而神秘。

楚天突然好想喝酒，可惜目前還沒有發現這個世界有酒這種東西。他拍著翅膀一翻身，從欄杆上一躍而下，在空中劃出一道黑影，現在他只覺得體內力量源源不絕。他將體內的靈禽力提升到極限，大翅一搧，幾塊巨大無比的石頭就被掀起，砸向不遠處的山坡。

楚天心裏一陣驚喜，沒想到這段時間自己的進步居然這麼大，真爽啊！他忽然很想試一試九重禽天邊第二重琉影御風變的威力到底有多大，於是他爪子一頓地，全力施展開來，附著紅芒的爪子在黑夜中劃過一道道交錯的裂痕。

然後讓大家驚訝無比的事情發生了。

「嘭！」一聲怪響，臭氣瀰漫之中，楚天好像離弦的箭一樣飛了出去，眨眼間就失去了他的蹤影。

速度之快，簡直令獨眼瞠目結舌——不過很快獨眼就把嘴巴閉上了，因爲楚天放的屁實在太臭了。

「老大就是老大，練的功夫都這麼與眾不同，太神奇了！」旁邊一隻看到楚天飛過去的天牛肅然起勁道。

「那還用你說，沒練之前我就知道了！」另一隻天牛崇拜道。

這時，楚天落地之處卻傳來一聲淒慘的叫聲：「啊……」

崽崽眯著眼睛趴在楚天懷裏，喃喃不清地說道：「媽媽，我要尿尿。」

寨子頂上射下一道道暖暖的陽光，整個寨子一片光明。

楚天還沒從昨晚的興奮中舒緩過來：這琉影御風變的威力雖然不如自己想像中這麼強大，但是用來逃命，確實相當不錯。所以他拍了拍崽崽的小屁股道：「自己去尿。」

崽崽乖乖地點點頭，從楚天的懷裏跳下來，眯著眼睛，鼓著翅膀摸索著向前走去尿尿。不料崽崽卻一頭撞進迎面過來的獨眼懷裏，大概以為是撞到柱子，想也不想，揉揉眼睛，就扒下褲子，噓噓的尿了起來。

獨眼急忙跳開的時候，已經半身都濕了。他看了看憋著笑意的楚天，狠狠地拍了拍崽崽的腦袋。

楚天再也忍不住，笑得直打滾。

獨眼哭喪著臉道：「老大，你居然還笑得出來？我可是剛洗完澡啊，這小崽子居然把我當成菜苗給澆了？」

崽崽被拍醒了，雙眼迷茫地看了一眼獨眼，又轉過身看著楚天，不解道：「媽媽，你抽羊顛瘋嗎？」

這下獨眼自己也受不了了，笑得趴在地上。

楚天走進練兵場，站在最高處的石墩上，打量著這寨子的一切，想著如何將這個寨子改成日後的基地。

天牛戰士很快集合完畢。

楚天站在練兵場中央：「這座寨子是我們的第一個據點，我相信在我走後的這段時間裏，兄弟們一定能把自己的力量練得更加強大。」

獨眼已知道楚天要走，所以很平靜地道：「老大這次出去，是要去尋找增強力量的方法，我們就留在這裏訓練，直到訓練成一支能衝鋒陷陣的親衛隊，我們一定不能辜負老大的期望。」

「弟兄們，我需要力量的原因，是爲了讓大家以後能在這片廣闊的天地肆意快活，所以你們一定要努力，在我走之前，我們先把這裏改建一下，作爲我們日後快樂的起點。」

「老大，你可別忘了也給我們帶些增強力量的方法回來啊，最好帶一堆蟲器法寶回來，給兄弟們分！」眾天牛鬥志昂揚。

楚天笑著對獨眼道：「你要是不把天牛近衛軍給我練好，老子回來撤了你！」

按照楚天精心設計的寨子建築圖案，鬥志高昂的天牛只花了兩天的時間就將寨子變得煥然一新。

石牆古樸而嚴謹，寨頂以半透明的寶石鋪就，能從各個角度反射光線，以防止有鳥從空中襲擊，不過當楚天看到這些在地球上價值連城的寶石，居然被他用來充當建築材料的時候，還是很心痛。

寨門只能從裏面才能打開，寨子的後方空出一大片地方，作爲養殖場地。

楚天在寨子附近挖了很多的陷阱，另外還對各種奇形怪狀的石頭加以改造，打磨出棱角，製成更有殺傷力的武器。再將蛇皮做成馬甲，用最少的材料讓所有的天牛戰士都穿上一件。

正午時分，楚天站在寨子的燈塔上，滿意地看著下面一排排整齊列隊的天牛戰士：清一色的黑色馬甲。

楚天心裏大樂，這些傢伙要是戴上墨鏡，他媽的就是一隊黑社會馬仔。沒想到老子居然整出一隊天牛黑社會，真是太強了。

獨眼在旁邊碰了楚天一下，說道：「老大，快說吧，說完了你好走。」

楚天別著頭看了獨眼一眼，把自己花一晚上做成的眼鏡給獨眼戴上，仔細端詳一會兒，笑罵著說道：「獨眼，你就這麼想老子走啊！」

獨眼奇怪地拿著眼鏡發呆，對著陽光照了照，又戴上，說道：「老大，你怎麼知道這麼多，這個是什麼玩意兒？」

楚天臉上露出開心的笑容，說道：「這叫眼鏡，能保護眼睛，你眼疾初癒，要特別注意，不要又出事了。」

獨眼摘下眼鏡，努力地讓自己的眼神表達出內心的感動和崇拜，說道：「老大，你就安心地走吧……」

楚天鬱悶無比，一聲歎息道：「唉，以前那麼老實的一隻天牛啊，居然這麼快就變出一副小人嘴臉來了？」

獨眼義正辭嚴地道：「全靠老大的栽培！」

作為一名專業的大盜，楚天對於尋找地點有著非常敏銳的判斷力。他憑著自己強悍的身子，飛上雲層極目遠眺，隱隱約約地能看到起伏環繞的格里爾山脈了。

晴空萬里，雲霞飄盪，湛藍的天空雲彩變幻無方，一陣冷風吹過，捲起朵朵白雲，爭相競逐。

楚天背起崽崽，飛翔在一望無垠的空中，對於他來說，夜晚已與白天沒有什麼分別。凌晨時分，楚天已經飛到森林的中央，現在的他雖然還是不能做長久的飛行。一般來說，鳥族能利用空中微薄的風力來節省自己的體力，但是楚天卻始終沒能掌握這一技巧。

所以他覺得有些累了，正想著找地方休息一下的時候，前方出現了一道波瀾壯闊的銀白色水流，自長空飛泄而下，浪花還帶著絲絲涼意。周圍環繞的粗壯大樹盤根錯節，碗口粗的藤蔓纏繞蜿蜒伸向森林深處，泛著青色光澤的嶙峋怪石上苔蘚叢生。

楚天找了一塊頗爲平坦的石頭躺下，翹著鳥腿，趴在他懷裏的崽崽也學著他翹起鳥腿，倆父子就這樣躺著。

半晌後，崽崽突然道：「媽媽，別搖晃了行不行，再搖的話我就要摔下去了。」

楚天也感覺到崽崽在往下沉——原來是石頭劇烈地顫動起來，楚天心裏一陣奇怪的感覺，體內的力量不由自主的運行起來。

崽崽拍著翅膀飛起來，奇怪道：「原來不是媽媽在抖啊！」

前方的森林裏，一排排的大樹帶起陣陣飛揚的塵土紛紛倒塌下來。樹幹斷裂時發出的清脆的響聲。楚天不禁也好奇起來，究竟是什麼樣的力量才能發出這麼強大的氣勢。楚天拍著翅膀道：「崽崽別出聲，老爸帶你去看好戲！」

穿過一棵棵參差纏繞的大樹，荊棘遍佈的灌木叢，兩人都聽到越來越清晰的打鬥聲。天哪！打鬥引起的震動竟能傳一百多米，楚天簡直不敢想像這是什麼強悍的怪物。

他蹁翅蹁爪地向那邊靠過去，然而場中的情形卻太出乎意料了。

「人類，這裏居然有人類？」楚天的一顆心都快要跳出來了。由於灌木叢的遮掩，楚天只能看到那兩個人類頭部。所以楚天差點就忍不住歡呼雀躍起來，崽崽趴在他的懷裏莫名其妙地看著抓狂的媽媽。

左邊的那個光光的腦袋在陽光下反射著光芒，顯然是個男性，他粗粗的眉毛如彎弓，一對銅鈴大的深藍色眼睛透出戰意，高聳的鼻樑下厚厚的嘴唇略為斜彎，似乎抹著一絲嘲笑。他身穿著一件黑色戰甲，戰甲上面紋路交錯，鑲嵌著一顆珠子，在陽光下閃爍著五彩的光華，脖子上環繞著一圈柔軟的毛髮，整件戰甲緊密地貼在他的上身，突現出他強健的胸膛。

右邊的那個頭頂上長著雜亂而蓬鬆的頭髮，細長的彎眉連鬢向後飛起，看起來應該是個女子，圓圓的深藍色大眼睛裏閃爍著冷漠的光芒，薄薄的兩片嘴唇呈現優美的弧度。這女子身穿深藍色戰甲，肩上一對彎鉤閃爍著冰冷的光芒，戰甲的表面感覺很柔軟，卻又是金屬一般的光澤，胸前兩個碗大的圓盤鑲嵌在戰甲上。纖長的手臂上護甲晶瑩剔透，流轉著深藍色的光芒。

可是兩對細小的耳朵跟他們大大的頭相比而言實在是太小了點，尤其顯眼的是脖子起碼比普通人長上兩倍。

那兩個人背靠背而站，高昂著頭顱。

兩人四周是一群尾巴上翹著紅黑色毒針的蠍子，蠍群中發出一陣陣細碎的吞噬聲，令楚天和崽崽覺得渾身一陣發麻，起了無數雞皮疙瘩。

這些蠍子全身都覆蓋著厚厚的鎧甲，胸前是一豎排閃爍著金屬光澤的圓形甲釘，拖著長長的鉗子，一雙雙三角眼中透出殘忍而兇悍的眼神，正死死地盯著那兩個人。

那男人嘴角彎起一絲嘲笑，絲毫不把周圍兇狠的蠍子放在眼裏，溫柔地道：「伯蘭絲，看來這次蠍族下了血本了！」

伯蘭絲輕歎道：「哎，也虧得他們有這鍥而不捨的精神，我都已經殺得手軟了。你怎麼樣，特洛嵐？」

特洛嵐淡定自如地道：「再殺五百也沒問題！」他的一雙手裸露在外，肌肉緊繃，他的眼睛一閃而過，蠍子不由自主地向後退了幾步。

一隻接近兩米長的藍尾蠍子，從蠍陣中走出來，渾身散發出一股陰冷的氣息。只聽他冷冷地說道：「特洛嵐先生，蠍王只是讓我來請你們二位去蠍族作客，何必弄成這樣？」

這隻蠍子面部已經完全是人形，粗獷的臉上坑窪不平，短短的眉毛像是兩片堅硬的果殼，三角眼內厲芒時現，高翹的毒針在陽光下閃爍著深藍色的光芒。

特洛嵐不屑地哼了一聲。

伯蘭絲輕笑一聲，聲音嬌柔無比：「不就是無意中發現了你們蠍族企圖顛覆鳥族的陰謀麼？何必這麼緊張，還對我們窮追不捨？」

藍尾蠍子冷哼一聲，說道：「你們鴕鳥一族雖然已經被貶爲賤籍，但是既然得知我族秘密，你認爲我們蠍族還能讓你們活在世上嗎？」

楚天心裏的火熱瞬間褪至冰點：鴕鳥一族？原來不是人類。

伯蘭絲嬌笑著說道：「尼古拉斯，如果我沒記錯的話，藍尾蠍將在蠍王手下的紅、青、紫、藍四大蠍將中，好像排名最後吧？你以爲憑你的實力，能留得住我們嗎？」

尼古拉斯冷笑道：「你們也未免太高抬自己了吧，今天這裏就是你們的葬身之地！」

特洛嵐嘴角帶著嘲笑說道：「就憑你？若是你們蠍王親至，或許我還有些害怕，至於你麼，可以去死了！」

尼古拉斯怒極，藍尾不斷顫動，發出沙沙的響聲：「殺了他們！」

四下圍著的蠍兵亮起尾巴上的毒針，在陽光下閃爍著幽藍色的光芒，一擁而上。

特洛嵐神色微變道：「傳聞藍尾蠍將手下有一支劇毒蠍兵，見血即死。」

伯蘭絲面色刹寒道：「既然這樣，特洛嵐，讓他們也見識一下我們的實力。」

特洛嵐和伯蘭絲瞬間擁抱住，旋轉著而起，飛到了半空中，然後屁股向下猛地坐下來——這果然是兩隻鴕鳥，楚天不禁一陣失望。

可是尼古拉斯見到他們兩個如此詭異的動作，面色一變，說道：「坐地裂?散開!」

蠍兵頭頂的空氣開始明顯地扭曲，以兩隻鴕鳥碩大的屁股為中心旋轉著，藍黑兩色的交換組成一個大圓圈，隨著空氣扭曲旋轉而漸漸擴大。

整個空間彷彿被切成兩截，下面的蠍兵仰頭看著頭頂波動如水面的光芒，驚訝得慢慢放下尾上的鉗子。

兩隻鴕鳥落在地上，所有藍色光芒鑽入地面，周圍的地皮彷彿被一把巨大的鏟子掀起，所有的蠍兵都被帶起，而黑色光芒在空中向下壓，兩道光芒一上一下將所有蠍兵擠在中間。

尼古拉斯蠍尾一屈一張，眼睛中藍色由深到淺慢慢轉換。兩道光芒之間的空間就像是水泡，在陽光下散著七彩。裏面印出蠍兵身體被扭曲壓碎的場景。

楚天抱緊崽崽，雙爪緊緊抓在樹枝上，整株大樹不停地顫動，樹葉紛紛下落。

崽崽在楚天耳邊悄聲說道：「媽媽，你看那兩隻鳥的屁股好肥哦!」

楚天這才注意到兩隻鴕鳥的屁股在一瞬間變得特別大，配上他們長長的身子，就像是一柄錘子。

「轟！」

兩隻鳥落在地面上砸出一個大坑，那兩道光芒延伸向四周均勻擴散，所過之處的草全部粉碎，泥土都被壓下，上面勻稱地鋪了一層紅色粉末。

尼古拉斯雙眼已接近於白色，上半身火紅戰甲的顏色也開始變淺直到接近於白色。

特洛嵐與伯蘭絲兩鳥都已經回復原樣，特洛嵐饒有興趣地看著藍尾蠍尼古拉斯，雙眼中爆發出灼熱的戰意。他別過頭對伯蘭絲說道：「看不出來，蠍族的藍尾蠍居然也能達到這種等級，我倒想試試他究竟還能接我幾招。」

伯蘭絲扭動著臀部，笑道：「以我們所擁有高貴的血統而言，對這些低賤又癡心妄想的蠍族，最好是一招斃命。」

特洛嵐撫摸著她的臉龐，溫柔地道：「蠍王以下，所有蠍子都不堪一擊。就憑這樣的力量也妄想稱霸世界，你們這些蠍族整天就會做白日夢。今天就讓你們這些低下的種族知道什麼叫做強勢！」

尼古拉斯蹲下身子，雙手鑽進泥土，頭部向上昂起，藍色的蠍尾發出沙沙的響聲，一顫一顫輕閃著幽藍色的光芒。發出尖銳地長笑聲道：「就讓我藍尾神將來告訴你們，侮辱偉大的蠍族將會得到什麼樣的下場！天蠍元陽尺！」

一把奇怪的玉尺出現在空中，尺內有熒熒的能量流轉，而尺頭上則飛起九道金光，光芒奪目，照眼生輝。

特洛嵐神色凜然，露出嚴肅的神情：「原來有一件中級的蟲器法寶！難怪尼古拉斯敢誇口了！哼！」說著他上身的戰甲倏地融入體內，仰天一嘯，全身籠罩在一道黑色的光環裏。雙眼逐漸變得神采奕奕，露出嗜血的光芒，高聳的鼻樑也慢慢收縮不見，厚厚的嘴巴伸長成啄，一雙大手扁平擴大形成偌大的翅膀，上面稀少的羽毛精短而粗硬，碩大的臂部高高翹起。

楚天看得渾身冷汗直流，若是自己面對這種氣勢的對手，不用出招就已經敗了，他緊張地看著場上這種高手之間的決鬥。

第十四章 天蠍戰將

尼古拉斯蠍尾顫動帶起的空氣有如實質般地呈現出藍色的氣息，蠍尾一張，在他與特洛嵐之間的空氣彷彿被撕成兩半。他的眼神陰冷的喝道：「天蠍變！」

蠍族雖以毒刺聞名，但有一個致命的缺點，那就是身子移動緩慢，是以儘管能將身子周圍用劇毒之尾護得嚴嚴實實，但若是不能對敵人一擊斃命，就只有逃之夭夭了。

而尼古拉斯正是想借著蟲器法寶天蠍元陽尺的力量，大幅度提升蠍族戰士的速度，使普通的蠍族戰士變成天蠍，那麼要對付這兩隻鴕鳥，就變得十分輕鬆了。

特洛嵐冷笑不已，翅膀輕搧，鼓動著周圍的空氣，地面上的泥土被巨大的風所掀起，將整個空間攪成一片昏黃。

尼古拉斯閉上眼睛，憑著體內蠍尾力的感應，藍尾驀地頓住，幻化成一隻巨大的藍色鉗子，張舞著向前方左角夾去。似乎要將虛空剪開一個缺口，挾著萬鈞之力將前方地面上剪開一條長長的空地。

然後，感覺自己並沒有擊中特洛嵐的尼古拉斯，心猛地沉下去，因爲他已經感覺全身彷彿都被罩在一個充斥著實體的空間，完全無法動彈。

「蚪鼉翼！」隨著特洛嵐一聲斷喝，天空中赫然出現一隻高達數十米的銀白色巨型翅膀，在五彩雲煙環繞之中，夾著轟隆雷電之聲，怒濤一般朝著蠍族的天蠍元陽尺湧去。

尼古拉斯瞪大眼睛，恐懼地看著天蠍元陽尺的藍色光芒一點一點黯淡下去，然後轟然裂開，變成無數碎片，散落到草叢之中。尼古拉斯噴出一口藍色的鮮血，喃喃道：「高……高級羽器，這怎麼可能？」

蚪鼉翼並沒有因爲擊碎了天蠍元陽尺而停下來，而是直接轉向地面上那些密密麻麻的蠍族戰士。

尼古拉斯大驚之下，顧不得自己的傷勢，對著蠍族的戰士喝道：「快退！」

可是已經晚了一步，蠍族戰士的慘叫聲不絕於耳。

特洛嵐顯然不想再讓尼古拉斯亂喊亂叫，整個身體沖天而起，一個碩大的屁股從天而落，砸在尼古拉斯的身上，幾乎是在一瞬間，所有的泥土都被吸到那個點上去，這一片空間又回復以往的明亮。

特洛嵐的屁股每落下一釐米，尼古拉斯感覺渾身的力道就重了幾分，全身的骨頭彷彿要壓散了一般，相互擠壓著縮小。

尼古拉斯逐漸被壓得扁平，特洛嵐大翅一搧，尼古拉斯扁平的身體被搧起，然後如粉末般灑落在地，鋪成薄薄的一層藍色碎皮。

楚天都不忍心看了，怎麼說這藍尾蠍子也算是一名高手了，卻死在一隻碩大的屁股之下，也太丟人了。

伯蘭絲走到特洛嵐身旁，嬌嗔著說道：「特洛嵐，原來你的坐地裂已經練到這種境界了，居然還騙我，每次跟我打的時候都讓著我。」

特洛嵐微笑著找回羽器，哄她道：「我這不是想讓你高興嘛，乖啊！別生氣了。」

楚天用翅膀按住嘴，強忍住胃裏的翻騰，抱在懷裏的崽崽也是兩眼翻白，無力地輕聲說道：「媽媽，崽崽想吐！」

楚天心裏大笑，轉過身就待悄悄離開。

特洛嵐翅膀一展，逐漸收縮成手臂，渾身的羽毛也開始褪落不見，黑色的戰甲重新覆蓋他的身體。

伯蘭絲說道：「蠍兵蠍將全部死了，你也看夠了吧？下來聊一會吧。」

楚天心裏一驚，回過頭看了伯蘭絲一眼，發現她的眼睛正盯著他看，眼神裏透出凌厲的光芒。

楚天猛地閉上眼睛，不是看我，不是看我，老子可不想死在你的屁股之下，爪子向後探著，準備拍著翅膀就閃鳥。

伯蘭絲嘴角露出一絲好笑，爪下生力，破開地面擊中楚天所在的大樹，巨大的樹幹頓時攔腰截斷，楚天都來不及反應，就抱著崽崽從樹上跌下來。

楚天揉著屁股，嘴裏嘟囔著說道：「叫老子下來也不用這樣吧。到了這個世界之後我的屁股就沒消停過，要是再摔個幾下，老子不死也殘廢了。」

兩隻鴕鳥顯然沒有料到樹上會掉下楚天和崽崽這麼一對奇怪的組合，不過他們的目光卻立即被崽崽吸引過去，眼中竟似充滿了驚異之色。

他抬起頭看著兩隻高大的鴕鳥，卻發現他們緊盯著崽崽，眼睛裏透出炙熱的光芒。楚天心裏一緊，趕緊摟過崽崽這個小可愛，說道：「這是我兒子，你們想幹嘛？」

伯蘭絲朝著特洛嵐說道：「果然是他，好熟悉的氣息啊！」

特洛嵐冷笑一聲，說道：「你這隻低下的鳥也能生出這麼高貴的鳥嗎？」

崽崽好奇地看著兩隻鴕鳥，只覺得一種莫名的親近感，讓他喜歡上這兩隻擁有碩大臀部的鳥。

伯蘭絲眼眶透著激動，上前幾步，說道：「沒想到我們找了這麼久，終於找到了，特洛嵐，你還跟他囉嗦什麼。」

特洛嵐瞥了楚天一眼道：「我們高貴的鴕鳥是不會白白接受別人的恩惠，看你曾經也照顧過他，我們就不殺你了，放你走。」

楚天一愣一愣的，瞪著眼睛說道：「你們說的是什麼意思？」

伯蘭絲優雅地搖搖手，說道：「醜陋的鳥，別跟我們裝糊塗，今天我心情大好，可以考慮你的一些要求，但千萬別對我有什麼想法，否則你會死！」

老子就是對那隻伊利莎女皇有想法也不會對你有的，楚天恨恨地罵道，他實在是不明白兩隻強悍的鴕鳥到底想說什麼。他依舊說道：「兩位能不能把話說清楚，我實在是不明白你們什麼意思。」

特洛嵐打量著楚天，這醜鳥體內竟然幾乎是沒有靈禽力的，除了他體內有一道微弱的力量隱隱約約露出端倪。

伯蘭絲臉色刹寒，說道：「別敬酒不喝喝罰酒，我可沒這麼好的耐心。」

「我也沒耐心聽你們在這裏胡扯！」楚天冷冷地道。

伯蘭絲大怒，極短的雙翅佈滿了靈禽力，猛地伸展開來，帶起一道翠綠色的光芒，向楚天的胸口搧過來。

楚天體內的靈禽力自然布起防禦，同時金剛蜕焱變施展出來。就算這樣，楚天還是被搧得往後連退了四五步。

伯蘭絲眼中閃過一絲驚駭之色，她出手雖然只用了七成的力量，但是楚天在倉促之間居然只是退後了幾步，看起來卻毫髮無傷，怎麼不讓她心驚。

她正準備繼續動手，卻被特洛嵐止住。特洛嵐剛才仔細端詳了楚天半天，居然沒看出楚天修煉的功法是什麼來歷。但是能在倉促之間硬接伯蘭絲一招，卻只是微落下風，看來也不是泛泛之輩。

特洛嵐用手向楚天懷裏的崽崽一指道：「我們並沒有惡意，這小傢伙乃是我們一直以來尋找的親人，希望你能把他還給我們。」

楚天不自覺地將小可愛又抱緊了幾分，說道：「你們在找他？崽崽才出生十幾天，而且他生下來的時候只有我和我的手下在旁邊，你們怎麼說也是幾十歲的鳥了，這種謊也能撒得出來！」

伯蘭絲眼中精光一閃，說道：「不管怎麼說，我們今天是要把他帶走的。」

楚天對懷裏的崽崽說道：「崽崽，他們說要把你帶走，老爸先擋住他們，你先飛走，老爸隨後就追上你。」

崽崽鼓得圓圓的眼睛一直盯著兩隻鴕鳥看，說道：「媽媽，他們不會傷害我的。再說了，你也打不過他們。」

楚天恨鐵不成鋼，無力地說道：「你別這樣打擊你老爸行不？還有，你怎麼知道他們不會傷害你？崽崽，這個世界不是你想得那麼簡單的。」他正要長篇大論地向崽崽說明這個世界很黑暗，卻發現自己只能嘴巴動著，卻一句話也沒說出來。

伯蘭絲得意地說道：「醜陋的鳥，就憑你也敢教訓他？」

特洛嵐看著崽崽說道：「你要跟著我們，只有我們才能保護你。這隻鳥的力量根本就不夠，我們不希望你受到傷害。」

楚天看著兩隻上半身已經成人的鴕鳥，心裏把等級劃分的事情又想了一下，除了羽毛沒有呈現出紫色之外，他們的外形基本上已經與翅爵相當吻合了。

崽崽看看楚天，又看看特洛嵐，圓圓的眼睛一眨一眨的地道：「雖然你們讓我覺得很親切，但我是媽媽的崽崽，我要跟媽媽在一起。」說完，親昵地摟著楚天的脖子，不停地蹭著。

楚天大喜，瞪了兩隻鴕鳥一眼，心道：聽到沒？老子才是他的老爸。

伯蘭絲氣極，手用力一揮，說道：「特洛嵐，我們還是殺了這隻不識好歹的醜鳥算了，再將寶寶帶走。」

特洛嵐擺擺手，說道：「這恐怕不行，你看寶寶對他的親昵態度，若是我們殺了他，寶寶會很傷心的。」

楚天只覺得嗓子一熱，脫口而出道：「老子才是他的老爸，沒看到我們都是一般的黑嗎？」

特洛嵐這才確定眼前的這隻醜鳥不知道寶寶的真正身分，他對伯蘭絲說道：「看來他是不知道寶寶的身分了。我們現在殺他也不是，不殺也不是，你說怎麼辦？」

崽崽突然又說道：「我叫崽崽，是擁有一支龐大天牛隊的楚天最最可愛的兒子。」

伯蘭絲饒有興趣地看著崽崽，半晌才說道：「擁有最高貴血統的寶寶，怎麼會跟一隻如此低下的鳥類這麼親昵？」

特洛嵐說道：「不管怎麼說，我們必須要照顧他，這隻醜鳥的力量雖然不算特別強大，但是來歷卻十分可疑，這讓我有些擔心。」

楚天心裏盤算著，要是能多這麼兩隻實力強悍的鳥在身邊，真的是足以應付許多事了，何況還可以讓他們帶自己去黑雕城，嘿嘿。

於是楚天就說道：「我現在的力量的確還不足以保護好崽崽，眼下我們倆正要去黑雕城，我還真怕路上出什麼意外……」說著就此頓住，不再言語。

特洛嵐大喜道：「那你可以把他交付給我們，以我們的實力，保證能將寶寶照顧得好好的。」

楚天說道：「那怎麼行，崽崽是我兒子，不管多麼困難，我都要在他身邊，所以謝謝兩位的好意，我是一定要將崽崽帶在身邊的。」

崽崽抱著楚天的脖子，說道：「崽崽也要跟著媽媽一起。」

伯蘭絲冷笑一聲，說道：「特洛嵐，我們就一路上跟著他們，保護崽崽就行了。」不覺間她也叫上崽崽了。

特洛嵐看了看崽崽，點點頭道：「現在也就只能這樣了。」

楚天心裏暗喜，心道：你們這兩隻蠢鴕鳥還不中計？

「你們去黑雕城做什麼？」伯蘭絲問道。

楚天沒好氣地說道：「你以爲我想去呀？當然是有很重要的事要做，跟你們說了你們也不會明白的。」

伯蘭絲眼神一冷，說道：「你別太囂張，我們只是跟在你身邊保護崽崽的，若是你一不小心走路摔死，可別怨天尤人。」

楚天不由地冒了一身冷汗，以眼前兩隻鳥的實力，要殺他還不是易如反掌。

伯蘭絲道：「現在就起程吧！黑雕城，很久沒聽到這個名字了，順便去看看也好。」

楚天背上崽崽就拍著翅膀準備飛起，伯蘭絲自言自語道：「我最討厭有鳥在我頭頂上飛來飛去，有時候看到了就想一爪就將空中的鳥撕得粉碎。」

楚天忙縮回翅膀，耷拉著腦袋，靠，你個死鴕鳥，自己不能飛也別遷怒會飛的鳥啊？真是個變態的傢伙。

特洛嵐說道：「從這裏到黑雕城還要大概一天的路程，對了，你還沒告訴我們你的名字呢？」

楚天指了指自己道：「小弟叫楚天，尚未婚娶，來自丹姿城的白林鎮，現在……」還沒說完，伯蘭絲一瞪眼，說道：「只問你叫什麼，哪那麼多廢話！」

楚天無奈地露出一絲苦笑，爲了這兩個高級保鏢，老子低三下四的，我容易嗎？

崽崽在楚天懷裏露出個小腦袋，指著伯蘭絲說道：「你對我媽媽這麼凶，好厲害，一向就只有我媽吼別的蟲子的，什麼時候也教教我，讓崽崽也威風一下！」

楚天本來聽到崽崽說前面半句話，心裏還一陣激動，心道總算是沒白疼這個崽，結果一聽到後面半句，楚天當時就覺得眼前一黑，他恨恨地盯著懷裏的崽崽，心裏罵道：老子這是造的什麼孽啊，居然養了這麼個兒子。

楚天跟在兩隻鴕鳥後面穿林過河，向格里爾山脈走去。一路上受盡伯蘭絲的欺凌嘲笑，奈何又打不過她，只能忍氣吞聲。不過心裏早已經將伯蘭絲殺了幾萬遍了。

格里爾山脈蜿蜒起伏，連綿高聳不見頂峰，半山以上均是皚皚白雪覆蓋其上，在陽光下放出刺眼光芒，雲霧繚繞猶如仙境，青翠筆直的樹木傲然林立，河水奔騰如萬馬齊下。

楚天仰望著高山，心裏感歎這個世界的美麗。

特洛嵐歎了口氣，說道：「十幾年沒來這裏了，一切都沒有改變。伯蘭絲，你說呢？」

伯蘭絲幽幽地歎了口氣，說道：「是啊！還不知道我們能不能上去。」

楚天可不耐跟他們囉嗦，當先就去找峽谷。

特洛嵐叫住他，說道：「你跟我們來，從這邊才能進入峽谷。」楚天還想說什麼，伯蘭絲一瞪眼，說道：「叫你跟著你就跟著。」

楚天心裏憋屈至極，一臉哀怨地看著特洛嵐，扭著屁股跟在他後面。特洛嵐忍住笑，看了伯蘭絲一眼，當先向前走去。

處於兩山之間的峽谷裏有一片氤氳霧氣，一片迷人的石林，一層層石柱或倒或立，或倚或疊，有的鋒芒畢現，有的鈍若木魚，有的加上流轉著的霧氣，將這峽谷裝扮的好像是仙境一般，尤其是石林的石柱子中含有的金屬，在陽光下綻放著各色的光芒，映於眼睛裏的是一片柔和與寧靜。

楚天抱著崽崽跟在他們後面，滿臉的讚歎之色，這簡直就是天堂，晶瑩的小水滴剔透宛如有靈氣一般四溢，觸面而來。

楚天不禁問道：「這麼好的地方，怎麼會有那麼多的鳥族不知道呢？」

特洛嵐解釋道：「鳥族先祖爲了防止一些低等的鳥族侵擾神聖的天空之城，設下了陣障，這也是為了讓他們努力在陸地上提升自己的力量，因為只有擁有羽爵實力的鳥才能看到這一個美麗神奇的峽谷，也只有擁有羽爵實力的鳥才有資格住進天空之城。」

楚天慢慢地向前走著，轟隆的河水聲震峽谷，這裏居然有一條半露半掩的地下河，難怪有這麼多氤氳霧氣了。

石林壯闊異常，地下河千里雄壯，波瀾迭起，俯視之下有如挾天地之力蜿蜒扭曲的真龍，濺起的水珠映襯出千萬個五顏六色的太陽，絢麗而自然。

崽崽興奮地說道：「媽媽，你看這個地方真特別啊，我喜歡這裏！」

他掙開楚天的懷抱，在石林中歡快地拍打著翅膀。

特洛嵐卻是一臉的惆悵，他感歎道：「多少年了，再一次看到這麼美妙的場景，讓我不禁想起很多往事。」

伯蘭絲臉上也露出怪怪的表情道：「是啊！往事不堪回首！」

楚天好奇地看著這兩隻鴕鳥，他們兩個在不經意間流露出的高傲與尊貴，都不像是在矯揉造作。難道說這兩隻鴕鳥會是傳說中落難的貴族？現在自己找到他們兩個做保鏢，那豈不是賺了？看起來這兩個傢伙對崽崽還是很緊張的，如果能好好利用的話，嘿嘿……

看著看著，楚天也受到了感染，感覺遠離了喧囂，只有寧靜與悠閒。其實，做一隻自由自在翱翔於天地間的大鳥，未嘗不是一件好事。他自言自語地說道：「在這裏過一輩子也不錯！」

特洛嵐看著他，說道：「哪有你說的那麼容易呀！就算你想住，也得看你有沒有資格。」

伯蘭絲鄙夷地看了楚天一眼，冷冷地道：「作為一隻雄性，就應該在天際肆意的翺翔，博取偉大的功績，不過想想你自己的實力，恐怕是不行了！」

楚天恍如未聞，心裏卻已經如水流一般激湧翻騰起來。

伯蘭絲見他久久不動，不耐煩道：「你到底是走不走啊！要不要我一爪踹你下去？」

楚天看著伯蘭絲殺氣四溢的眼神，兩眼翻白，幾次想反駁這個女人，但一想到鴕鳥恐怖的屁股，心裏一陣發怵，鼓不起勇氣，只好抱起崽崽往石林裏走。

特洛嵐卻一把拉著楚天的翅膀，指著石林說道：「這道石林就是第一個考驗的關口，只有擁有羽爵以上力量的鳥才能過去。」

楚天不以為然地笑道：「這不過是小菜一碟罷了！」

特洛嵐奇怪地看著他道：「照理說，你身上散發出來的氣勢，不是一般的鳥所能有的，可是擁有這個等級的你，為什麼卻長得如此奇怪，這與以往我們見過的任何一隻鳥都不太一樣。」

楚天將話題岔開：「這石林的地形這麼詭異，而且我聽格古達臨死前說過，這裏面隨時會出現颶風，就算擁有羽爵等級恐怕也不能輕鬆過去吧？」

特洛嵐說道：「那是當然，要是那麼容易就能進入天空之城，哪還有什麼神秘可言？就我所知的幾座天空之城，每一座的進入方法都大不相同。」

楚天不禁有些奇怪：你所知的幾座，難道有很多座天空之城？「不是只有丹姿城與黑雕城麼？怎麼還有其他的天空之城？」

特洛嵐像看著怪獸一樣看著他，不過沉吟一會，卻道：「到時候你接觸上流貴族社會，自然就會知道這個世界的情況，現在跟你說了也沒什麼用。」

特洛嵐開口道：「楚天，你過來，我們兩個送你過去。」

楚天翻了個白眼，沒有理會，逕自向石林裏面走了過去，果然有一道颶風平地而起，捲起的碎石砸在他的身上隱隱生疼，楚天運轉體內靈禽力，將石林內的颶風一點點撕開。

不過楚天只顧著看著颶風，一點都沒在意腳下被河水沖得光滑無比的石頭，腳底一滑，一個踉蹌。

伯蘭絲和特洛嵐心中一驚，心裏擔心崽崽的安危，一起向前衝去。

楚天緊緊護住崽崽，閉上眼睛，心裏忐忑不已。奇怪的是颶風在楚天的頭頂上像是凝固了一般，其餘的風和碎石全部都在撞到凝固的地方之前繞開，形成一扇門大小的空間。

崽崽開心地望著眼前的一切，透過颶風雖然看得不遠，但是颶風中經常會出現一些奇怪的小東西，在陽光的折射下發出點點亮光。

楚天迅速從那門大小的空間通過，一股巨大的力量從四面八方襲來，楚天抱緊崽崽，後背摔倒在地上。

石林裏面又是另一片天地。

數不清的綠色草地，使得地面就像是一片海洋，微風拂過，草地上波濤起伏，泛起一層層天藍色的浪潮。

楚天只覺得像是躺在一張超大的水床上一般，清涼而柔軟。再看看早已爬出他懷裏躺在旁邊的小傢伙一臉的陶醉，兩隻爪子不停地伸縮著，翅膀輕輕地拍打著小草。

綠色草地的周圍是一片深紫色的花海，鑽進石林之後向外看，一點都感覺不到有颶風的痕跡。

楚天自言自語道：「怎麼會這樣，外面向裏看明明石林後面是大山的一處山洞的，怎麼這裏面卻像是另一個與外界毫不相干的世界？」

這時，特洛嵐和伯蘭絲也已經進來了，笑著說道：「那道石林實際上就是一個通往天空之城的入口，換句話說，也就是通往另一個空間的大門，所以裏面與外面是完全不同的兩個世界。對了，你剛才進來的時候，怎麼會用那麼奇怪的方式？好像那颶風認識你一樣自動給你讓開一條路。」

不會這條石林知道老子是高高在上的人吧？楚天心裏大樂，嘴裏自然也是沒遮攔：「那當然是因爲我的力量太強了，這石林也懼怕我身上散發出的那一股超強的氣勢……啊……哎喲！」

楚天揉著屁股，一臉哀怨地看著踹他一腳的伯蘭絲。後者拍拍手，一昂頭，哼的一聲說道：「既然你有這麼強的力量，要不要跟我試試啊！」

楚天一見她屁股一翹，頓時想起死在特洛嵐屁股下的藍尾蠍將尼古拉斯，不禁慌了神，連連擺手說道：「算了，如果是比這個的話，我承認自己不是你的對手，你的作戰方式實在太有創意了，我甘拜下風。」

特洛嵐沉吟一會兒，說道：「好了，我們還是快進黑雕城吧！」

楚天說道：「我聽格古達說道，進來之後會看到颶風直通天空之城的，怎麼剛才那颶風一會兒就過去了，除了一扇門，我什麼都沒看到呢？」

伯蘭絲冷笑道：「你以爲什麼時候都有通向天空之城的狂颶風麼？蠢貨！」

特洛嵐笑道：「通向天空之城的狂颶風是分時間段出現的，再有幾分鐘應該也差不多快來了吧。」

話音一落，只聽到一陣低微的聲音傳來，漸而變大。

楚天抬起頭向天上望去，雲彩飄動驟然加快，旋轉著形成一個巨大的漩渦，整個天空都變得黯淡起來，彷彿有一道超強的力量將空間撕開。

崽崽躺在草地上，突然露出驚奇的眼神，指著天空說道：「媽媽，你看這是什麼？」

特洛嵐解釋道：「這就是從黑雕城下來的狂颶風。」

伯蘭絲見楚天仍然一副半死不活的模樣，怒道：「還不快退開，你以爲狂颶風還會像石林的小颶風一樣，那麼容易就讓你通過嗎？」

老子又沒惹你，老是針對我幹嘛。楚天一邊抱起崽崽，憤憤地向特洛嵐旁邊退去。

湛藍的天空慢慢變得昏暗起來，灰濛濛的天空空氣不斷扭曲，雲朵向中間聚攏，閃爍著五彩光芒的一團旋風吸收著空氣與雲彩。

呼嘯的風聲越來越大，天空彷彿全部結集成這一團的颶風上，颶風很快就下降到地面。不斷地侵蝕著地表的草地，然而被侵蝕的地方又迅速生長出新的草地來，頃刻之間，整條颶風就從灰濛濛的一片變成了一條綠色長龍。

楚天在一旁瞠目結舌，偌大的颶風平平地在原地旋轉著，可以清晰地看到一絲絲的風線帶起的空氣波動。

特洛嵐拉了拉楚天，說道：「現在你就走進去。」

楚天心道：這鴕鳥別是存了什麼壞心思吧，他瞥了瞥特洛嵐，卻沒看出什麼來，於是道：「讓我就這麼走進去?你開什麼玩笑？」

伯蘭絲眼中閃過嘲弄之色道：「這就是第二道關口，颶風的陣眼其實是最風平浪靜的，只要能進去，就等於是到了天空之城了，你不會是不敢進吧？」

老子本來就不敢進。楚天心裏暗罵，一臉憤然地說道：「連石林我都闖進來了，何況這個小小的颶風。」爪下卻是慢慢地向後退縮。

特洛嵐正要說話，伯蘭絲鳥影一閃，已到楚天背後，左手成爪一拉，將楚天懷裏的崽崽給吸起來抱住，右手拍向楚天的背部。

楚天還沒反應過來就向颶風衝去。

特洛嵐臉色一沉，說道：「伯蘭絲，你這是幹什麼？這颶風你也不是不知道，要看準時機才能進去。」

伯蘭絲嬌笑著說道：「反正這颶風又不會傷人，頂多就是把他轉起來再摔到地上而已，讓他受點皮肉之苦也沒什麼。」

一道藍色的光芒刺進楚天的眼睛，他看了看旁邊，高速轉動的颶風紛紛繞過他。

楚天心裏好奇，踏足向前走一步，感覺只有一絲絲的風動，整隻鳥都是涼颼颼的，能清晰地看到從眼前飄過的一絲絲風線，透過旋風向裏看，裏面模糊地可以看到一片寬敞的空間。

他一步一步小心翼翼地走著，心裏充滿了對未知的好奇，渾然忘了外面的三隻鳥。

崽崽等半天沒見楚天的蹤影，心裏不安地說道：「我媽媽呢？他不要我了嗎？」

特洛嵐安慰道：「你媽媽現在正在這颶風裏面，等等我們就進去找他。」

伯蘭絲無奈地道：「真不知道那隻醜鳥有什麼好的，居然搞得崽崽這麼捨不得離開他？」說罷閉上眼睛，運起靈禽力來感受楚天所在的位置。

一道若有若無的波紋向四周擴散，絲毫不受颶風的影響，慢慢地向颶風的中間透去。

楚天向裏走動，翅膀慢慢張開，心裏也安靜到極點，周圍的低低風聲清晰可聞，穿過了由風構成的牆壁。

伯蘭絲驚訝無比地道：「天哪！他竟然在颶風裏毫髮無傷，在他周圍居然沒有風。」

特洛嵐沉吟半晌後道：「看來我們有必要對他的實力重新估算了！」

崽崽拍打著翅膀，帶著哭腔道：「崽崽也要進去，崽崽要找媽媽。」

特洛嵐輕聲說道：「崽崽乖，我們這就進去找你媽媽。」

伯蘭絲不悅地將颶風剖開一線，緩緩走了進去。特洛嵐抱著崽崽緊跟在後面。崽崽四處張望著要找媽媽。

楚天張大嘴巴看著眼前的一切。

沖天的颶風像一條藍色的巨龍，四周的風不斷旋轉，透過風壁隱約可見特洛嵐他們正向裏面衝來，地面上是藍濛濛的虛無，一個由颶風築成的寬大樓梯向上延伸，望不到頂。

楚天大叫道：「老子進來了，死八婆，你們快進來呀！快告訴我怎麼進去。」

伯蘭絲滿臉煞氣地衝進來，說道：「你這隻醜鳥，剛才說什麼？」

楚天一接觸到她冰冷的目光，氣焰頓時矮了三分道：「沒……沒什麼，小弟是想讓你快點進來，憑藉你的豐富閱歷，告訴我怎麼樣進入黑雕城。」

衝進來的特洛嵐說道：「走上階梯就行了。」

崽崽用力掙脫，拍著翅膀飛到楚天懷裏，親昵地蹭了幾下，奶聲地說道：「媽媽，還是在你懷裏最舒服了。」

楚天大樂，撫摸著崽崽的羽毛！

他抬起頭，有了兩次有驚無險的經驗之後，他也變得膽大起來，說道：「這要走到什麼時候才能到黑雕城啊？」

特洛嵐笑著說道：「不用走，你上去就知道了！」

楚天依言踏上颶風臺階，有如踩在一團棉花上，爪底生涼，特洛嵐和伯蘭絲分別站在他的兩邊。

楚天睜大眼睛，又驚又喜，階梯不斷地飛速上升，耳邊卻沒有一絲風聲，只感覺全身就像是沉浸在最為柔軟的絲綢上。

彷彿是階梯的盡頭，那一團散發著藍色光芒，柔和而舒適。特洛嵐在他耳邊輕聲地說道：「那一團藍光就是黑雕城的入口。」

楚天說道：「這裏一切都是藍色的，黑雕城裏不是黑色的鳥族嗎？怎麼會是藍色？」

伯蘭絲冷笑著說道：「黑雕城就一定是黑色的麼？白癡！」

楚天撓撓頭，說道：「小弟本來就不知道嘛，在您這位智慧與美貌並存，力量與正義並在的高貴鳥族面前，我就只有當白癡的份了。這個……你能不能告訴小弟一些關於天空之城的事呢？」

伯蘭絲笑了笑道：「既然你這麼誠心誠意地問了，我們就大發慈悲地告訴你。」頓了頓，看著楚天一臉的欣喜，接著說道：「就只說丹姿城的。」

楚天心裏將伯蘭絲祖宗全部都問候個遍，嘴裏還不得不陪著笑，說道：「也好，小弟洗耳恭聽！」

伯蘭絲扭了下腰，輕笑幾聲，說道：「黑雕城是以藍色的颶風作登上天空之城的工具，丹姿城則是以紫色的水流為上天空之城的工具。丹姿城所在的位置是一片縹緲的森林，只要能進去，就能看到一道巨大的紫色水流，裏面就有成階梯狀的水載鳥上去。」

楚天張大鳥嘴，驚訝道：「藍色的颶風，紫色的水流，那要是多出幾座城，那還不得

是七彩紛呈？我的天哪，這到底是個什麼世界呀！」

伯蘭絲哼聲道：「你之前沒見過也就算了，以後就不能再做井底之蛙，要不是崽崽一定要在你身邊，我們還真不願意跟在你身邊丟臉。」

楚天扮了個鬼臉道：「崽崽，老爸可是沾了你的光才有兩隻力量超強的高貴的鴕鳥跟在身邊的。」他故意把高貴這兩個字的聲調拉得很高，伯蘭絲聽得臉色一變，正要發火。

崽崽在楚天懷裏掙扎著說道：「媽媽，你看前面！快看前面。」

第十五章 天空之城

一團藍光突然擴散，向四周鋪開，本來灰色的天又漸漸恢復成湛藍色，看著這一幕楚天嘴巴張得老大。

伯蘭絲道：「我們快到黑雕城的入口了。」

特洛嵐一直都沉默著，這會兒也開口說話：「等一下我們上去的話，一定會引起轟動的。」

楚天興奮地說道：「像我這種既英俊又強悍的雄鳥，一定會大受歡迎，哈哈……」他將崽崽交給特洛嵐抱著，一邊翅膀拍著胸脯一邊開心地大笑。

伯蘭絲一爪踹過去，楚天啊的一聲向藍光飛去。

特洛嵐看著楚天這一奇怪的姿勢，不禁哈哈大笑。崽崽撓撓腦袋，不解地看著媽媽向前飛著。

伯蘭絲拍拍翅膀，說道：「長得醜也就算了，居然還這麼自戀，想讓我噁心死嗎！」

底下颶風旋轉著，依舊那麼安靜，天空也逐漸湛藍而寧靜。

楚天直接穿過藍光摔在一塊大大的草地上，嘴裏塞滿了青草，兩眼四下張望，突然一把站起來，拍拍身體，拉了拉衣服，挺挺胸膛。

他心中忿忿道：還好沒人看到，哼，這個死八婆，不要被我逮著機會……

底下颶風旋轉著，依舊那麼安靜，天空也逐漸湛藍而寧靜。藍光後是一排白玉階梯，楚天站在白玉臺階上，張開翅膀，愜意地說道：「原來這就是天空之城啊！」

階梯所在的位置是天空之城的邊緣，腳下雲霧繚繞，藍光映染，有如仙境，陸地盡收眼底，顯得渺小而飄遠。

崽崽探出頭向下望去，眼裏儘是好奇之色，奶聲奶氣地說道：「媽媽，我們現在是在天上嗎？你看這下面變得好小哦！」

楚天拍拍崽崽的頭，輕聲說道：「是呀！崽崽，你看這下面就是我們待過的地方。」

特洛嵐指著天空之城道：「黑雕城大概可以分為五個部分，最中間是神殿和廣場，是天空之城中最莊嚴的地方，其餘的按照東南西北來劃分，分為貴族聚居區、紅燈區、奴隸貿易區和休閒娛樂區。」

楚天回過身向上望去，一百來級的臺階盡頭是一座塔狀的兩根沖天而起的白色玉柱，中間有一面晶瑩剔透流轉著光華的玉石，正向天空散發著柔和的光芒，周圍是一片片青草，在陽光下顯得尤爲青翠。

抬頭看向天空，一層若有若無的光環，閃爍著七彩的光芒，籠罩在整座天空之城的上空，外面藍天雲彩飄動，陽光明媚，層層光暈蕩開，灑落在天空之城。

「楚天，你到底走是不走？」伯蘭絲在身後不耐煩地催道。兩隻鴕鳥不想驚世駭俗，所以都幻化成原身。

楚天拍著翅膀，不屑地說道：「你知道什麼，我這叫觀察，萬一上臺階的時候出個什麼意外滑倒之類的，你要知道後面可是懸空的呢，摔下去可是要命的。」

伯蘭絲眼神一寒，說道：「不用萬一，你要是想試試的話，我現在就可以成全你！」

楚天兩眼一翻，死八婆，老子招你惹你了，居然每次都這麼赤裸裸地威脅我。但爪下卻是絲毫不見停留，在伯蘭絲沒發火之前趕緊向前走著。

特洛嵐沉默地四下打量，臉上偶爾流露出懷念之色。

當走到白色玉柱下時，一道藍色的光幕從玉石落下，楚天雖然驚了一下，但是很快就平靜下來，臭罵道：「鬼東西，出來也不打聲招呼，嚇唬誰呢？」

特洛嵐笑著說道：「這是天空之城的入口，這一道光幕算是檢測進去的資格的！」

伯蘭絲嗤之以鼻，說道：「什麼都不懂的蠢貨，把崽崽給我，自己走到後面去，免得丟人現眼。」

楚天憤憤不平地把崽崽教給伯蘭絲，自己走到最後，怒道：「關你鳥事，你們這兩隻鴕鳥長得這麼強悍，一臉的兇殘模樣，進去不嚇死人才怪。」

順利地走進黑雕城，楚天不由地細細打量起這座浮在天空的鳥城市。

橫在眼前的是一條寬闊的大理石街道，一塵不染的街道兩邊種滿了各種樹木花草，一副奇異的仙界景象。

放眼望去，一排排重石建成的房屋在整齊而粗大的樹木掩映下，使得整座黑雕城莊嚴而肅穆。

楚天走在最後，搖晃著腦袋，臉上盡是新奇之色，突然他站定不動了，雙眼放光，翅膀無意識地拍打，嘴裏喃喃自語道：「美女，美女！」

原來右邊不遠處站著一隻體態婀娜的鳥，正好奇地看著他。

白皙的面孔恰到好處地鑲嵌著精美的五官，一雙如水秋瞳裏透出好奇的眼神，長長的睫毛輕輕顫顫的，小巧的嘴巴彎起幾分微笑，柔順的天藍色羽毛如匹練一般反射著陽光，翅膀輕輕拍打著，帶起一絲香味，身著淡藍色的輕紗，掩蓋著她苗條多姿的身材，長長的後曳隨風而起。

楚天咽了口口水，媽呀！怎麼有這麼漂亮的小妞啊，這身材，這臉蛋，無一不是萬裏挑一的呀，死了死了。

他站直身體，用喙梳理了一下翅膀上的羽毛，優雅地向前走了幾步，一甩頂上沒毛的頭，深情地望著那雌鳥的眼睛，說道：「敢請教小姐芳名？」

那雌鳥害羞地低下頭，說道：「我叫依藍莎，你是誰？從哪裏來的，怎麼我以前沒見過你？」

楚天才準備說話，後面傳來崽崽高興的叫聲：「媽媽，媽媽！」

依藍莎一看他都有一小孩了，頓時臉就黑了，哼了一聲就轉身而去。

楚天心裏一陣鬱悶，看著依藍莎的背影，臉上有萬分不舍，不停地埋怨道：「崽崽呀，你怎麼遲不來早不來，偏偏在你老爸泡妞的時候不識時務地叫喚，這樣你老爸什麼時候才能告別在這個世界上的光棍生活呀！」

一塵不染的湛藍色天空，太陽明而不烈，暖而不灼，雲彩幻化無方，極盡妍態。粗達十幾米的大樹參天而立，一條條街道四通八達，一塵不染，長滿青草的空地顯得安靜而舒適。

崽崽指著天空，奇怪地問道：「媽媽，你看那幾隻鳥的肚子好大哦！」幾隻灰色的鳥向這邊飛來，依稀可見他們的模樣。

尖尖的腦袋，一對無神的眼睛深陷進去，碩大的肚子跟他們細小的鳥頭極不諧調，翅膀窄而長，短小的鳥腿不停地蹬著。

等到那幾隻鳥飛近，楚天連忙將崽崽護住，說道：「這天空之城也太不行了，怎麼能讓鳥隨意地在空中飛的時候撒尿呢！」

伯蘭絲嘲笑道：「沒見識的蠢鳥，這種鳥叫鯨腹鳥，是負責爲天空之城的街道灑水的。」

楚天強辯道：「那還不是撒尿撒出來的！」

特洛嵐笑著接口說道：「鯨腹鳥肚子能裝超過一噸的水，而且飛行能力又強，所以一直都擔當著灑水的工作；除了鯨腹鳥之外，還有拖著長長尾巴的彗星鳥，擔當的是掃地的工作。」

楚天大樂，插嘴道：「那有沒有嘴巴像簸箕一樣的鳥，來幫忙倒垃圾呢？」

特洛嵐說道：「那倒沒有，但差不多的有鳥爪子連在一起像蹼一般的灰斑鴿，他們就是負責運送垃圾的。」

楚天這下鬱悶了，怎麼這裏的鳥在地球上聽都沒聽過，不過好像很好玩的樣子，有時間一定得好好逛逛。

崽崽從沒去過城鎮，第一次見到這麼多跟自己差不多的鳥，還有好多跟寨子不一樣的建築，他好奇地東張西望，纏著楚天問這問那。

楚天不勝其煩，自己兩隻眼睛都嫌少了，還得騰出一隻順著崽崽的翅膀去看。他看著來往的行鳥，默想自己所知道的關於這個世界的一切，心裏驚訝不已。

一路來往的鳥都是羽毛如一團藍色的水晶。楚天咋舌道：「鬱悶哪！這黑雕城裏怎麼都是藍羽毛的，難道等級最低的都是羽爵，這麼一來，想在這裏混還真不容易呀？」

伯蘭絲用看鄉巴佬的眼神瞥了他一眼，冷笑道：「這裏鳥的種族高貴，有的一出生就是現在這個樣子，根本就沒有爵位，只是他們家族中一般都有超越羽爵實力的高手。」

特洛嵐笑著說道：「爵位並不是這麼容易得的！因爲王權與神權之爭，現在想成爲羽爵是非常不容易的。所以才會有榮譽羽爵這樣的稱謂，這裏你所見到的大多數都是榮譽羽爵。」

楚天哦了一聲，心道這才合理，否則也太誇張了，隨便站個人出來就能把老子吃得死死的，那就真的不用混了。

崽崽突然仰頭看著楚天，半晌才說道：「媽媽，怎麼這麼多鳥都在看著我們呢？」

楚天得意地一揚頭道：「那當然是因爲你老爸我瀟灑倜儻，讓他們爲之傾倒呀！哈哈。」

崽崽的頭搖得像波浪鼓似的：「不是，媽媽你看那隻，一點都不像是傾倒，好像是暈倒的！」

跟在後面的兩隻鴕鳥不禁啞然失笑，不過他們似乎見慣了這種被關注的場面，渾若無事，兩鳥談笑自如，淡淡的神情透出與生俱來的高貴與優雅。

相比較而言，楚天就像是一隻剛進城的鄉巴佬，對這裏的一切都驚歎不已。一隻渾身火紅穿著露骨的年輕雌鳥扭擺著臀部，一步三回頭地朝楚天拋媚眼。

楚天嘴裏流著口水，滴在他懷裏崽崽的頭上，崽崽一個不高興，掄起翅膀就是一搧。

楚天回過神，氣道：「小崽子，老子看美女，你激動個屁啊？」

伯蘭絲在一旁冷笑道：「那種天生妖媚的鳥，一看就知道是鴛鴦一族的勾魂使者——也就是妓女，通常在銷魂之後，她們都會向對方索要一些身體上的東西，她們的種族異能是奪魄術，能讓人神志不清。」

楚天拍拍額頭，說道：「難怪我看著她魂都沒了，原來是被她勾走了！」

伯蘭絲冷笑道：「省省吧你，鴛鴦還看不上你這麼一隻鄉下小鳥！」

楚天臉漲得通紅道：「我雖然有點醜，但我有著常人不及的男人味！」

「就你這樣也算是男人？你自己看看，連毛都沒長全呢！」

楚天勃然大怒，卻也無法反駁，因為伯蘭絲說的確實是實話，他身上的毛原本就是稀稀疏疏的。

突然一陣撲鼻的香味傳來，崽崽猛吞口水，搖晃著腦袋，撒嬌道：「媽媽，好香啊，崽崽肚子餓了，要吃東西！」

楚天此時也是饑腸轆轆，可是他想到一個嚴重的問題，那就是自己根本就沒有這裏交易的錢！他轉著眼珠，最後盯著旁邊一臉沉默的兩隻鴕鳥，心裏一陣奸笑，看你們一身打扮就知道是有錢的鳥，老子不宰你宰誰。

他咳嗽兩聲，一整表情，哭喪著臉說道：「崽崽呀，老爸肚子也餓了，可是你老爸窮啊，身無分文，買不了吃的給崽崽，可憐我們父子倆來到這麼美麗的天空之城卻只能餓死，唉！」楚天心中暗笑，你們這兩隻傻鴕鳥，還不上當。

伯蘭絲厭惡地看了楚天一眼，說道：「不就是吃點東西嗎？至於這樣痛哭流涕的嗎，崽崽要吃什麼，我們自然會給他買的，你也可以安心地去死了！」

楚天不由眼前一黑，恨恨地道：「算你狠！」

特洛嵐大笑，說道：「就你這點小伎倆，也敢在我們面前使，真是自討沒趣。」

楚天訕笑道：「我只是在想，崽崽出生都十幾天了，還沒吃過美味，這次來黑雕城一定要讓他開心個夠。」

伯蘭絲冷哼一聲，懶得再理會他。

穿過一段熙熙攘攘的街道，香味越來越濃，楚天拍著叫喚了好久的肚子，一臉無奈。

特洛嵐看了看一臉哀怨的楚天，笑道：「伯蘭絲她面冷心熱你又不是不知道，別一臉的苦相了。」

面冷心熱個屁，怎麼沒見她對我心熱過呀。不過楚天的臉上卻寫滿感動。

他們一行來到一棵起碼得十幾隻鳥才能合抱的大樹下，香味正源源不斷地從樹上的房屋裏飄出。

這樹大概有三四米高的樣子，上面是一棟藍色的高大建築，棱角處則是金黃色的琉璃，張牙舞爪地想要騰空而去，窗戶全部都是大開的，隨風輕動著，在外面看起來就像是流動的水，平靜而輕鬆。大門頂上寫著「墨藍樓」三個大字。

伯蘭絲笑著說道：「崽崽，肚子餓了吧，阿姨帶你進去吃東西。」

崽崽笑著說道：「伯蘭絲阿姨真好，崽崽要吃好多好多東西。」

楚天目不轉睛地看著如水的建築，越靠近就越對這建築的流動性十分好奇，那肆意汪洋的波濤，時而緩時而急，依照著光線的強弱每一刻都在發生變化。

他心裏一陣納悶，這世界的建築竟然已經達到這麼高的水準，除了利用地理位置之外，連帶著光線的隨時不同都算進去了，站在不同角度看起來居然會有不同的感覺。

他不禁感歎道：「好高明的建築，居然能將天時地利結合得這麼巧妙，不管在哪個角度哪種光線下都會有微妙的改變。這個想必就是爲我們鳥族不能長期下水而專門設計的，讓我們也能感受一下在水裏每時每刻的變化滋味。」

特洛嵐一臉驚奇道：「沒想到你竟然也懂得這些？」

楚天一昂頭，不屑地說道：「這算什麼，老子當年可是拿過頂級建築師的資格證呢。」這倒不是吹牛，當然他爲了做個合格的大盜，對於世界各地的建築都有過細緻的研究，不過要是再說下去的話，可能就要露餡了，於是連忙閉嘴。

伯蘭絲一臉狐疑地看著他，繼而回過頭。

楚天見兩隻鴕鳥沒有再問，鬆了口氣，連連點頭。

楚天正待要飛上去，就見上面落下一方形的箱子。

伯蘭絲從楚天懷裏接過崽崽走進去，特洛嵐也拉著楚天走了進去。

這麼小的箱子居然能輕鬆地容下四隻鳥而不顯得擁擠。特洛嵐見楚天面帶驚訝之色，笑著說道：「這是用特殊材料做成的，看起來不大，其實足以容納十隻鳥。」

就像是浸在水裏，一團冰涼將楚天包圍，他感覺全身上下都是沁涼無比，不由讚歎道：「這種設計還真是巧妙！」

崽崽用翅膀輕輕觸碰著周圍的材料，彷彿是感應一般，那些材料向後退著，不讓崽崽碰到。小可愛彎起啄，鼓著腮幫子，向前蹭著要摸到這一層柔軟的藍色。

伯蘭絲左手暗使靈禽力，將材料吸住，崽崽碰到藍色，高興地說道：「我碰到了呢！」

箱子向上升著，不一會兒就到建築的門口。

剛一進去，柔軟的風碰擊著楚天的身子。

寬敞的廳堂呈現出水藍色的溫和，頂上的天花板上掛著一盞巨大的吊燈，正旋轉著散發出一波一波不同深淺的光芒，灑到廳堂裏的每一個角落。

「歡迎四位貴客光臨墨藍樓！」一隻迎賓的美貌斑頸穗鶥嬌嫩甜美的聲音響起，「請隨我來，四位的運氣真是好，今天我們墨藍樓剛好請來了這個世界最受歡迎的廚師。」

一陣滋滋的聲音從廳堂正中央的一個巨大平臺傳來，一隻體形弱小但是動作十分靈活的鳥正來回的飛舞著，周圍一簇簇火焰上燒烤著各種不同的肉食。

特洛嵐驚訝道：「居然是以烹飪聞名於鳥界的餐仕鳥，這一族的鳥已經很少見了。看來我們的運氣確實不錯。」

楚天好奇地問道：「餐仕鳥？是什麼樣的種族？」

特洛嵐笑著說道：「餐仕鳥是最古老的烹飪家族，一般都是給皇家做廚師的，世襲榮譽羽爵，他們對食物有著天生的辨別能力，能做出世上最美味的食物，各家族都以能聘請到餐仕鳥爲傲！」

楚天聞言，不由細細地打量那隻餐仕鳥。戴著高高廚師帽子的細小腦袋上有著長長的喙，綠豆大小的鳥眼全神貫注地盯著正在燒烤的食物，搧動頻率極快的紅色翅膀能很好地讓他在空中不動地停留一段時間，圍著白色廚師服飾，又粗又短的鳥腿正抓著兩個鏟子，隨時翻動著食物。

在他旁邊站著一隻貌似老闆的銀鷗，喙尖臉長，胖胖的身子，穿著精緻的黑色燕尾服，顯得異常的滑稽。此刻正一臉諂媚地恭維著那隻飛著的餐仕鳥。

崽崽早已是口水流留了一地，在伯蘭絲懷裏不停地扭著，說道：「崽崽餓了！」

身穿燕尾服的銀鷗老闆一見有客人來了，忙迎上來，一臉職業笑容道：「我是這裏的老闆尤秦，不知道幾位想要吃點什麼？」

尤秦在生意場上打滾這麼久，一眼就看出眼前這幾隻鳥不簡單，尤其是後面兩隻鴕鳥，渾身散發著高貴氣息，不是平常能看到的。

楚天看著平臺上藍色火焰燒烤著的肉食，一片片色澤鮮豔，散發著濃濃的肉香，讓他垂涎欲滴，偏偏那香味只能在幾公分內才能聞到，楚天一邊看一邊湊過去聞著。

伯蘭絲一臉不屑地說道：「一瞧見你這模樣，就沒什麼食欲了。」

楚天心中暗道：你沒食欲關我鳥事，老子能吃下就行。想雖然是這樣想的，但畢竟是鴕鳥出錢，倒也不好在這時候翻臉。

他們隨便點了幾樣就找個地方坐下。

裏面坐的地方也是與眾不同，座位與座位之間以透明的魚缸隔開，游動著的小魚讓鳥有如置身海洋，能清楚地看到外面的情形。

楚天坐在淡藍色的沙發上，只感覺這時看四周的景致又有所不同，彷彿自己所處的位置就是整片海洋的中心，非常的冰涼清爽。他非常奇怪，四周打量了一下，還是沒有看出個所以然來。

「鄉巴佬，看什麼呢，跟個賊似的？」伯蘭絲從來不會放過任何一個可以打擊楚天的機會。

楚天訕笑道：「我想知道為什麼這裏這麼涼爽，完全看不出冷氣是從哪裏來的！」

伯蘭絲鄙夷道：「蠢貨，這是用羽器法寶製造出來的效果，這都不知道。」

「羽器？」楚天忽然心頭一動，正好有很多疑惑的地方想問這兩隻鴕鳥。「對了，我看到你們和蠍子打架的時候，用的也是件什麼羽器，和這個一樣嗎？」

伯蘭絲怒道：「無知，這種用來製冷的初級羽器，隨便找一家店就能買到，怎麼能和我們的高級羽器蚪黿翼相提並論？」

「羽器的等級是怎麼劃分的?好像蟲子也有蟲器法寶啊？」

「不僅僅是蟲子，三萬年前，這個世界的四大種族都有各自的法寶，我們鳥族的法寶稱為羽器，蟲族的就稱為蟲器，獸族的法寶稱為獸器，海族的就稱為海器。法寶一般都可以分為五個級別，即初級、中級、高級、頂級和神級。初級法寶基本在任何一座天空之城的法寶店鋪裏都可以買到，比如這家飯店裏用來製冷的這一類。」

楚天點點頭道：「這個法寶是隨便誰都可以擁有的嗎？」

特洛嵐微笑道：「擁有和能夠使用完全是兩回事。我們鳥族目前也只有擁有了羽爵的力量才能發揮出羽器的威力。而其他種族則不一定，比如說蟲族中的蠍族，他們爲了能夠在比較惡劣的環境中生存下去，能夠使用法寶的起點就比較低。」

崽崽對他們的話題一點興趣都沒有，他正一上一下地顛著沙發，滿臉欣喜的搖晃著小腦袋，對坐在旁邊的楚天說道：「媽媽，這個椅子好舒服呀，我們回去的時候也帶一個回去給獨眼叔叔坐吧，免得他老是翹著屁股說不舒服。」

楚天啞然失笑，那段時間獨眼犯了痔瘡不能坐，崽崽總是抓著凳子要給獨眼坐，獨眼經不住崽崽的糾纏，就齜牙咧嘴地坐著。

他把這件事講出來給兩隻鴕鳥聽，逗得他們大笑不已。

特洛嵐微笑地看著崽崽圓乎乎的臉，一言不發，心裏卻是波瀾不定，也不知道自己就這樣任由崽崽跟著楚天是對是錯，好在一路上他已經通過秘密途徑，將找到崽崽的消息傳遞出去了，相信族裏很快會有指示下來，眼下只能走一步算一步了。

楚天一臉詫異地看出特洛嵐眼中流露出來的脈脈溫情，有些不解地問道：「崽崽到底是隻什麼鳥，看他的體型，不可能是你們的孩子，可是爲什麼你們會對崽崽這麼好？」

伯蘭絲冷著臉說道：「這個你不用管，你只需要知道如果不是崽崽離不開你，我們早就將他帶走了。」

特洛嵐也道：「楚天，有些事你知道反而不好。」

楚天堅決地說道：「不管崽崽是什麼樣的鳥，反正誰也別想把崽崽從我身邊帶走。」

特洛嵐搖搖頭說道：「你要是不想崽崽被我們帶走，就要趕快讓自己的力量超過我們，讓我們相信你有能力照顧好他。」

伯蘭絲嘲笑道：「不過我看這是不可能的事！」說著擺弄著桌上的杯子道，「如果我和特洛嵐聯手，大概能跟翎爵拚上一拚了！」

楚天當然不會被她的話嚇到，儘管表面上他對這兩隻鴕鳥還是相當的恭敬，但是心中卻已然下定決心要快點提升力量，免得整天看這兩隻死鴕鳥的臉色。

說話間，餐仕鳥已經烤好食物，老闆尤秦親自給他們送過來。楚天和崽崽一臉期待地看著尤秦越來越近的身影，已經準備好要大吃。

「尤秦，哈哈，沒想到本公子運氣這麼好，才一來，你那大廚的肉就烤好了，本公子現在要你手上那盤烤肉，馬上給本公子送過來！」

楚天不爽地看著這兩個剛剛才走進門的囂張傢伙。

一男一女兩隻傲氣十足的鳥，直接走到最右邊的位置坐好，他們後面跟著四隻身材高大滿臉橫肉的鳥，統一穿著灰色的盔甲，上面寫著鷲字。

那雄鳥身材肥胖，大大的腦袋幾乎占了整個身子的四分之一，雙瞳呈現奇異的淡黃色，粗長的啄正輕碰著那隻雌鳥的臉頰，一身火紅的羽毛卻是顯得粗糙而乾燥，穿著寬大的絲綢馬褂。

雌鳥則是一臉的妖媚，兩眼時不時透出誘鳥的媚光，豐滿的身材緊貼在雄鳥的身上，羽毛順滑，一身露骨的輕衣。

尤秦心裏暗暗叫苦，怎麼這麼不巧，偏偏這個時候這個敗家子來了。他一臉媚笑地說道：「冷兀公子，什麼風把您給吹來了，等等就有一份好了。」

楚天說道：「這隻鳥的雙瞳好奇特！」

特洛嵐輕聲說道：「這是兀鷲一族的特徵，他們家族靈禽力是以瞳孔顏色變化來表現的，這隻鳥一看就知道是縱欲過多，瞳孔居然還是最低等的淡黃。」

只聽那冷兀公子冷笑著說道：「尤秦，幾天沒來，你膽子也大起來了，是不是不認識本公子了啊，需不需要本公子的保鏢來提醒你一下？居然敢讓本公子在這裏等候，你腦子進水啦？混賬東西！」

尤秦心裏一驚，拍著翅膀就往冷兀公子那邊飛去。

楚天眼神一冷，笑話，老子等這麼久就是等這麼一盤肉，居然還端給別的鳥，他語調冰冷地說道：「老闆，這個好像是我們先來的，你是怎麼做生意的？」

尤秦心裏一想，還是信譽重要，又拍著翅膀向楚天這邊飛來。

冷兀公子一拍桌子，怒道：「尤秦，你不要命啦，以後還想不想在黑雕城混了？」

尤秦苦著臉對楚天道：「信譽雖然重要，但我的小命豈不是更重要？這位客人，您就體諒體諒我吧。」說完他忙不迭的又拍著翅膀向冷兀那邊飛去。

楚天勃然大怒道：「老闆，你是不是覺得我不敢把你怎麼樣啊？你要不試試！」

尤秦一看楚天那兇惡的模樣，頓時又愣了一下，楚天的樣子本來就難看，這一怒起來，禿毛根根倒豎，確實有幾分兇神惡煞的模樣，何況他身邊的那兩隻看起來很強悍的鴕鳥，雖然他們一言未發，但是威懾還是在的。

完了，完了，看樣子兩邊都惹不起。尤秦一臉的惶恐。

那隻雌鳥嗲聲說道：「冷兀公子，你還說你在這裏橫著走都沒人能將你怎麼樣，沒想到居然是這樣的啊！」

冷兀公子一臉怒意，盯著楚天，說道：「尤秦，你要是敢把肉給那隻又黑又醜的鳥，本公子立馬就叫人拆了你這破酒樓。」說完他又對楚天怒聲說道，「你這隻醜鳥從哪裏冒出來的，居然敢跟本公子叫囂，你知不知道本公子是誰？」

楚天裝著仔細看的樣子，斜眼瞄了半天才道：「啊？原來是冷兀公子啊？」

冷兀一臉得意，說道：「知道就好，現在過來道個歉求饒，本公子心情好的話，或許會放你一馬。」

楚天毫不理會他，突然道：「原來是冷兀公子這隻傻鳥啊？對於你這種又肥又醜還這麼弱智的傻鳥，我向來認識的不多！」

四面立即傳來一陣哄堂大笑。

冷兀臉漲得通紅，對四周的鳥吼道：「哪個混蛋再敢笑，本公子就閹了他。」周圍立即鴉雀無聲。

他雙眼透出惡毒的光芒，對楚天道：「這是你自己找死，怪不得本公子，你們去教訓教訓他！」

伯蘭絲幸災樂禍地說道：「鄉巴佬，你慘了，這四個保鏢都有很強悍的實力，一隻你就夠嗆，你就等著挨揍吧！」

揍你爺爺，老子好心幫你們留下那盤肉，現在居然讓我一隻鳥來對付四隻實力強橫的鳥?不過他嘴上仍然問道：「你們不會不幫忙吧?」

伯蘭絲整遐以待，笑著說道：「他們是找你，又不是找我們，關我們什麼事?」

楚天白了伯蘭絲一眼，心道：算你狠!不過看你們能忍到什麼時候。

四個兀鷲保鏢衝過來，楚天也不反抗，把崽崽護在身下，任憑他們打，反正他有金剛

蛻焱變護身，也不在乎這四個人忙他按摩了。

冷兀公子也衝上來，抓了幾爪，嘴裏惡狠狠地說道：「修理完之後，把他身邊的那一團肉乎乎的小丑帶過來，本公子挺想陪這小丑鳥玩玩呢。」

楚天知道崽崽一直都是兩隻鴕鳥的禁忌，現在冷兀公子那隻蠢鳥，居然來惹崽崽，這不是找死嗎！

果然，特洛嵐眼神一寒，回過頭冷冷看著坐著的冷兀公子。

冷兀公子猶未覺察，他摟著妖豔的雌鳥，慢慢走到楚天他們這桌，囂張地坐在沙發上，說道：「親愛的，你看這一坨小黑球，毛絨絨的，等會兒拿來給你玩！」

崽崽看著冷兀兇狠的眼神，一陣害怕，怯生生地看著冷兀公子。

兩隻鴕鳥的眼神裏已經充滿了殺機，伯蘭絲冷笑道：「兀鷲一族也敢如此囂張？哼！」說完大翅一展，騰地站起來，首當其衝的兀鷲保鏢臉上驚駭之色頓起，他只感覺一股足以將他撕碎的力量從這隻鴕鳥身上洶湧而出。

一圈厚厚的光幕延伸向崽崽，將他護住。

冷兀急得臉色通紅，卻始終無法越過兩隻鴕鳥飛到楚天面前，口中不禁罵罵咧咧起來。

特洛嵐眼神透出一絲殺意，翅膀微展，一道光芒暴漲，形成一柄彎刃，橫掃向四個兀鷙保鏢。

四個保鏢如同撞到一層厚厚的牆壁，向後猛地彈去，全身的羽毛一陣炙熱。身體稍微一動，不但全身的盔甲粉碎，全身的羽毛也嘩嘩地下落，才幾秒鐘的時間，四隻兀鷙都成了赤身裸體，怔怔地定在那裏一動不動。

崽崽趴在沙發上，翅膀不停地拍打著柔軟的沙發，還不時的蹦起來，一臉可愛地道：「光屁股，光屁股……」

冷兀公子怒極，拍著翅膀就向崽崽衝了過去。

楚天拍拍崽崽的小臉，說道：「崽崽，在這兒坐好，看你老爸怎麼扁這隻又蠢又醜的傻鳥！」

崽崽聽話地點點頭，楚天雙眼冷光一閃，以極其之快的速度飛到冷兀公子的上方，然後猛地向下一坐，這招數可是跟那兩隻鴕鳥學的。

冷兀公子哪裏見過這種打法，被楚天一屁股坐到地面，慘叫起來。

「你剛才不是很狂妄的嗎，冷兀公子？」

冷兀公子嘴裏猶自強硬地說道：「你敢打我，我可是那拉家族的世子，世襲的羽爵，你敢動我一根毫毛，就別想在黑雕城混下去……」

他爺爺的，居然比老子還囂張！楚天一翅搧過去，說道：「什麼狗屁那拉家族，老子沒聽過，現在我打你了，你能拿我怎麼樣？」

周圍的鳥一片譁然，在黑雕城竟然有鳥不知道那拉家族，居然還說出這麼狂妄無知的話。

尤秦顫巍巍地爬過來，面帶哭色，說道：「這位大爺，這可是黑雕城四大家族中排名第二的那拉家族的世子，你快放了他吧，不然我這生意真的做不成！」

楚天哦地一聲，爪下用力拍這冷兀公子的腦袋道：「喂！蠢鳥，本大爺現在心裏很怕你再找別的鳥來惹我的麻煩。」

冷兀臉上一痛，但一聽到楚天示弱的話，也顧不得喊痛了，嘴上強硬道：「知道怕就好，快放了我，本公子就放你一馬！」

楚天又是一翅膀過去，陰惻惻地說道：「本大爺決定宰了你，免得你再回家找幫手！」

雖然冷兀公子明知道楚天在大庭廣眾之下說出這種話，明顯是想嚇唬他，但他還是一臉的驚慌。他猛地念動咒語，召喚出一件羽器來，那羽器形如一個千葉蓮花形的風車，當中有九孔，此刻忽然電旋急轉起來，蓮孔中隱隱有幾股青白光射出。

楚天卻沒有給他機會，一個屁放出，使出琉影御風變，如閃電般朝那羽器抓去，一把按到地上，眼看著沒什麼動靜了，就順手丟到崽崽手中道：「崽崽，送給你玩！」

「我的中級羽器千葉蓮萼……」冷兀公子一臉的慘白。

楚天鬆開爪子，踢開冷兀，冷冷地說道：「滾吧！以後別讓我再看到你。」

冷兀公子灰溜溜地衝了出去，也顧不得那隻妖豔的雌鳥和手下那四個已經變成了裸體模特的保鏢了。

崽崽拍著翅膀，衝到楚天的懷裏道：「媽媽，這個玩具真不錯！」

楚天哈哈大笑道：「喜歡嗎？喜歡的話，以後老爸多給你搶幾個！」

特洛嵐忽然開口道：「楚天，走吧！」

楚天煩躁道：「被這隻鳥一攪和，連餐仕鳥做的東西都吃不著了，真是夠鬱悶的！」

尤秦抱著楚天，痛哭道：「大爺啊，你走了我可怎麼辦哪？」

楚天沒好氣地說道：「老子一沒搶你老婆，二沒占你便宜，你愛咋辦就咋辦！」

走到四個保鏢旁邊時，伯蘭絲大翅一揮，一道淡藍色光芒閃過，那四隻大鳥全都東倒西歪，一臉的痛苦。

天空之城上的光圈在陽光的照射下閃爍著流轉的光華，蕩漾著一波波光環，煞是好看。

楚天抱著崽崽，問道：「現在我們去哪兒？」

伯蘭絲冷冷地說道：「別忘了你來是做什麼的！」

楚天這才想起自己是來黑雕城是要完成格古達的遺願，將紗芘樹葉記載的資料交給銀羽大祭司，他訕笑著說道：「純屬意外，走吧，我們這就去神殿！」

才走了幾步，突然一個急轉身，乾咳了兩聲道：「咳……咳……不好意思，兩位可不可以先告訴我神殿在哪兒？」

特洛嵐驚愕道：「你不知道還走得那麼快？」

伯蘭絲面無表情，說道：「我們只知道神殿的大概位置。但是具體從哪條路走就不知道了。我們也好多年沒有來過這裏了。」

「不是吧？」楚天也傻眼了，「那現在怎麼辦？」

「你隨便找隻鳥問問不就好了，真是鄉巴佬！」

精彩內容請續看《馭禽齋傳說》卷二血虻驚魂

馭禽長征 ①異世天禽（原名：馭禽齋傳說）

作　　者：雨　魔
發 行 人：陳曉林
出 版 所：風雲時代出版股份有限公司
地　　址：105台北市民生東路五段178號7樓之3
風雲書網：http://www.eastbooks.com.tw
官方部落格：http://eastbooks.pixnet.net/blog
信　　箱：h7560949@ms15.hinet.net
郵撥帳號：12043291
服務專線：(02)27560949
傳眞專線：(02)27653799
執行主編：劉宇青
美術編輯：吳宗潔

法律顧問：永然法律事務所　李永然律師
　　　　　北辰著作權事務所　蕭雄淋律師
版權授權：蔡雷平
初版換封：2015年12月

ISBN：978-986-352-224-9

總 經 銷：成信文化事業股份有限公司
地　　址：新北市新店區中正路四維巷二弄2號4樓
電　　話：(02)2219-2080

行政院新聞局局版台業字第3595號
營利事業統一編號22759935

定 價：280元　特價：199元

國家圖書館出版品預行編目資料

馭禽長征 / 雨魔 著. — 初版. —
臺北市 ： 風雲時代, 2015.08-
冊 ；　公分
ISBN 978-986-352-224-9(第1冊 ： 平裝). —

857.7　　104009474